군림천하

군림천하 28

1판 1쇄 발행 2014년 11월 21일
1판 2쇄 발행 2021년 3월 26일

지은이 | 용대운
발행인 | 신현호
편집장 | 이호준
편집 | 송영규 최종건 정재웅 양동훈 곽원호 조정범 강준석
편집디자인 | 한방울
영업 · 관리 | 김민원 조인희

펴낸곳 | ㈜ 디앤씨미디어
등록 | 2002년 4월 25일 제20-260호
주소 | 서울시 구로구 디지털로 26길 111 JnK디지털타워 503호
전화 | 02-333-2513(대표)
팩시밀리 | 02-333-2514
E-mail | papy_dnc@dncmedia.co.kr
홈페이지 | www.ipapyrus.co.kr

값 9,000원

ISBN 978-89-267-3239-7 04810
ISBN 978-89-267-1535-2 (SET)

君臨天下

용대운 대하소설

군림천하

4부 천하의 문[天下之門]

28

열한기공(熱寒奇功) 편

PAPYRUS
파피루스

目次

君臨天下 武林全圖
흑룡강
길림
요녕
신강
내몽고
하북
삼월보
산서
검보
산동
녕하
섬서
청해
감숙
초가보
화산파
석가장
남궁세가
강소
곤륜파
공동파
소림사
종남파
하남
안휘
혁리가
남해 청조각
서장
청성파
무당파
사천
당문
호북
구궁보
절강
포달랍궁
구양가
아미파
호남
형산파
강서
귀주
복건
점창파
운남
광서
광동
해남검파
해남도

제 282 장

검마쟁투(劍魔爭鬪)

제 282 장 검마쟁투(劍魔爭鬪)

주위는 조용했다.

바람도 불어오지 않았고, 가끔씩 들려오던 새소리도 들리지 않았다. 하나 가만히 귀를 기울이면 사람들의 거친 숨소리를 들을 수 있을 것이다.

진산월이 나타날 때부터 장내 모든 사람들의 시선은 그에게 집중되었다. 심지어는 부상이 심해 아직도 입가에 피를 흘리고 있는 희인몽조차도 진산월을 응시한 채 다른 곳으로 고개를 돌리지 않았다.

그들이 진산월의 정체를 한눈에 알아보았기 때문은 아니었다.

그 이유는 복양수에게 있었다. 좌중을 질식시킬 듯 압도적인 기세를 뿜어내고 있던 복양수가 모든 신경을 그에게 집중한 채 미동도 않고 있었다. 그에 따라 장내의 분위기가 판이해진 것을 그들 모두 직감적으로 알아차린 것이다.

복양수는 무림의 절대적인 존재였고, 무공은 물론이고 그 명성이나 강호에서의 위치가 최고에 도달해 있는 사람이었다. 자연히 그의 스스로에 대한 자부심은 이루 말할 수 없이 광대했고, 아무리 대단한 고수라도 대수롭지 않게 여겼다. 심지어 무림구봉 중의 일인인 유중악을 상대할 때도 복양수는 자신의 승리에 대한 확고한 자신이 있었고, 그것이 자만이 아니었음을 결과로 입증해 보였다.

그런 복양수가 한 사람의 등장에 모든 촉각을 곤두세우고 있는 모습은 낯설기 짝이 없을 뿐 아니라 기이한 느낌을 불러일으키게 했다.

교리와 함께 숨을 죽이고 장내의 광경을 지켜보던 귀호 또한 복양수의 그런 모습은 처음 보는지 자신도 모르게 침을 꿀꺽 삼키고 말았다.

'설마 천하의 음양신마가 지금 긴장하고 있단 말인가?'

눈으로 보고도 쉽게 믿기지 않는 일이었다.

진산월은 빠르지도 느리지도 않은 걸음으로 장내에 들어섰다. 그의 등장에 처음으로 반응을 보인 사람은 곽산쌍려 여씨 부부였다. 특히 여불회는 죽음을 각오하고 비장한 결의를 다지던 중에 그를 발견하자 처음에는 놀라고 당혹스러워 했다가 마침내는 맥이 탁 풀린 듯한 모습이었다. 여불회의 아내인 기아향은 그보다 더해서 다리가 후들거리는지 남편의 팔을 꼭 잡고 나서야 겨우 휘청거리는 몸을 가눌 수 있었다.

여불회의 입에서 자신도 모르게 떨리는 음성이 흘러나왔다.

"진 장문인……."

그 음성 속에는 말로 표현할 수 없는 복잡한 감정이 고스란히 담겨 있었다.

진산월은 여불회와 시선이 마주치자 살짝 고개를 숙여 인사했다.

"여 대협, 오랜만이오."

여불회는 무언가 억눌린 사람처럼 얼굴을 붉히고 있다가 간신히 그의 말을 받았다.

"이런 곳에서 진 장문인을 다시 만나게 될 줄은 상상도 하지 못했소."

"여기 오기까지 제법 복잡한 일이 있었소. 여 대협께서도 그동안 적지 않은 일을 겪으신 모양이구려."

여불회의 입가에 희미한 미소가 떠올랐으나 그것은 누가 보기에도 억지로 지어 보이는 고소(苦笑)였다. 그는 무어라고 말을 하려고 입을 열려다 고개만 절레절레 흔들고 말았다.

사실 그와 진산월은 특별한 친분 관계가 있는 것도 아니고, 단지 모산도의 추한산장에서 한 번 만났을 뿐이었다. 게다가 지금까지의 상황을 시시콜콜하게 설명할 수도 없었으니, 무슨 말을 어떻게 해야 할지 난감할 수밖에 없었다.

진산월은 여불회의 옆에 바짝 붙어 있는 기아향에게 가볍게 목례를 하고는 찬찬한 눈으로 주위를 둘러보았다. 장내에서 그와 인사라도 나누었던 사람은 곽산쌍려 여씨 부부뿐이었고, 얼굴이라도 알고 있는 사람은 유중악 정도였다. 그 외의 여인들과 장한들은 모두 일면식도 없는 사람들이었고, 오늘 이 자리에 오기 전에는 존재조차 제대로 알지 못했던 철저한 타인들이었다.

진산월의 시선은 마지막으로 복양수를 향했다. 복양수는 그때까지도 그 자리에 석상처럼 우뚝 선 채 기광이 번뜩이는 눈으로 진산월을 응시하고 있었다.

잠시 두 사람은 서로의 눈을 바라본 채 묵묵히 서 있었다. 단지 시선을 마주쳤을 뿐인데도 진산월은 좀처럼 경험하지 못했던 무거운 중압감을 느껴야 했다. 그들을 지켜보는 중인들 또한 말로 표현하기 힘든 감정에 빠져 침묵을 지키고 있었다.

한참 후에야 복양수가 낮게 가라앉은 음성으로 입을 열었다.

"요즘 강호에 좀처럼 보기 드문 절세의 검객이 나타났다고 하더군. 강호의 소문이란 왕왕 과장되는 경우가 많아서 그리 믿지는 않았는데, 얼마 전에 금도무적 양천해마저 그의 손에 꺾였다는 말을 듣고 몹시 놀란 적이 있었지. 양천해의 구절마도는 노부도 얼마쯤 껄끄럽게 생각했던 무공이었으니 말이야. 자네를 보니 문득 그에 대한 소문이 떠오르는군. 자네는 혹시 요즘 강호를 떠들썩하게 한다는 그 신검무적이 아닌가?"

진산월은 그를 향해 정중하게 포권을 했다.

"제가 바로 진 모입니다, 복양 대협."

"노부가 누구인지 알고 있나?"

"그렇습니다."

복양수의 강호 배분은 정말 높아서 진산월의 사조인 천치검 하원지보다도 반 배(輩)가 높았다. 그러니 아무리 진산월이 일파의 존주(尊主)라고 해도 그에게 존대를 하지 않을 수 없었다.

복양수는 잠시 생각에 잠겨 있는 듯하더니 이내 고개를 끄덕였다.

"그렇군. 자네는 진즉부터 이 근처에서 장내의 상황을 지켜보고 있었던 것이로군."

진산월은 부인하지 않았다.

"덕분에 좋은 구경을 했습니다."

복양수는 빙긋 웃었다.

"노부가 누구인지 알면서도 이 자리에 나타난 걸 보니 노부의 앞을 막아설 자신이 있는 게로군."

"저는 다만 제가 해야 할 일을 하기로 마음먹은 것뿐입니다."

"해야 할 일이라……."

복양수의 주름진 시선이 잠시 유중악을 향했다.

"자네와 유중악 사이가 그 정도로 친밀한 줄은 몰랐군."

"솔직히 유 대협과는 아직 제대로 된 인사 한 번 나눠 보지 못했습니다."

"그런데도 그를 위해 노부의 앞을 가로막으려 한단 말인가?"

"유 대협과 저 사이의 친분은 그다지 중요한 문제가 아닙니다."

"그럼 무엇이 중요한가?"

"이미 저는 유 대협을 위해 힘을 쓰기로 결심했고, 유 대협의 안위를 위해서는 무엇이든 해 볼 마음을 먹었다는 겁니다."

복양수는 한동안 물끄러미 진산월을 바라보더니 천천히 입을 열었다.

"그렇지. 일단 하기로 마음먹었다면 친분이니 인연이니 하는 것 따위는 신경 쓸 필요가 없는 일이지. 자네의 사고방식이 마음에 들었네."

"좋게 봐주셔서 감사합니다."

"노부도 유중악이 싫진 않네. 오히려 담대한 배포와 남자다운 기상이 무척이나 마음에 들어서 다른 자리에서 만났다면 기꺼이 술을 나누어 마시는 사이가 되었을지도 모르지. 하지만 강호의 일이 어디 자기 마음대로 되던가?"

"복양 대협 같은 분도 자기 마음대로 할 수 없는 일이 무엇인지 모르겠습니다."

복양수의 시선이 잠시 허공을 응시했다.

"예전에는 노부도 그렇게 생각한 적이 있었지. 강호에 내가 마음먹은 대로 할 수 없는 일 같은 건 없다고 말이지. 하지만 그건 나의 착각이었네. 자네도 언젠가는 내 말을 이해할 날이 있을 걸세."

진산월은 지금도 충분히 이해할 수 있을 것 같았다. 그 또한 자신의 의사와는 전혀 동떨어진 일을 해야만 하는 경우가 종종 있기 때문이었다.

주위의 기대나 한 문파를 이끄는 우두머리라는 위치, 그 외의 크고 작은 이유들이 수시로 그의 어깨를 짓누르고 있었다. 그것은 어쩌면 강호를 살아가는 강호인으로서의 숙명과도 같은 것일지도 모른다.

복양수는 뒷짐을 풀고 양손을 자연스레 늘어뜨렸다.

“자네의 의사는 확고한 것 같군. 노부 또한 여기까지 와서 빈손으로 돌아갈 수는 없으니 우리 사이에 더 이상의 말은 필요 없을 것 같네.”

진산월은 묵묵히 고개를 끄덕였다.

사실 그는 복양수에 대한 소문은 오랫동안 들어왔으나 그에 대해서는 아는 바가 거의 없었다. 오늘 이 자리에 오기 직전만 해도 설마 이 호북성의 외딴 구석에서 강호의 전설과도 같은 우내사마의 한 사람을 만나리라고는 상상도 못한 일이었다. 단순히 선사의 몇 안 되는 벗인 뇌일봉과 곽자령을 구하려고 나선 일이 예상치 못했던 절대고수와의 싸움으로 번지게 되었으니, 그로서는 조금은 당혹스러울 수밖에 없는 상황이었다.

하나 그렇다고 유중악을 앞에 두고 물러설 수는 없었다. 복양수의 말대로 그가 복양수 앞에 나타난 것은 그와의 충돌을 각오했다는 뜻이었으며, 어떠한 일이 있어도 유중악을 두고 물러서지 않겠다는 마음속의 다짐을 나타낸 것이기도 했다.

오히려 복양수와의 결전을 코앞에 둔 지금, 그의 마음은 두려움보다는 묘한 설렘과 흥분으로 들끓고 있었다. 유중악을 일패도지시킨, 명실상부한 당금 무림의 최정상 고수인 음양신마 복양수의 무공은 과연 어떠한 수준일까? 자신의 검법으로 그의 가공할 음양장력을 상대할 수 있을 것인가?

또한 그를 넘어선다면 어떠한 일이 벌어질 것인가?

여러 가지 복잡한 상념들이 순식간에 머리를 스치고 지나갔다.

그리고 그때 비로소 진산월은 자신도 무림인으로서의 강렬한 투쟁심을 가지고 있음을 절실하게 깨닫게 되었다. 일면식도 없는 유중악을 위해서 복양수의 앞에 나설 결심을 하게 된 순간부터 이미 그는 마음속으로 복양수와의 결전을 간절하게 바라고 있었던 것은 아니었을까?

진산월의 허리춤에 매달려 있는 용영검이 소리도 없이 검집 밖으로 모습을 드러냈다. 장내의 누구도 진산월이 용영검을 검집에서 뽑는 장면을 제대로 보지 못했기 때문에, 그것은 마치 용영검이 제멋대로 살아서 움직이는 듯한 착각이 들게 하는 광경이었다.

복양수의 입에서 낮고 굵은 음성이 흘러나왔다.

"어검(馭劍)의 경지가 절정에 다다랐군. 하지만 그것만으로 승부가 판가름 나는 것은 아니지."

음성이 채 끝나기도 전에 복양수의 신형은 어느새 공간을 압축하여 진산월의 코앞으로 다가오고 있었다. 이제까지와 마찬가지로 사전에 어떤 예고나 기척도 없이 공격이 시작된 것이다.

소리도 없었다. 단지 진산월이 볼 수 있는 것은 활짝 펼쳐진 커다란 손바닥 하나가 자신의 얼굴을 뒤덮을 듯 무서운 기세로 다가오고 있는 압도적인 광경이었다. 그것은 막연히 진산월이 예상하고 있던 복양수의 동작을 훨씬 능가하는, 무섭도록 빠르고 과격한 움직임이었다.

복양수가 펼친 것은 음양무궁보 중의 일섬무궁(一閃無窮)에 이은 음양건곤수의 절초인 압전음양(壓電陰陽)으로, 그가 가진 무공들 중에서도 가장 빠르고 파괴적인 수법이었다. 상상도 못한 속도로 다가와 단숨에 상대를 격살하는 이 가공할 살초(殺招)에 그동안 얼마나 많은 고수들이 제대로 손 한 번 써 보지 못하고 허무하게 목숨을 잃었는지 모른다.

진산월 또한 순간적으로 아찔한 느낌이 들었다. 그것은 상대의 무공이 높고 낮다는 차원이 아니라 절대적인 빠름과 압도적인 위력을 코앞에서 마주한 인간으로서의 자연적인 반응이었다.

떨림도 잠시, 진산월은 피하지 않고 수중의 용영검을 휘둘러 복양수의 음양수 장공에 정면으로 맞섰다. 용영검이 어떠한 변화도 없이 곧장 복양수의 손바닥 한가운데를 찔러 들어갔다. 그것은 마치 자신을 짓눌러 오는 거대한 방벽에 대항하는 미약한 몸부림 같았다.

하나 그 순간, 그토록 무서운 기세로 진산월을 압박해 들어오던 복양수의 손바닥이 한차례 흔들리더니 홀연히 사라져 버렸다. 뒤이어 세찬 경풍이 한바탕 몰아치며 주위를 휩쓸고 지나갔다.

휘이이…….

진산월의 옷자락이 금시라도 찢어질 듯 세차게 펄럭이고, 바람에 휩쓸린 흙먼지가 하늘 위로 솟구쳤다가 사라지는 광경은 인상적이다 못해 경이로워 보였다. 단순히 복양수가 몸을 날려 손을 뻗었다가 거두어들였을 뿐인데 마치 거센 회오리바람이 한바탕 불어닥친 것 같은 강력한 여파가 몰아쳤던 것이다.

그 회오리의 한복판에 서 있는 진산월의 얼굴은 여전히 담담했으나, 검을 내뻗었던 그의 손은 가느다란 떨림을 일으키고 있었다.

조금 전의 상황은 겉으로 드러난 것과는 달리 상당히 위태로웠었다. 하마터면 진산월은 용영검을 손에서 놓칠 뻔했던 것이다. 그만큼 복양수의 손바닥에서 흘러나온 힘은 가공스러웠다.

복양수 또한 처음의 위치에 우뚝 선 채 묵묵히 자신의 손을 내려다보고 있었다. 군살이 가득 박힌 그의 두툼한 손바닥에는 어떠한 상처나 혈흔도 보이지 않았다. 하나 복양수는 무거운 표정으로 한차례 손을 힘주어 주먹 쥐었다가 다시 풀었다.

비록 상처는 입지 않았으나 진산월의 용영검에 실린 검기가 너무 날카로워서 하마터면 손바닥을 감싸고 있던 음양대진력의 기운이 뚫릴 뻔했던 것이다. 그가 손을 거두어들이는 동작이 조금만 느렸더라도 용영검에 손바닥을 그대로 꿰뚫려 버렸을지도 몰랐다. 지금도 은은한 통증이 손바닥에서 전해져 오고 있었다.

단 한 번의 짧은 격돌이었으나 진산월은 진산월대로, 복양수는 복양수대로 상대의 실력이 결코 만만치 않음을 다시 한 번 절감할 수 있었다.

이번에는 진산월이 선공(先攻)을 했다. 용영검이 특유의 우윳빛 검광을 뿌리며 복양수의 앞가슴을 노리고 날아들었다. 어떠한 소리도 없이 차갑고 새하얀 검광 수십 개가 맹렬한 기세로 사방을 가득 메우다시피 하며 날아들고 있는 광경은 보는 이를 섬뜩하게 만들기에 충분한 것이었다. 그 검광의 한복판에 서 있는 복양수의 몸은 제대로 보이지도 않을 정도였다.

검광에 가려진 복양수의 양손이 움직인다 싶은 순간, 검광 속에서 가공할 경력이 휘몰아치기 시작했다.

파파파파팡!

검광과 경력이 마주치며 거대한 북을 치는 듯한 굉음이 연거푸 터져 나왔다. 폭죽처럼 피어오르는 새하얀 검광과 무시무시한 경기가 사방을 온통 폐허로 만들어 버릴 듯했다.

순식간에 십여 초가 흘러가고 대여섯 번의 치열한 공방(攻防)이 이루어졌다. 진산월은 처음부터 유운검법의 절초들을 펼쳐 냈고, 복양수 또한 자신의 성명절학인 음양건곤수의 초식들로 맞서 갔다.

진산월의 유운검법에 대한 경지는 그야말로 극에 달해 있어 그의 용영검이 움직일 때마다 구름 같은 검기가 피어올라 복양수의 전신을 뒤덮어 버릴 것 같았다. 그때마다 복양수는 음양무궁보를 밟으며 검과 검이 움직이는 그 짧은 공간 속을 헤치고 들어가 음양건곤수의 절학들을 뿌려 댔다.

그의 두툼한 손이 움직일 때마다 천근 거석도 박살 내 버릴 듯한 막강한 경기가 폭풍처럼 일어났다. 진산월은 보법의 움직임을 최대한 자제한 채 유운검법의 검기만으로 복양수의 음양건곤수 경력을 흐트러뜨렸으나, 복양수의 빠르고 현묘한 보법 때문에 좀처럼 그의 몸을 검세 속에 가두어 두지 못하고 있었다.

복양수 또한 조금이라도 자신의 동작이 늦어지거나 빈틈을 보이면 진산월의 엄밀한 검세에서 빠져나오기 힘들다는 걸 알고 있기에 끊임없이 몸을 이동시키며 음양대진력의 막강한 기운으로 진산월을 압박해 들어갔다.

한 치의 여유나 방심도 허락지 않는 살벌한 순간이 계속되었다. 다시 이십여 초가 흐르자 두 사람의 이마에서는 땀이 흘러내리기 시작했고, 옷의 여기저기가 갈라지거나 찢어져 맨살이 그대로 드러나 보였다. 그럴수록 싸움에 대한 집중력은 최고조에 이르러, 그들의 두 눈에서 흘러나오는 횃불 같은 신광에서는 뜨거운 열기마저 느낄 수 있을 것 같았다.

중인들은 눈앞에서 펼쳐지는 엄청난 검기와 경기의 폭풍에 망연자실한 표정들이었다. 그들 대부분은 당금 무림에서도 내로라하는 고수들이었고 개중에는 평생을 강호의 도산검림을 헤치며 살아온 자들도 있었지만, 그들 중 누구도 이와 같은 엄청난 싸움을 직접 목격한 사람은 없었다.

그 무시무시한 격돌의 한가운데 자신이 들어가 있다고 상상해 보면 절로 모골이 송연해지고 식은땀이 등줄기를 타고 흘러내릴 정도였다. 적어도 인간의 몸으로는 저 가공할 소용돌이 속에서 단 한순간도 견뎌 낼 수 있을 것 같지 않았다.

신검(神劍) 대 신마(神魔)!

가히 당금 무림의 최정상에 있는 절세 고수들의 대결다운 엄청난 싸움이었다.

그들이 눈도 깜박이지 않고 정신없이 구경하는 와중에도 장내의 격전은 더욱 치열해져서, 부서진 돌조각의 파편들과 세찬 경기의 다발들이 그들을 위협할 정도가 되었다. 어쩔 수 없이 그들은 황급히 오 장 밖으로 물러나야만 했다.

여불회는 어느새 바닥에 누워 있던 유중악의 몸을 조심스레 안아 든 채 아내인 기아향과 함께 멀찌감치 물러나 있었다. 그러다 무언가에 억눌린 사람처럼 낮게 가라앉은 음성으로 입을 열었다.

"이건 정말 너무나 굉장하군. 살아생전에 이런 싸움을 보게 될 줄이야……. 우린 정말 운이 좋은 거야, 그렇지 않나?"

그의 품에 안겨 있던 유중악은 힘없이 웃었다.

"글쎄, 난 잘 보이지도 않아서 무어라 할 말이 없네……."

그의 음성은 미약하기 그지없어서 여불회는 싸움 구경에 정신이 없는 와중에도 그를 슬쩍 내려다보았다. 유중악의 안색은 여전히 파리했고 입술은 창백해서 혈색조차 거의 보이지 않았으나, 다행히 숨결은 조금 전보다 약간 안정된 것 같았다.

여불회의 얼굴에 안타까운 빛이 떠올랐다.

"정말 아쉽군. 우리는 지금 강호의 전설로 남게 될 순간을 지척에서 보고 있는 것일세. 자네도 꼭 이 광경을 보았어야 했는데……."

여불회의 아쉬움에 가득 찬 말을 듣자 유중악은 이를 악물고 흐릿한 눈으로 격전이 벌어지고 있는 곳을 뚫어지게 응시했다. 하나 공력이 거의 손실되고 기력이 바닥난 그의 눈으로는 아무리 애를 써 보아도 장내의 상황을 정확히 볼 수가 없었다. 그저 눈앞의 저 공간에서 무언가 가공할 싸움이 벌어지고 있다는 것을 간신히 알아차릴 수 있을 뿐이었다.

유중악은 차라리 지그시 눈을 감았다.

보이지는 않았지만 느낄 수는 있었다. 거대한 힘과 힘이 몇 번이고 무섭게 충돌하며 일으키는 격렬한 파동이 공기를 타고 피부에 생생하게 와 닿고 있는 것이다.

한동안 그 공기의 여파를 조용히 음미하고 있던 유중악이 혼잣말처럼 나직한 음성으로 중얼거렸다.

"두 사람의 기운은 너무도 판이하여 쉽게 구분이 가는군. 신검무적의 검은 더할 수 없이 예리하면서도 변화가 무쌍하네. 그에 비해 음양신마의 움직임은 한없이 표홀한 듯하면서도 무겁고 장중하군."

여불회는 그의 그런 모습을 가만히 보고 있다가 그의 어깨를 살며시 두드렸다.

"자네의 말대로일세. 정확한 건 나도 알 수가 없지만, 한눈에 보기에도 신검무적의 검은 정말 날카롭고, 음양신마의 손은 무섭도록 무겁네. 두 사람 중 누가 우세한지, 이 싸움의 결말이 어떻게 날지 도무지 상상조차 할 수가 없다네."

여불회의 입에서 감탄인지 탄식인지 모를 음성이 흘러나왔다.

"음양신마야 워낙 오래전부터 강호를 주름잡던 인물이었으니 그렇다 쳐도, 종남파의 저 젊은 장문인의 검법이 저토록 놀라울 줄은 정말 몰랐네. 추한산장에서 보았을 때는 단지 솜씨 좋고 전도가 양양한 수준급의 검객으로만 생각했었는데, 이제 보니 그는 이미 검으로는 최고봉의 경지에 올라 있었군. 신검무적이 당대 제일의 검객이라는 강호의 소문은 잘못된 게 아니었어."

유중악은 여전히 눈을 감은 채 묵묵히 고개만 끄덕였다. 단순히 여불회의 말에 동의를 하는 것인지, 아니면 눈으로는 제대로 볼 수 없는 절세고수들의 경천동지할 격전을 마음속으로 좀 더 생생하게 그려 보고 있는 것인지 분명치 않았다.

여불회 또한 더 이상의 말은 생략한 채 조용히 장내의 격전에 이목을 집중시키고 있었다.

진산월과 복양수의 싸움은 이미 절정에 달해 있는 상태였다. 그들의 온몸은 이미 땀으로 흠뻑 젖어 물속에 들어갔다 나온 것 같았고, 입과 코에서는 연신 거친 숨소리가 흘러나오고 있었다.

그런데도 그들의 눈빛은 추호도 흔들리지 않았고, 몸을 움직이는 속도도 전혀 느려지지 않았다. 오히려 시간이 흐를수록 그들의 공격은 점점 더 날카로워졌고, 상대의 숨통을 끊기 위해 자신의 안위를 돌보지 않고 위험천만한 수법을 서슴지 않고 사용했다.

지금도 진산월은 복양수의 양손이 휘둘러지는 사이를 억지로 뚫고 들어가며 용영검을 위에서 아래로 세차게 내려그었다. 그 바람에 왼쪽 어깨가 음양수의 공력에 스쳐 피부가 시커멓게 죽었으나 진산월은 눈썹 하나 찡그리지 않았다.

쫘아악!

마치 수십 겹의 비단폭이 찢어지는 듯한 음향과 함께 시퍼런 검기가 복양수의 몸을 양단할 듯 엄청난 기세로 쏘아져 갔다. 유운검법 중에서도 가장 무서운 초식 중 하나인 유운단악이었다.

복양수는 무표정한 얼굴로 앞으로 내뻗었던 양손을 세차게 흔들었다. 그의 두 손이 어찌나 빠르게 움직이는지 그의 상반신이 온통 손그림자에 가려진 듯한 착각이 들었다. 음양건곤수 중의 음양난교(陰陽亂交)라는 수법이었다.

산악조차 갈라 버리는 유운단악의 검기가 철벽처럼 드리워진 음양수의 공력에 가로막혀 살짝 방향이 틀어졌다.

쾅!

검기는 복양수의 바로 옆을 스치고 지나가며 바닥에 커다란 구덩이를 만들어 냈다. 실로 무시무시한 위력이 아닐 수 없었다. 하나 그 바람에 진산월의 오른쪽에 약간의 허점이 생겨났다.

복양수는 그 기회를 놓치지 않기 위해 전력을 기울여 진산월의 우측으로 바짝 다가서며 음양건곤수 중의 절초들인 음양노호(陰陽怒號), 양봉음위(陽奉陰違), 음유양란(陰幽陽爛)의 초식들을 폭포수처럼 퍼부어 댔다. 그 기세가 어찌나 맹렬했던지 진산월은 순간적으로 수백 개의 커다란 바윗덩어리들이 자신을 향해 쏟아져 내리는 듯한 착각이 들 정도였다.

진산월은 최고의 수비 초식인 운무중첩을 펼쳐 복양수의 공세에 맞서 갔다. 구름처럼 일어난 검기는 무서운 속도로 복양수가 겹겹이 펼쳐 낸 수영(手影)들을 하나둘씩 파훼해 갔다.

파파파파!

수영이 검기에 부딪혀 사그라질 때마다 격렬한 파공음과 함께 세찬 경기가 사방으로 퍼져 나갔다. 그것만 보아도 수영 하나하나에 담긴 힘이 얼마나 가공스러운지 여실히 알 수 있었다.

하나 그 짧은 순간에 복양수가 펼친 공세가 어찌나 맹렬했던지 운무중첩이 거의 끝나가는 데도 수영은 아직도 절반 가까이 남아 있었다.

파아아…….

마침내 운무중첩의 검기가 수영 하나를 파쇄하며 사라지자 진산월은 어쩔 수 없이 뒤로 한 걸음 물러서며 유운경변과 유운축월의 초식들을 전개해 냈다. 초식과 초식이 이어지는 순간은 거의 구분할 수도 없이 짧았지만, 노도처럼 밀려들어 오는 수영 때문에 새로운 초식을 펼치며 뒤로 물러서지 않을 수 없었던 것이다.

수공의 고수를 상대하면서 뒤로 물러선다는 것은 상대에게 전진할 공간을 줄 뿐 아니라, 서로 간의 간격을 상대가 임의로 조정할 수 있는 기회를 주는 것이기 때문에 절대로 해서는 안 되는 일이었다.

복양수로서는 진산월과의 격전에서 처음으로 잡은 실낱같은 승기라고 할 수 있었다. 복양수의 두 눈이 무섭게 번뜩이며 그의 몸이 유령처럼 허공을 유영하여 진산월의 곁으로 바짝 다가섰다. 그와 함께 활짝 펼쳐진 양손이 괴이하게 흔들리며 지금까지와는 다른, 부드러운 경기가 밀려왔다.

그런데 그 경기에 닿는 순간 용영검의 검기가 급속도로 힘을 잃고 사그라졌다. 동시에 진산월의 낯빛 또한 살짝 가라앉았다.

한없이 부드러워 보이는 그 경력 속에는 실로 형용 못할 가공할 파쇄의 기운이 담겨 있었다. 천신만고 끝에 찾아온 기회를 놓치지 않기 위해 마침내 복양수가 아껴 두었던 음양건곤수의 가장 강력한 수법인 혈화염구주(血花染九州)를 펼친 것이다.

혈화염구주는 음양건곤수의 삼대 절초인 음양화명(陰陽和鳴)과 음양생화(陰陽生花), 음화적혈(陰花摘血)을 연환하는 수법으로, 복양수조차도 만들어 놓고 평생 단 세 번만을 펼쳤을 뿐이었다. 그리고 그것으로 그는 우내사마의 일인이 되었다.

조금 전에 펼쳐진 부드러운 기운이 바로 음양화명이었다. 음기와 양기로 이루어진 음양대진력의 기운을 하나로 합일(合一)하여 가장 정순한 상태로 뽑어낸 것이 바로 음양화명이었다. 겉으로는 산들바람처럼 나약해 보였지만, 금석이라도 가루로 만들어 버리는 가공할 위력이 담긴 절초였다.

그 효과는 확실하여 진산월의 반격이 맥없이 봉쇄되고 말았다.

복양수는 진지한 얼굴로 천천히 왼손을 앞으로 내뻗었다. 그러자 그의 손에서 한 송이 꽃과 같은 모양의 강기가 만들어졌다. 이것이 바로 혈화염구주의 두 번째인 음양생화였다.

앙증맞도록 귀여운 그 꽃 한 송이에 얼마나 가공할 위력이 담겨 있을지는 그 초식을 직접 맞게 될 진산월 외에는 누구도 짐작조차 하지 못할 것이다.

진산월은 흔들리는 몸을 바로 세우며 용영검을 가볍게 흔들었다. 그러자 무려 열여섯 개의 검광이 피어올랐다. 복양수가 발출한 꽃송이가 진산월의 코앞으로 닥친 순간, 열여섯 개의 검광이 하나로 합쳐지더니 꽃송이와 정면으로 격돌했다. 마침내 진산월이 유운검법 중의 가장 무서운 초식인 유운검봉을 펼친 것이다. 이번에 그가 발출한 유운검봉은 무려 십육 봉이나 되었다.

꽝!

천지가 개벽하는 듯한 엄청난 굉음이 터져 나오며 세찬 경기가 반경 십 장 이내를 폐허로 만들어 버렸다. 그 충돌의 여파가 어찌나 강력했던지 주위에 있던 중인들이 대경실색하여 허겁지겁 다시 다섯 장이나 더 물러나야만 했다.

땅거죽이 송두리째 뒤집히고 거센 흙먼지가 사방을 자욱하게 뒤덮었다. 단순히 검광과 수영이 부딪혔다고는 믿기지 않는 놀라운 광경이었다. 그 격돌의 여파로 거센 폭포수 같았던 검광은 힘을 잃고 사라져 갔고, 복양수가 발출한 꽃송이 또한 산산이 부서져 하나의 작은 꽃잎 모양만 남겨 놓았을 뿐이었다.

그런데 놀랍게도 그 손가락 마디만큼 남아 있는 꽃잎 모양의 강기는 여전히 흙먼지를 뚫고 진산월에게로 날아가고 있었다. 금시라도 바닥에 떨어질 듯 흔들리면서도 계속 자신에게 다가오는 꽃잎을 본 진산월의 표정이 어느 때보다 무겁게 굳어 있었다.

그 꽃잎이 조금 전의 꽃송이보다 더욱 강력하다는 것을 직감적으로 알아차린 것이다. 그도 그럴 것이 그 꽃잎이야말로 혈화염구주를 완성하는 최후의 초식인 음화적혈이었던 것이다.

치열한 난전 속에 마침내 피어난 작은 음화(陰花)! 그것이야말로 평생을 무림의 최정상 고수로 군림해 온 복양수가 만들어 낸 음양건곤수의 최정화였다.

복양수는 자신이 만들어 낸 음화가 진산월의 가슴을 피로 적실 것을 추호도 의심치 않았다. 음화의 기운이 이미 진산월의 가슴에 거의 도달해 있기에 피하거나 검으로 막을 수 없는 상황이라고 판단한 것이다.

절체절명의 순간, 진산월의 왼손이 미끄러지듯 가슴 쪽으로 움직이더니 앞으로 쭈욱 내뻗어졌다. 그와 함께 그의 손에서 미증유의 거력이 쏟아져 나왔다.

…….

차라리 아무 소리도 들리지 않았다.

너무도 큰 음향에 중인들의 청력이 순간적으로 마비된 것이다.

하나 다음 순간 압축되었던 공기가 폭발하는 듯 공간이 일렁이며 거대한 굉음이 터져 나왔다.

콰아아아앙!

자신만만한 표정으로 양손을 내밀고 있던 복양수의 신형이 삼 장이나 뒤로 주르르 밀려났다. 그의 양손은 실핏줄이 모두 터져 너덜너덜해졌고, 입과 코로 시커먼 핏물이 폭포수처럼 흘러내리고 있었다.

복양수가 두 눈을 부릅뜬 채 피투성이로 변한 양손을 들어 올리려 할 때, 한 줄기 검광이 빛살처럼 허공을 날아 그의 가슴을 그대로 꿰뚫어 버렸다. 그 검광이 날아드는 속도와 기세는 눈으로 보고도 믿을 수 없는, 가공스러운 것이었다.

"흡!"

신음인지 비명인지 모를 짤막한 음성과 함께 복양수의 몸이 석상처럼 그 자리에 굳어졌다.

자욱한 흙먼지가 걷히며 장내의 광경이 서서히 드러났다.

중인들은 무언가에 홀린 사람들처럼 두 눈을 크게 뜬 채 앞으로 조금씩 다가갔다.

복양수는 그 자리에 우뚝 서 있었다. 머리와 어깨가 온통 흙먼지로 뒤덮이고 단정히 묶었던 백발이 반쯤 풀어헤쳐졌으나 그는 여전히 천신(天神)과도 같은 자세를 유지하고 있었다.

그의 고개가 천천히 숙여지며 자신의 앞가슴을 내려다보았다. 살짝 베어진 앞가슴에 가는 혈선(血線)이 생겨났다. 그 혈선은 점차로 진해지더니 이내 시뻘건 핏물을 뿜어내기 시작했다.

복양수는 다시 고개를 들어 전면을 바라보았다. 언제 거두어들였는지 진산월은 수중의 용영검을 검집에 넣은 채 조용히 서 있었다. 그의 얼굴은 백짓장처럼 창백했고 입가에는 한 줄기 혈흔마저 내비치고 있었으나, 눈빛만큼은 여느 때와 다름없이 담담하면서도 맑고 청명했다.

복양수는 한동안 그의 얼굴을 물끄러미 응시하더니 느릿느릿 입을 열었다.

"조금 전의 장공(掌功)도 종남의 무공인가?"

진산월은 담담한 표정으로 고개를 끄덕였다.

"태인장이라는 것입니다."

"태인장이라……. 들어 본 기억이 있군. 한때 천하에서 가장 강력한 장공 중 하나라고 했던가? 이미 오래전에 절전(絕傳)된 것으로 알았는데, 용케도 복원했군."

"운이 좋았습니다."

"운도 실력이지. 마지막 초식도 훌륭했네."

진산월은 살짝 고개만 숙인 채 대답하지 않았다.

마지막에 그가 복양수의 가슴을 가른 초식은 낙하구구검의 최절초인 자하천래(紫霞天來)였다. 유운검법을 주로 사용하던 그로서는 모처럼 펼친 수법이었으며, 그 위력은 왜 삼락검이 종남파의 최고 검법이라고 불렸는지를 여실히 보여 주는 것이었다.

철탑처럼 서 있던 복양수의 신형이 한차례 흔들렸다. 그럼에도 복양수는 여전히 몸을 우뚝 세운 채 평상시의 표정을 유지하고 있었다.

"생각해 보니 조금 전의 기회도 자네가 일부러 유인한 것 같군. 노부는 자네에게 접근한 순간 결정적인 승기를 잡았다고 확신했는데, 사실은 이토록 무서운 노림수를 가지고 있었으니 말이야. 그렇지 않나?"

진산월은 그 말에도 아무런 대꾸를 하지 않았다. 하나 그것은 일종의 시인이나 마찬가지였다.

조금 전의 처절한 싸움은 두 사람 모두에게 무척이나 힘들고 고통스러운 것이었다. 더구나 진산월의 검세에 빠지지 않기 위해 처음부터 음양무궁보를 펼치며 끊임없이 움직여야 했던 복양수는 체력적으로 더욱 힘이 들었다.

그래서 진산월이 허점을 보인 순간, 평상시의 냉정함을 잃어버리고 건곤일척의 승부를 걸어온 것이다. 접근전에 절대적인 자신을 가지고 있던 복양수로서는 당연한 일이었다고 할 수 있겠지만, 그 결과는 그의 기대와는 전혀 다른 것이었다.

복양수의 몸이 세차게 흔들리기 시작했다.

"아무튼 좋은 승부였네. 내가 조금만 더 젊었어도 좀 더 멋진 싸움을 할 수 있었을 텐데……. 머지않아 자네에게 어울리는 상대를 만날 수 있을 걸세."

그 말을 끝으로 복양수는 눈을 감았다.

쿵!

그의 몸이 쓰러지는 소리가 장내를 뒤흔들었다.

진산월은 싸늘히 식어 가는 복양수의 몸을 묵묵히 응시했다. 태인장에 이은 자하천래의 일식으로, 진산월은 유운검법에 치중해 왔던 지금까지의 방식에서 진일보했음을 스스로에게 증명해 보였다.

하나 그의 표정은 그다지 밝지 않았다. 태인장의 위력을 확인한 것은 큰 수확이었지만, 복양수의 마지막 말이 유독 마음에 걸렸다.

복양수가 말한 자신에게 어울리는 상대는 과연 누구를 가리키는 것일까? 복양수 같은 사람에게 마음 내키지 않는 일을 하게끔 만드는 인물이 과연 존재할 수 있을까?

그리고 만일 그 두 사람이 같은 인물이라면 자신이 과연 그를 감당할 수 있을 것인가?

진산월이 여러 가지 복잡한 상념에 잠겨 있을 때, 누군가가 그에게 다가왔다.

제 283 장

진상파악(眞相把握)

제 283 장 진상파악(眞相把握)

"정말 대단한 싸움이었소. 오늘 비로소 하늘 밖에 하늘이 있다는 말이 어떤 것인지 실감할 수 있었소."

다가온 사람은 유중악을 안고 있는 여불회였다. 여불회의 얼굴은 붉게 상기되었으며, 진심으로 탄복한 듯한 표정이 여실히 드러나 있었다.

"진 장문인은 이제 강호의 전설이 될 거요. 아니, 이미 전설은 시작되었다고 봐야겠구려."

여불회가 흥분과 격동이 역력한 얼굴로 두서없이 떠들자 그의 옆에 조용히 서 있던 기아향이 팔로 슬쩍 그를 건드려 입을 다물게 한 후 진산월을 향해 다소곳하게 인사를 했다.

"진 장문인 덕분에 우리 부부는 질긴 목숨을 이어 나갈 수 있게 되었어요. 진심으로 감사드려요."

진산월은 살짝 고개를 숙여 답례를 하고는 이내 여불회의 품에 안겨 있는 유중악에게로 시선을 돌렸다.

"유 대협은 어떠시오?"

그 말을 들었는지 그때까지도 눈을 감고 있던 유중악이 천천히 눈을 떴다. 흐릿했던 안광이 조금 밝아지며 눈동자에 또렷한 상이 맺히기 시작했다.

"아직은 견딜 만하오."

유중악의 음성은 여전히 미약했으나, 진산월은 그의 호흡이 조금 전보다는 한결 안정되어 있다는 것을 알 수 있었다.

"천만다행이오. 늦게나마 정식으로 인사드리겠소. 종남의 진산월이라 하오."

진산월이 포권을 하자 유중악의 파리한 얼굴에 씁쓸한 미소가 떠올랐다.

"몸이 이런 상태라서 제대로 인사를 드릴 수도 없구려. 봉강의 유중악이오."

"충분히 이해하고 있으니 유 대협은 마음 쓰실 필요 없소. 그보다 저간의 사정을 들을 수 있겠소?"

"나야말로 진 장문인께서 어떻게 이곳에 오시게 되었는지 그 연유가 몹시도 궁금하오."

솔직히 진산월은 당장에라도 선사의 친우인 곽자령의 행방과 안위부터 묻고 싶었다. 그러나 자신의 몸조차 제대로 가누지 못하고 있는 유중악을 다그칠 수 없어서 간략하게 자신이 이곳에 오게 된 경위를 말해 주었다.

묵묵히 그의 말을 듣고 있던 유중악이 무거운 한숨을 내쉬었다.

"후우, 진 장문인이 제갈세가를 방문한 게 우리로서는 천운(天運)이었구려. 그런데 혹시 이곳까지 오면서 내 일행을 만나지 않으셨소? 특히 태행독객 무종휘와 진산수 뇌 대협을 말이오."

진산월은 유중악이 충격을 받을 것을 저어하여 잠시 망설였으나 어차피 그가 알게 될 일인지라 자신이 그들 두 사람을 발견한 것을 말해 주었다. 무종휘의 죽음을 전해 들은 유중악의 낯빛은 보는 사람이 안타까움을 느낄 만큼 침울하게 가라앉았다.

"두 사람의 상세가 너무 심해서 부득이 그들을 남겨 두고 떠나야 했는데, 결국 그렇게 되었군. 나 때문에 종휘가 한창의 나이에 비명횡사하고 말았으니 이 죄스러움을 어찌해야 할지 모르겠구나……."

나직한 유중악의 독백에 담긴 비통함이 너무도 절절하여 한쪽에 있던 기아향이 몰래 눈시울을 적셨다. 한동안 공허한 눈으로 허공을 응시하고 있던 유중악이 다시 진산월에게로 시선을 돌렸다.

"뇌 대협이라도 살아 계시다니 천만다행한 일이오. 다른 사람의 행방은 혹시 알지 못하시오?"

유중악이 오히려 자신에게 곽자령의 행방을 묻자 진산월은 속으로 한숨을 흘렸다. 불길한 예측대로 유중악과 곽자령은 뿔뿔이 헤어져 상대의 안위조차 제대로 알지 못하고 있는 것이 분명했다.

진산월로서는 다분히 기대감이 섞인 대답을 할 수밖에 없었다.

"유 대협 일행의 행적을 쫓다가 흔적이 두 군데로 갈라져서 다른 한쪽은 내 사제인 낙일방이 맡게 되었소. 아마 특별한 일이 없다면 그가 다른 분들을 찾을 수 있을 거라고 생각하오."

유중악의 얼굴이 조금 밝아졌다.

“낙일방이라면 옥면신권이란 별호로 요즘 혁혁한 명성을 떨치고 있는 종남파의 젊은 고수 아니오? 옥면신권이라면 그들에게 무슨 일이 생겨도 충분히 감당할 수 있을 거요.”

“다만 그들이 너무 늦게 만나지 않기만을 바랄 뿐이오.”

“그들은 옥면신권을 만날 때까지 버텨 낼 수 있을 거요.”

유중악은 자신의 친우들에 대해 나름대로 믿음을 가지고 있었다. 가장 무서운 복양수와 흑백상문신이 모두 자신을 뒤쫓고 있는 이상, 강북녹림맹의 추적에 그들이 맥없이 당하지는 않았을 거라고 생각했다. 다만 걱정스러운 것은 그들 모두 적지 않은 부상을 입은 상태여서 제 실력을 발휘할 수 없다는 것이었으나, 지금으로서는 그저 그들의 높은 무공과 오랜 강호 경험으로 다져진 무인으로서의 강인함을 믿을 수밖에 없었다.

진산월로서도 모쪼록 유중악의 기대가 이루어지길 바라고 있었다. 만에 하나 곽자령이 변(變)을 당하게 된다면 이제까지의 모든 수고가 헛고생이 될 뿐 아니라 돌아가신 선사를 뵐 면목이 없을 것이다.

유중악이 다시 무어라고 입을 열려 할 때 진산월은 차분한 표정으로 주위를 둘러보았다.

“더 이상의 자세한 사정은 나중에 나누도록 합시다. 우선은 장내를 정리하는 게 순서일 듯하오.”

진산월의 시선이 한쪽에 우두커니 서 있는 흑백상문신에게로 향했다.

그들은 복양수의 죽음이 아직도 믿어지지 않는지 망연자실한 모습으로 그 자리에 석상처럼 미동도 않고 서 있었다. 그러다 진산월이 자신들을 쳐다보자 서로 시선을 주고받더니 그중 백포인 한 사람이 진산월에게로 다가왔다. 그는 진산월을 향해 정중하게 포권을 했다.

"나는 흑백상문신의 수좌(首座) 격인 단우목(段宇穆)이라 하오. 진 장문인께 한 가지 부탁 말씀을 드리려 하오."

그의 태도가 예상보다 정중했기에 진산월도 그를 강호의 고수로서 대접해 주었다.

"말씀하시오."

"존주(尊主)의 시신을 그분이 평소에 머무르시던 거처로 모셔 가고 싶소. 진 장문인께서 양해해 주셨으면 하오."

진산월이 비록 복양수와 치열한 격전을 벌여 그를 쓰러뜨렸으나, 흑백상문신과는 아무런 은원 관계도 없는 사이였다. 만에 하나 그들이 자신을 공격한다면 어쩔 수 없이 손을 썼을 것이나, 그들이 먼저 예를 갖추어 복양수의 시신을 거두어 물러가려는 의사를 밝히니 진산월로서는 거절할 이유가 없었다.

"복양 대협의 영면을 위한 일이라면 기꺼이 그렇게 하시오."

"진 장문인의 배려에 감사드리오."

여덟 명의 흑백상문신은 차례로 진산월에게 인사를 하고는 곧 복양수의 시신을 조심스레 들고 장내를 떠나갔다. 그들 중 누구도 진산월에게 원한 맺힌 시선을 주거나 분기를 터뜨리는 사람은 없었다.

괴이할 정도로 조용하고 차분한 움직임으로 장내를 떠나는 그들의 뒷모습은, 중인들의 가슴에 묘한 적막감을 불러일으켰다. 강호의 전설 하나가 사라지는 광경을 직접 눈으로 보는 기분은 말로 형용할 수 없는 복잡 미묘한 것이었다.

흑백상문신이 떠난 후 장내에 남아 있는 사람들은 유중악과 곽산쌍려, 능자하, 그리고 경요궁의 무리들뿐이었다. 진산월의 시선은 그들 중 경요궁의 고수들에게로 향했다.

희인몽은 네 명의 백의인들에게 에워싸여 바닥에 정좌한 채 운공조식을 하고 있었고, 단후명은 무언가 깊은 상념에 잠겨 있다가 진산월의 시선을 느꼈는지 그에게로 성큼성큼 다가왔다.

"대종남파의 장문인인 신검무적을 뵙니다. 저는 경요궁에서 총관을 맡고 있는 단후명이라 합니다. 이번에 큰 은혜를 입게 된 것에 감사드립니다."

단후명이 종담을 대할 때와는 달리 정중하게 인사를 하자 진산월도 그에 답례했다.

"진산월이오. 단 총관을 만나게 되어 반갑소. 좌 부인의 상세는 어떠시오?"

"음양수에 일장(一掌)을 맞아 기혈이 역류되고 심맥이 크게 흔들렸으나, 때마침 몸을 보호하는 호신의(護身衣)를 입고 계셔서 진기를 운용하는 데는 별 어려움이 없으신 듯합니다."

이번 여정이 험악하다는 것을 잘 알고 있을 희인몽이 움직이기 번거롭고 거추장스러운 궁장을 입고 있어서 다소 의아하게 생각했는데, 이제 보니 궁장 안에 특수한 갑옷 같은 것을 착용하고 있던 모양이었다.

겉으로는 별로 표시가 나지 않고 몸매의 굴곡마저 드러나는 것으로 보아 경요궁의 보물 중 하나로 알려진 옥루잠의(玉樓蠶衣)일 가능성이 농후했다. 옥루잠의는 무게가 가벼울 뿐 아니라 수화불침(水火不侵)에 도검은 물론이고 어지간한 강기의 침투마저 막는 효과가 있는 기물 중의 기물이었다.

"다행한 일이오. 음양신마의 음양수에 격중되면 공력을 제대로 끌어올릴 수 없다고 해서 혹시나 하는 마음이 있었소."

"걱정해 주셔서 감사합니다."

진산월은 단후명을 가만히 응시하더니 조용한 음성으로 입을 열었다.

"단 총관은 비류문의 제자라고 들었소."

"그렇습니다."

"조금 전에 얼핏 보니 과연 소문으로 듣던 대로 무척이나 영활하면서도 날카로운 무공이었소. 특히 장법과 권법의 변화가 절묘하던데, 그 무공들의 이름을 알 수 있겠소?"

단후명의 몸이 잠시 움찔거렸다.

"본 문의 무공을 그렇게 평가해 주시니 고맙긴 하지만, 진 장문인 같은 분께 내세울 만한 것은 못 됩니다."

"아니오. 장법과 보법의 신묘함이 상당히 뛰어나고, 특히 단 총관이 후반부에 사용한 권법은 한없는 표홀함 속에 번뜩이는 예리함을 담고 있어서 무척 흥미로웠소."

이번에는 단후명이 진산월을 물끄러미 쳐다보더니 낮게 가라앉은 음성으로 말했다.

"본 문의 장법은 청류장이라 하고, 보법은 표류보입니다. 그리고 제가 사용한 권법은 명류권이라 합니다."

"청류와 명류라……. 좋은 이름이오."

"감사합니다."

그 말을 끝으로 두 사람은 모두 약속이나 한 듯이 입을 다물었다. 진산월도 더 이상은 단후명의 무공에 대해 묻지 않았고, 단후명도 진산월이 왜 자신의 무공에 관심을 가지는지에 대해 의아함을 표시하지 않았다.

그들이 갑자기 대화를 중단하자 옆에 있던 여불회가 다소 이상한 눈으로 그들을 쳐다보았다. 그렇지 않아도 여불회는 단후명이 진산월에게 필요 이상으로 공손한 태도를 취하는 것이 조금은 기이하게 생각되었던 참이었다.

무림에 알려진 단후명의 성격은 매사에 빈틈이 없으면서도 칼날같이 날카롭고 잔인한 면이 있어서 상대하기 까다롭다는 것이었다. 오죽했으면 색명수사라는 별호가 붙었겠는가?

그런데 진산월을 대하는 그의 태도는 정중하면서도 예의를 잃지 않는 것이어서, 강호에 알려진 색명수사답지 않았다. 진산월 덕분에 목숨을 구원받았기 때문이라고 생각하면 특별히 이상할 것도 없으나, 여불회로서는 다소 신기한 마음이 들지 않을 수 없었다.

때마침 희인몽이 운공을 마치고 자리에서 일어나자 단후명이 황급히 그녀에게 다가갔다.

"어떠십니까?"

희인몽의 안색은 그다지 밝지 않았다.

"음양신마의 음양수는 정말 무섭군요. 살짝 빗겨 맞았음에도 내 금강선정신공과 옥루잠의를 뚫고 들어와 심맥에 침투했어요. 세 번이나 대주천을 했는데도 음양수의 기운을 완벽히 몰아낼 수가 없었어요. 아무래도 며칠 정양(靜養)을 해야 겨우 완치가 될 것 같군요."

단후명은 유중악에 비하면 그나마 다행한 일이라고 말할 뻔한 것을 간신히 억눌렀다. 대신에 그는 그녀에게 가마에 오를 것을 권했다.

"그렇다면 늦기 전에 이만 돌아가도록 하지요. 한시라도 빨리 음양수의 기운을 완전히 몰아내야 비로소 안심할 수 있을 것 같습니다."

"하지만……."

희인몽이 슬쩍 고개를 돌려 유중악 쪽을 바라보았다. 유중악은 여전히 여불회의 품에 안겨 있었는데, 무림 제일의 기남아라는 이름에 어울리지 않게 초췌한 모습이었다.

유중악을 응시하는 희인몽의 봉목에 잠시 아련한 빛이 감돌았다. 좌일군과 혼인을 한 후 그에 대한 마음은 완전히 접었다고 생각했었는데, 그가 위급하다는 소문을 듣자마자 자신도 모르게 궁을 떠나 이곳까지 달려오고야 말았다.

대궁주인 육천기는 물론이고 다른 사람을 볼 낯도 서지 않은 일이었다. 그녀 자신도 지금 자신의 심정을 제대로 표현할 수가 없을 만큼 복잡한 상태였다.

이제 막상 유중악을 다시 보게 되었으나 그녀는 그에게 무슨 말을 해야 할지 몰랐다.

그때 우연인지 지금까지 한쪽에 말없이 서 있던 능자하가 유중악의 곁으로 조용히 다가섰다. 그 광경을 보는 희인몽의 눈빛이 몇 차례나 흔들리고 있었다.

"후우……. 정리(情理)란 참으로 요물과도 같은 것이구나."

허공을 향해 뜻 모를 한숨을 내쉬던 그녀는 쓸쓸히 고개를 돌렸다. 그리고 그때 비로소 그녀의 시선에 진산월의 모습이 들어왔다.

그녀는 그를 향해 살짝 고개를 숙였다.

"그러고 보니 진 장문인께 제대로 인사도 못 드렸군요. 나는 경요궁의 희인몽이라고 해요."

"종남파의 진산월이오."

"오늘 진 장문인께 입은 은혜는 잊지 않겠어요. 몸이 불편하여 이대로 떠나는 것을 용서해 주세요."

"은혜라니 당치 않소. 그보다 떠나시기 전에 좌 부인께 한 가지 여쭐 것이 있소."

"무엇이든 말씀하세요. 내가 알고 있는 것이라면 기꺼이 말씀드리겠어요."

진산월은 그녀를 향해 전음으로 한 가지를 물었다.

줄곧 무겁게 굳어 있던 그녀의 눈이 크게 뜨여지며 놀람에 찬 눈빛이 흘러나왔다.

"그걸 어찌……."

그녀는 경악 어린 눈으로 진산월을 쳐다본 채 무어라고 소리치려 했다. 그때 진산월의 조용한 음성이 그녀의 귓전에 들려왔다.

"그런지 아닌지만 말씀해 주시면 되오."

희인몽의 안색이 몇 차례나 변했다. 그동안에도 진산월은 담담한 표정으로 그녀가 마음의 안정을 되찾기만을 기다리고 있었다. 한참 후에야 그녀는 겨우 흔들리는 마음을 가라앉혔는지 무거운 한숨을 내쉬었다.

"후우. 진 장문인께서 어떻게 그 사실을 알았는지는 모르지만, 진 장문인의 말씀이 옳아요."

진산월은 고개를 끄덕였다.

"알겠소. 사실대로 말씀해 주신 것에 감사드리오."

희인몽은 한동안 기이한 눈으로 진산월을 응시하더니 이윽고 평상시의 음성으로 입을 열었다.

"진 장문인이 그걸 물은 이유는 아무리 생각해 봐도 하나밖에는 없는데, 그 이상은 나로서도 감히 상상할 수 없군요. 내가 공연한 말을 해서 평지풍파를 일으키게 된 건 아닐까 걱정이 됩니다."

"진실이라면 언젠가는 알려지게 되지 않겠소? 좌 부인께서 걱정하시는 일은 일어나지 않을 거요."

희인몽은 복잡한 빛이 담긴 얼굴로 씁쓸하게 웃었다.

"그렇게 되길 바라겠어요. 나는 이만 돌아가야겠습니다."

"하루속히 쾌유하시길 바라겠소."

희인몽은 말없이 고개를 숙이고는 가마에 올라탔다. 그러고는 올 때와 마찬가지로 단후명과 네 명의 백의인과 함께 홀연히 떠나 버렸다.

그동안에도 의식적인지 그녀는 단 한 번도 유중악에게로 고개를 돌리지 않았다. 유중악 또한 그녀 쪽으로는 시선을 주지 않았다.

얼핏 한없이 매정해 보였으나, 그것은 지극히 유중악다운 모습이었다. 맺어지지 못할 인연에 미련을 두지 않으며, 떠나는 사람을 잡지 않는 것은 유중악의 오랜 신념이자 행동 철학이었다.

그녀와 그는 이미 너무 다른 길을 걷고 있었다. 이제 와서 서로 마주 보며 대화를 나눈들 감정의 오랜 잔재만이 남게 될 뿐이었다. 아쉬움은 마음속으로 삼키고 미련을 두지 않는 것이 쓸모없는 감정의 굴레에 빠지지 않는 길일 것이다.

다만 그로서는 그녀가 앞으로 행복하길 바랄 뿐이었다.

경요궁의 인물들마저 떠난 장내에는 휑한 공기가 감돌았다.

남아 있는 사람들의 시선이 약속이나 한 듯이 한 사람에게로 향했다. 유중악의 옆에 다소곳하게 서 있던 능자하가 그 시선에 반응하듯 갑자기 입을 열었다.

"나는 이 사람과 몇 마디 이야기만 하고 떠나겠어요."

과거의 연인들이 대화를 나누겠다는데 누가 제지할 수 있겠는가?

여불회는 자신의 품에 안겨 있는 유중악을 내려다보며 신중한 음성으로 물었다.

"괜찮겠나?"

유중악이 고개를 끄덕이자 여불회는 유중악을 조심스레 바닥에 내려놓고 기아향과 함께 진산월이 있는 곳으로 걸어왔다. 여불회는 멋쩍은 표정을 지어 보였다.

"진 장문인이 마무리까지 깔끔하게 해 준 덕분에 일이 편하게 되었구려. 그렇지 않아도 좌 부인을 어찌 대해야 하나 은근히 걱정스러웠는데……."

여불회의 시선이 유중악과 능자하가 있는 쪽으로 향했다. 두 남녀는 낮은 음성으로 무어라고 소곤거리고 있었는데, 두 사람 모두 별다른 표정의 변화가 없어서 그들이 무슨 대화를 하고 있는지 짐작조차 할 수 없었다.

그들을 바라보는 여불회의 얼굴에 한 줄기 아련한 빛이 떠올랐다.

"몇 년 전만 해도 저들 두 사람은 누구나가 부러워하는 최고의 한 쌍이었소. 나를 비롯한 친구들은 청천이 이제야 비로소 어울리는 짝을 만났다며 모두 기뻐했었지."

진산월은 조용히 그의 말을 듣고 있었다. 여불회의 얼굴에 씁쓸한 미소가 스치고 지나갔다.

"우리는 당연히 그들이 백년해로할 줄 알았소. 두 사람은 성격적으로도 잘 맞았고 서로를 무척이나 아끼고 사랑했기 때문에 나는 조만간에 그들이 정식으로 혼인하리라고 철석같이 믿고 있었소. 그런 그들이 찬바람이 불던 어느 날, 그토록 냉정하게 갈라서게 될 줄은 정말 꿈에도 상상치 못했소."

"그들이 왜 헤어졌는지 아시오?"

"예전에 누군가가 물어본 적이 있었는데 청천은 그에 대해 아무런 언급도 하지 않았소. 우리는 그의 의견을 존중해 주는 의미에서 더 이상 자세한 것은 묻지 않았지만, 모두들 마음속으로는 무척이나 의아해 하고 있었소. 하긴, 남녀 사이의 일을 누가 알 수 있겠소?"

"조금 전의 상황을 보니 두 분은 사전에 그녀와 어떤 교감이 있었던 듯한데, 어찌 된 일이었소?"

"사실 우리 부부는 그녀가 청천을 안고 동굴 속으로 막 들어갔을 때 이곳에 도착했었소. 그때 마침 강북녹림맹의 고수들이 나타나는 바람에 잠시 몸을 숨기고 사태의 추이를 지켜보고 있었는데, 청천을 동굴에 두고 다시 밖으로 나온 그녀는 이미 우리의 존재를 알고 있었는지 전음을 보내왔소. 다른 사람들의 이목을 끌고 있을 동안 동굴에서 청천을 데리고 나오라고 말이오."

여불회는 한숨을 내쉬며 고개를 설레설레 흔들었다.

"우리 딴에는 신중을 기해서 완벽하게 남들의 이목을 속였다고 생각했는데, 진 장문인이 아니었으면 망신은 망신대로 당하고 봉변은 봉변대로 당할 뻔했소. 휴……. 생각만 해도 아찔해지는구려."

그때 능자하와 유중악이 대화를 나누고 있던 곳에서 유중악의 성난 외침이 들려왔다.

"당신……!"

여불회가 깜짝 놀라 돌아보니 능자하가 유중악의 혈도를 제압하고 그의 입에 강제로 무언가를 먹이고 있었다. 유중악은 뿌리치려 했으나 마혈이 제압당해 꼼짝도 못하고 얼굴만 붉히고 있었다.

"능 소저! 대체 무슨 짓을……!"

여불회가 발연대로하여 버럭 소리 지르며 그녀에게 달려들려 했으나, 그때 이미 그녀는 훌쩍 신형을 날려 장내를 떠나고 말았다. 그녀의 신법이 어찌나 빠르고 표홀했던지 여불회가 유중악의 앞에 도착했을 때는 이미 숲 속 저 너머로 사라지고 있었다.

여불회는 황급히 유중악에게 다가가 제압당했던 혈도부터 풀어 주었다.

"후우!"

유중악이 한숨을 내쉬자 여불회는 다급한 목소리로 물었다.

"자네 괜찮나? 그녀가 대체 자네에게 무슨 짓을 한 건가?"

유중악은 씁쓸한 표정으로 고개를 저었다.

"그런 게 아닐세."

"그런 게 아니라니?"

그때 어느새 다가온 기아향이 여불회의 옆구리를 툭 찔렀다.

"코는 뒀다 뭐해요? 냄새만 맡아 봐도 무슨 일인지 알겠는데."

"어?"

여불회는 코를 킁킁거리다 이내 머쓱한 표정을 지었다. 깊게 마시지 않아도 은은한 약향(藥香)을 맡을 수 있었다. 여불회가 흥분하지만 않았어도 장내에 약향이 퍼져 있다는 걸 쉽게 알아차릴 수 있었을 것이다.

그제야 여불회는 능자하가 유중악에게 무언가 영약을 먹이고 떠났음을 깨닫고 어색하게 웃었다.

"하긴. 그녀가 자네에게 해가 되는 짓을 했을 리가 없지. 그녀가 약을 준다면 순순히 받아먹을 것이지 왜 소리를 질러서 사람을 놀라게 하나?"

여불회가 오히려 유중악을 타박하자, 기아향이 어이없다는 얼굴로 그를 흘겨보았다.

"이이는 꼭 할 말 없으면 다른 사람 핑계를 대더라. 그보다 약향이 은은하면서도 그 향기가 오래가는 것을 보니 보통 영약이 아닌 모양이군요. 상태는 어떠세요?"

유중악의 얼굴은 일견 착잡해 보였고, 다른 한편으로는 무언가 아쉬움의 빛이 담겨 있었다.

"아직 운기를 해 보지 않아 알 수 없소."

어찌 보면 다소 퉁명스럽기조차 한 대꾸였으나, 여불회는 오히려 입가에 희미한 미소를 지었다.

"그녀의 사문에 내상(內傷)에 특효인 영약이 있다더군. 귀원신단(歸元神丹)이라고 했던가? 만약 그녀가 자네에게 먹인 것이 귀원신단이라면 아무리 음양신마의 음양수가 악독하다고 해도 진기를 움직이는 것은 어렵지 않을 걸세. 나머지는 노방을 찾아가면 되는 일이고."

유중악의 음성은 여전히 무뚝뚝했다.

"아직은 아무것도 장담할 수 없네."

여불회는 싱겁게 히죽 웃기만 했다.

유중악이 자신에게 가까운 사람일수록 신세를 지거나 폐를 끼치는 것을 무척이나 싫어한다는 것을 누구보다도 잘 알고 있기 때문이었다. 더구나 헤어진 연인에게 도움을 받는다는 것은 그로서는 무척이나 자존심 상하고 마음에 들지 않는 일이었을 것이다.

하나 유중악의 부상이 너무 심해서 노방에게 데려가기 전에 그의 상처가 악화되면 어쩌나 하고 노심초사했던 여불회로서는 마음속의 큰 짐을 던 듯 홀가분한 기분이었다.

"아무튼 더 늦기 전에 노방에게 가세. 듣기로 노방은 무당파에서 열리는 집회에 초대받아서 무당산에 가 있다고 하더군. 마침 이곳에서 무당산까지는 그리 멀지 않으니 서두르면 오늘 저녁에는 노방의 멋대가리 없이 딱딱한 얼굴을 볼 수 있을 걸세."

여유를 되찾자 여불회의 음성에는 평상시와 같은 흥겨움이 묻어나고 있었다.

원래 여불회와 기아향 부부는 강호에서도 금슬이 좋기로 유명할 뿐 아니라 누구보다도 쾌활하고 해학이 넘치는 사람들이었다. 절친한 벗인 유중악이 위기에 처하는 일만 없었다면 진산월은 진작 무림의 어느 누구보다도 유쾌한 그들 부부의 진면목을 볼 수 있었을 것이다.

여불회는 문득 생각난 듯 진산월을 돌아보았다.

"참, 진 장문인의 차후 여정이 궁금하구려. 무당산의 집회에 가실 예정이시라면 우리와 동행하는 것은 어떻겠소?"

진산월은 그렇지 않아도 유중악과 좀 더 이야기를 나누고 싶은 생각이 있었기에 별다른 고민 없이 그의 요청을 승낙했다. 아직 강북녹림맹의 추격이 완전히 끝났다는 확신도 없는 상태에서 그들만을 두고 떠날 수도 없을 뿐 아니라, 위치상으로 제갈세가에 들르기에는 너무 먼 길을 돌아가는 셈이라 이대로 무당산으로 향하는 것이 훨씬 나았던 것이다.

"그렇게 하겠소."

진산월이 선뜻 고개를 끄덕이자 여불회는 물론이고 기아향의 얼굴도 활짝 펴졌다. 그들 부부 또한 은근히 진산월이 훌쩍 가 버리면 어쩌나 하는 불안한 생각이 있었던 모양이었다.

절로 마음이 가벼워진 여불회는 한층 밝아진 얼굴로 힘찬 음성을 내뱉었다.

"그럼 조금이라도 서두르도록 합시다. 청천도 좀 더 조용한 곳으로 가서 운공을 하는 것이 나을 테니 말이오."

여불회는 조금 전처럼 유중악을 조심스럽게 업고는 앞장서서 걸음을 옮겼다.

진산월은 조용한 눈으로 한차례 주위를 둘러보고는 앞서서 걸어가는 그들 부부의 뒤를 말없이 따라갔다.

그들의 신형이 모두 사라지자 장내에 다시 두 개의 인영이 나타났다. 그들은 다름 아닌 지금까지 한쪽에서 은밀하게 사태를 지켜보았던 귀호와 교리였다.

귀호가 고개를 갸웃거렸다.

"신검무적이 떠나기 전에 얼핏 그의 시선이 우리 쪽을 향했던 것 같은데, 설마 우리가 숨어 있는 것을 알아차린 건가?"

"아무래도 그런 것 같군. 우리가 있는 곳을 바라보았을 때 눈빛이 유난히 날카롭게 번뜩였으니 말일세."

"그런데 왜 그냥 순순히 가 버린 것일까?"

"아마 유중악의 부상 때문에 더 이상의 문제가 일어나는 걸 원치 않았던 게 아닐까 싶네."

귀호는 잠시 생각에 잠겨 있다가 고개를 끄덕였다.

"그럴 수도 있겠군. 어쩌면 자네의 무공이 호락호락하지 않음을 알아차리고 번거로움을 피하기 위해 모른 척한 걸 수도 있지. 음, 다시 생각해 보니 그게 맞는 것 같네."

귀호는 짐짓 농담 삼아 말했으나 의외로 교리의 얼굴은 약간 경직되어 있었다. 사실 그는 진산월이 태인장으로 복양수의 혈화염구주를 격파했을 때 순간적으로 놀라서 자신도 모르게 살짝 기세를 일으켰는데, 그때 진산월이 자신의 기세를 파악한 게 아닐까 생각하고 있었다.

만약 그렇다면 진산월이 유중악과 좀 더 세세한 이야기를 나누지 않고 서둘러 그들과 함께 장내를 떠난 것도 충분히 이해되는 일이었다.

귀호는 생각에 잠겨 있는 교리의 얼굴을 힐끔 쳐다보더니 이내 다시 입을 열었다.

"그나저나 신검무적이 음양신마마저 꺾을 줄은 몰랐네. 음양신마의 음양수 공력은 정말 무서워서 당금 무림에서는 모용 대협이나 일령삼성 외에는 적수가 없을 줄 알았는데, 한낮 이십 대 젊은이의 검에 쓰러지다니. 정말 눈으로 보고도 믿을 수 없는 일일세."

교리는 여전히 무언가 깊은 상념에 잠겨 있는지 귀호의 말에 별다른 대꾸가 없었다.

"지금까지 젊은 층의 최고수는 누구나가 모용 공자를 첫손에 꼽았는데, 이제는 생각을 좀 달리해야 할 것 같군. 더구나 소문이 무성했던 그 검정중원이라는 초식을 사용하지도 않고 음양신마를 쓰러뜨렸으니 정말 대단한 일 아닌가?"

"대단한 일이지."

교리가 유난히 낮은 목소리로 대꾸하자 귀호가 반문했다.

"응? 신검무적이 음양신마를 이긴 것 말인가?"

"아니, 자신의 최고 절초를 사용하지도 않고 음양신마를 쓰러뜨린 것 말일세."

교리의 음성은 여전히 나직했으나, 두 눈은 어느 때보다 예리하게 반짝이고 있었다.

"그가 검정중원이라는 초식을 펼친 건 모두 두 번으로 알고 있네. 서안에서 화산파의 매장원을 꺾을 때 처음 펼쳤고, 이어서 무림구봉 중의 금도무적 양천해와 싸울 때도 그 초식으로 양천해를 쓰러뜨렸지."

"잘도 알고 있군."

"자네가 몇 번이나 입버릇처럼 말하지 않았나? 내 귀에 딱지가 앉을 정도로 말일세."

"아무튼, 그래서?"

"그런데 양천해보다 더 뛰어난 고수로 알려진 음양신마에게는 그 초식을 사용하지도 않고 이겨 버렸네. 이게 무얼 뜻하는 일인지 알겠나?"

교리의 물음에 귀호는 고개를 끄덕였다.

"신검무적의 무공이 양천해와 싸울 때보다 한 단계 더 발전했다는 것이지."

"바로 그렇다네. 신검무적이 양천해와 싸운 것이 불과 한두 달

전의 일일세. 그런데 그사이에 신검무적은 자신이 가진 최고의 절초를 내보이지 않고도 음양신마 같은 절대 고수를 꺾을 만큼 성장한 것일세. 일반적으로 무공이 낮을 때보다 무공이 높아질수록 발전 속도가 현격하게 느려진다는 것을 생각해 보면 정말 믿기지 않는 일이지."

"확실히 그런 것 같군. 이런 식이라면 몇 년 내로 모용 대협에 필적할 만한 고수가 될지도 모르겠는걸."

"그건 누구도 장담할 수 없지."

"그렇지. 신검무적의 무공이 앞으로도 이런 속도로 발전한다는 보장은 없으니까 말일세."

"아니면 이미 그런 경지에 도달해 있는지도 모르고."

귀호는 눈을 살짝 치켜뜨고 교리를 쳐다보았다. 교리의 얼굴에는 별반 표정이 떠올라 있지 않아 그의 의중을 전혀 짐작도 할 수 없었다.

귀호는 다시 싱겁게 히죽 웃었다.

"그럴 수도 있겠지. 그런데 자네는 두 가지 경우 중 후자에 더 비중을 두는 것 같군."

"신검무적의 무서운 점은 그가 단순히 무공만 뛰어난 고수가 아니라는 점일세. 자네도 보았지 않나? 조금 전에도 결정적인 순간에 일부러 허점을 드러내 음양신마를 유인하여 그를 물리치는 것을 말일세."

"그래. 아주 인상적인 장면이었네. 음양신마같이 노련한 인물이 그런 수에 당할 줄은 정말 몰랐네."

"그만큼 그 당시에 음양신마가 그에게 두려움을 느꼈다는 방증일세. 그런 처절한 싸움의 와중에도 상대의 심리 상태를 정확히 파악하고 그것을 이용해 교묘한 함정을 판다는 것은 정말 대단한 심기가 아닐 수 없네."

"자네는 모르겠지만 신검무적의 예전 별호가 삼절무적이었네. 언변과 배짱, 그리고 심기가 뛰어나다고 하여 붙여진 이름이지."

"삼절무적이라……. 과연 그럴듯하군. 그런 심기의 소유자가 저런 무공을 지니고 있으니, 그가 자만하지만 않는다면 능히 모용대협과 견주어도 손색이 없을 걸세."

"신검무적이 자만하거나 방심하는 모습은 상상이 되지 않는걸."

"그렇지. 아무튼 그 덕분에 음양신마는 하나뿐인 목숨을 잃게 되었고, 우리는 신검무적의 최고 절초를 구경할 수 있는 기회를 잃게 되었지."

귀호가 빙긋 웃으며 교리를 빤히 바라보았다.

"자네는 그 검정중원이라는 무공을 보지 못한 게 어지간히 아쉬운 모양이군."

교리는 입맛을 다셨다.

"두 번이나 볼 기회를 놓쳐서 이번에는 틀림없이 견식할 수 있겠거니 생각했는데 어찌 그렇지 않겠나? 하지만 조만간 기회가 있겠지."

"언제 말인가?"

교리의 눈은 강 건너 멀리 보이는 푸른 산으로 향했다. 귀호의 시선도 그를 따라 움직였다. 유난히 녹음 짙은 산 하나가 시야에 들어왔다.

"무당산……."

귀호의 입에서 자신도 모르게 나직한 중얼거림이 흘러나왔다.

교리는 담담한 눈으로 무당산을 바라보며 조용한 음성을 내뱉었다.

"무당산의 집회에서 종남파는 반드시 형산파와 격돌하게 될 걸세. 그때라면 신검무적 또한 오늘 숨겨 두었던 자신의 최고 절초를 사용하지 않을 수 없을 걸세."

* * *

아주 깔끔한 방이었다. 사방의 벽은 흰색의 벽지로 발라져 있었고, 중앙의 탁자 외에는 별다른 가구도 보이지 않았다. 한쪽에나 있는 창문에 걸쳐진 주렴 말고는 특별한 장식이나 시설이 없어서 허전함을 느낄 정도였다.

그럼에도 방에 들어온 사람의 마음이 평온해지는 것은 방의 가운데 있는 탁자 위에 놓인 찻잔에서 피어오르는 한 줄기 다향 때문일 것이다.

그 다향을 맡으며 편안한 자세로 앉아 있는 한 사람이 있었다. 머리는 단정하게 뒤로 빗어 넘겼고, 잘 손질된 수염을 기르고 있어 더할 나위 없이 정갈하고 청수해 보였다. 눈빛은 맑고 정명(精明)했으며, 이목구비는 수려해서 절로 호감이 가는 인상이었다.

실제 나이는 정확히 알 수 없지만, 겉으로 드러난 용모는 사십 대 중반쯤으로 보였다. 짙은 청삼을 입은 중년인은 찻잔을 들고 다향을 음미하며 무언가 깊은 상념에 잠겨 있는 듯했다. 허공을 가만히 응시하고 있는 그의 눈빛이 가끔씩 빛날 때마다 영롱하면서도 예리한 광망이 번뜩이고 지나갔다.

그때 문이 소리도 없이 열리며 한 사람이 안으로 불쑥 들어왔다. 기척도 없이 무례하게 방으로 들어온 그 사람은 느긋한 자세로 차를 마시고 있는 청삼 중년인을 보고는 퉁명스런 음성을 내뱉었다.

"팔자도 좋으시구려. 일이 엉망진창으로 꼬였는데, 혼자서만 신선놀음을 하고 있는 거요?"

들어온 사람은 삼십 대 후반의 거한이었다. 위에서부터 아래까지 온통 검은색 일색의 무복을 입고 있었는데, 얼굴이 온통 거친 수염으로 뒤덮여 있는 데다 눈알마저 검은자위로 번들거리고 있어 마음이 약한 사람은 보기만 해도 오금이 저릴 정도로 무서운 인상이었다. 게다가 짙은 눈썹 아래 자리하고 있는 두 눈에서는 연신 괴이한 눈빛이 흘러나오고 있어 더할 나위 없이 흉흉해 보였다.

흑의 사내의 거친 음성에도 청삼 중년인은 처음의 자세를 그대로 유지한 채 찻잔에 든 차를 천천히 들이켰다. 그러고는 이내 만족스런 한숨을 내쉬는 것이었다.

"이 용정(龍井)은 확실히 이른 아침에 마시는 게 제일 좋군. 신선한 아침 공기와 담백한 향기가 정말 잘 어울린단 말이야."

흑의 사내는 무언가 불만에 가득 찬 표정이었으나, 심한 말은 내뱉지 못하고 청삼 중년인의 맞은편 의자에 가서 털썩 앉았다.

그가 앉은 의자가 금시라도 부서질 듯 요란하게 삐걱 소리를 냈다.

청삼 중년인의 시선이 느릿느릿 그에게로 향했다.

"어젯밤에 먼 길을 달려왔으면 좀 더 푹 쉴 일이지, 뭐가 그리 못마땅해서 아침부터 내 방에 찾아와 그런 표정을 짓고 있는가?"

흑의 사내의 번들거리는 눈이 청삼 중년인의 얼굴에 못 박히듯 고정되었다. 벌건 핏발이 서린 그 눈은 어지간히 담력이 있는 사람이라도 가슴 한구석이 섬뜩해질 것 같은데, 청삼 중년인은 전혀 아무런 표정의 변화가 없었다. 오히려 입가에 엷은 미소마저 머금고 있어서 방금 마신 차의 여운을 즐기고 있는 듯한 모습이었다.

"내 일은 꼬일 대로 꼬여 버렸고, 당신 일도 엉망으로 헝클어졌다고 들었소. 아까운 부하들만 잔뜩 잃어버리고 얻은 건 아무것도 없어서 나는 지금 속에서 천불이 나고 있는데, 당신은 화도 나지 않는단 말이오?"

"신검무적을 상대하면서 그 정도 희생도 각오하지 않았단 말인가?"

흑의 사내의 인상이 살짝 일그러졌다. 가뜩이나 험상궂은 용모에 비늘과도 같은 돌기가 잔뜩 돋은 그의 얼굴이 찌푸려지자 그야말로 흉신악살을 보는 것 같았다.

"어느 정도 피해를 입으리라는 건 예상했지. 하지만 절반에 가까운 놈들이 돌아오지 못했는데 상대편은 죽거나 심하게 다친 놈도 하나 없으니 정말 어이없는 일 아니오? 신검무적을 죽이라는 것도 아니고, 여자에게서 물건 하나만 빼 오면 되는 일인데 그것도 하나 못하고 쫓기듯 도망쳐 왔으니 기분 같아서는 돌아온 놈들을 모두 찢어 죽이고 싶었소."

청삼 중년인이 처음으로 그 말에 관심 어린 빛을 떠올렸다.

"내가 알기로 이번 행사에는 자네가 아끼는 혈염조의 고수들도 다수가 포함되었다고 하던데, 종남파의 고수들을 하나도 해치우지 못했단 말인가?"

"그래서 내가 더 화를 내고 있는 게 아니오? 분기를 다스리느라 지난 며칠 동안 잠도 제대로 자지 못했소."

"종남파 고수들이 모두 신검무적 같은 수준의 고수들은 아닐 텐데 왜 그렇게 된 건가?"

흑의 사내는 눈살을 잔뜩 찡그렸다.

"그런데 아니었소. 돌아온 놈들의 말을 들으니 신검무적을 제외하고도 대부분의 종남파 놈들이 하나같이 무시하기 힘든 실력을 지니고 있다고 하더구려."

청삼 중년인의 눈빛이 한층 더 깊어졌다.

"종남파에 고수들이 그렇게 많아졌단 말이지?"

"정말 희한한 일 아니오? 사부가 종남파의 노해광인지 뭔지 하는 놈의 암계에 당해 쓰러졌다는 말을 들었을 때만 해도 방심하다 그런 꼴을 당했으리라고 생각했었는데, 신검무적에 이어 고수들이 줄지어 등장하고 있으니 다 망해 가던 종남파에 대체 무슨 일이 벌어진 건지 모르겠소."

"어제 자네에게 짤막하게 듣기는 했지만, 정확한 상황은 모르고 있었네. 종남파와 부딪혔던 이야기를 좀 더 자세히 해 보게."

"일없소. 정 궁금하면 당신이 그 무거운 엉덩이를 털고 일어나 직접 알아보든지 하시오."

흑의 사내가 퉁명스럽게 쏘아붙이자 청삼 중년인은 빤히 그를 쳐다보더니 이내 엷은 미소를 지었다.

"그렇게 하지. 자네 말대로 이제 슬슬 무거운 엉덩이를 움직일 생각을 하고 있으니 말일세."

이번에는 흑의 사내가 특유의 번들거리는 눈으로 청삼 중년인을 똑바로 응시하며 물었다.

"조금 전에 들으니 당신 일도 음양신마가 나타나면서 엉망이 되었다고 하던데, 그 얘기나 해 보시오. 결국 유중악은 음양신마의 손에 끝장이 난 거요?"

청삼 중년인의 얼굴에 묘한 빛이 떠올랐다.

"나도 당연히 그렇게 될 줄 알았지. 음양신마는 일단 모습을 드러낸 이상 유중악을 해치우기 전에는 물러설 사람이 아니거든."

"그런데 그렇지 않다는 말로 들리는구려."

"그곳에 한 사람이 나타났네."

흑의 사내는 피식 웃었다.

"그래서 그 사람이 음양신마의 손에서 유중악을 구출해 내기라도 했다는 말이오?"

흑의 사내는 비꼬는 의미로 말했는데, 의외로 청삼 중년인은 묵직하게 고개를 끄덕였다.

"바로 그러네."

흑의 사내의 험상궂은 얼굴에 처음으로 당혹스러운 빛이 떠올랐다.

"그게 정말이오?"

"내가 이런 일에는 농담을 하지 않는 성격이란 걸 모르나?"

"대체 누구요? 그 대단한 작자가?"

"한 번 맞춰 보게."

"그걸 내가 어떻게……. 혹시 신검무적?"

고개를 휘휘 내젓던 흑의 사내가 무언가를 느낀 듯 경직된 음성을 내뱉자 청삼 중년인은 말없이 고개를 끄덕거렸다.

흑의 사내의 두 눈에서 섬뜩한 광망이 이글거렸다.

"신검무적이 음양신마 앞에 나타났다고? 그래서 어떻게 되었소?"

"호랑이 두 마리가 한곳에서 마주쳤으니 어찌 되었겠나?"

"답답하게 말 돌리지 말고 결론만 말해 보시오. 두 사람이 싸웠소? 승패는?"

"흑백상문신이 음양신마의 시신을 운구해서 돌아갔다더군. 현장 근처에서 잠복해 있던 맹의 순찰사자가 직접 눈으로 확인한 일일세."

흑의 사내의 입이 반쯤 벌어졌다. 그는 더 이상 아무 말도 하지 않았으나 그의 부릅떠진 눈과 일그러진 얼굴에는 여러 가지 표정이 떠올라 있었다.

한동안 장내에는 죽음과도 같이 무거운 침묵이 감돌았다. 흑의 사내는 몇 차례나 표정이 변하면서 허공을 쏘아보고 있었고, 청삼 중년인 또한 묵묵히 상념에 잠겨 있는 모습이었다.

한참 후에야 흑의 사내는 평상시의 음성으로 입을 열었다.

"그렇다면 유중악은 신검무적이 데리고 갔겠군."

"그렇다고 하더군."

"당신은 이제 어쩔 생각이오? 나도 그렇지만 당신도 반드시 유중악을 손에 넣어야 하지 않소?"

"그래서 생각 중일세."

"느긋하게 차나 마시면서 말이오?"

"이런 일일수록 신중하게 처리해야지. 그리고 생각을 정리하는 데는 차 한 잔이 최고일세."

"당신은 그게 가장 문제요. 강호에서는 생각보다는 행동이 더 필요한 법이오. 그런데 당신은 매사에 너무 신중하게 생각만 하고 있으니 그러다가 정작 중요할 때에는 시기를 놓치게 될 거요. 용왕이 산속에 웅크리고만 있어서야 어느 누가 무서워하겠소?"

청삼 중년인의 눈빛이 날카로워졌다.

"입조심하게."

"어차피 이곳에는 우리 둘밖에 없는데 더 이상 어떻게 조심하란 소리요?"

청삼 중년인의 물처럼 투명한 시선이 흑의 사내의 두 눈을 똑바로 주시했다. 그 눈빛을 받은 흑의 사내는 한차례 어깨를 으쓱거렸다.

"알았소. 조심할 테니 제발 그런 눈으로 쳐다보지 마시오. 당신의 정심안(淨心眼)은 내 흡룡공과 상극이라 자꾸 진기가 흔들린단 말이오."

"자네의 입은 언제고 칼날이 되어 자네에게 돌아올 걸세."

"그런 칼날쯤이야 기꺼이 감당할 수 있지. 그나저나 정말 어쩔 셈이오? 이대로 유중악에게서 손을 뗄 생각이오? 아니면……."

"아니면?"

흑의 사내의 입가에 비릿한 미소가 내걸렸다.

"신검무적에게도 손을 쓸 거요? 만약 후자라면 기꺼이 한 손을 거들어 줄 의향이 있소만."

"생각 중이라고 하지 않았나?"

"너무 오래 생각하지는 마시오. 이대로 하루만 더 시간이 지나 버리면 상대해야 할 자는 신검무적 하나만이 아니게 될 테니 말이오."

"자네가 방해하지만 않았다면 이미 결정했을지도 모르지."

"혹시 상대가 종남파라서 과거의 인연 때문에 망설이는 거라면……."

청삼 중년인의 전신에서 칼날같이 예리한 기세가 뿜어 나왔다.

"정말 입을 함부로 놀린 대가를 받고 싶은 건가?"

흑의 사내는 손을 휘휘 내저었다.

"그게 아니라면 내 말에 그렇게 민감하게 반응할 필요도 없지 않소? 알았소, 난 이만 물러나 있을 테니 결정되면 알려 주시오."

청삼 중년인이 여전히 기세를 죽이지 않자 흑의 사내는 찔끔하여 몸을 돌렸다. 막 방을 벗어나려던 흑의 사내가 여전히 몸을 돌린 채로 평소와는 달리 낮게 가라앉은 음성으로 입을 열었다.

"당신이 어떤 결정을 내리든 난 오늘 안으로 이번 일을 마무리 지을 거요. 그들이 한수를 넘어 무당파로 들어간다면 나에게는 더 이상의 기회가 없을 테니 말이오. 그리고 그건 당신도 마찬가지일 거요."

그 말을 끝으로 흑의 사내는 방문을 열고 밖으로 나가 버렸다.

청삼 중년인은 그의 뒷모습을 가만히 바라보고 있었다. 청수하고 고요한 그의 얼굴에는 아무런 표정도 떠올라 있지 않았다. 한동안 묵묵히 허공을 응시하고 있던 청삼 중년인은 혼잣말처럼 나직하게 중얼거렸다.

"결국 한 번은 부딪혀야 하는 일이었지. 어쩌면 예상보다 너무 늦은 건지도 모르고."

강북녹림맹의 총표파자이며 천교자 방산동과 함께 강산쌍패로 불리는 십절산군 사여명은 천천히 자리에서 일어났다.

"어쨌든 정말 기대가 되는구나. 신검무적……. 자네는 과연 어떤 인물인가?"

제 284 장

이아환아(以牙還牙)

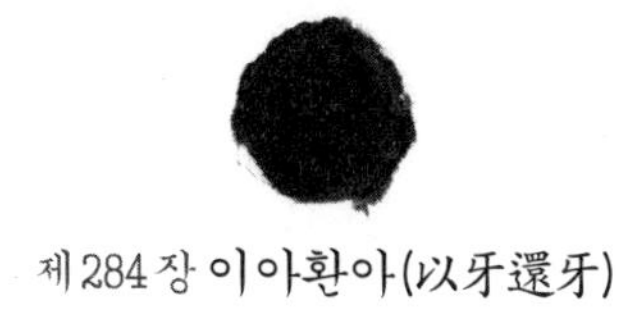

제 284 장 이아환아(以牙還牙)

유난히 쾌청한 오전이었다. 하늘은 끝없이 푸르렀고, 공기는 맑고 신선해서 절로 마음속까지 상쾌해지는 날씨였다. 창문 너머로 보이는 서안의 거리는 어느 때보다 깔끔하고 생동감 있어 보였다.

노해광은 신선한 공기를 몇 차례나 깊숙이 들이마시고는 이내 만족스런 미소를 머금었다. 어떤 일이든지 능히 해치울 수 있는 자신감이 가득 생겨나는 것 같았다.

'오늘은 모든 일이 잘 풀릴 것이다. 나는 잘 해낼 수 있을 것이다.'

노해광은 마음속으로 다짐이라도 하듯 몇 번이고 속으로 같은 말을 되뇌고는 힘찬 걸음을 내디뎠다.

"나오셨습니까?"

방 앞에서 기다리고 있던 가휘가 그를 향해 유난히 정중하게 인사를 했다. 노해광은 듬직한 눈으로 자신의 오랜 수하인 그를 바라보았다.

"준비는?"

"완료되었습니다."

"다들 어떠한가?"

"자기 위치를 잘 지키고 있습니다."

"자네는 어떤가?"

가휘의 주름진 얼굴에 모처럼 미소가 떠올랐다.

"잠을 푹 자서 그런지 아주 상쾌합니다."

"좋은 일이군."

노해광은 그의 어깨를 툭 치고는 이내 성큼성큼 걸어 나갔다.

산해루를 벗어나자 어느새 다가왔는지 최동의 수하인 마림이 슬쩍 옆으로 와서 머리를 조아렸다.

"방주께서 준비가 끝났다고 하십니다."

노해광은 그의 말을 듣지 못한 사람처럼 태평스런 얼굴로 먼 산을 쳐다보며 낮은 음성으로 물었다.

"그자들은?"

"아직 전혀 눈치채지 못한 기색입니다."

"내가 하선루로 들어가면 일을 시작하도록."

"예."

마림이 돌아가자 노해광은 가휘와 함께 서안의 거리를 걸어갔다. 그를 아는 사람들이 여기저기서 인사를 해 왔고, 노해광은 밝은 얼굴로 답례를 했다. 산해루에서 하선루까지는 그리 멀지 않은 거리였지만 노해광은 일부러 길을 뺑 돌아 서안의 대로를 절반쯤 가로지른 다음에야 하선루의 입구에 도착했다.

하선루의 장방인 주노육이 입구까지 나와서 그를 기다리고 있다가 공손하게 머리를 조아렸다.

"오셨습니까?"

노해광은 고개를 끄덕이며 물었다.

"다른 사람들은?"

"다른 분들은 진작 모두 오셨고, 조금 전 장력패, 장 대협께서 제일 마지막으로 도착하셨습니다."

"장력패 엉덩이가 무겁긴 하지."

노해광은 빙긋 웃으며 그의 곁을 지나 하선루 안으로 들어갔다.

하선루는 그동안 내부 공사를 새로 하느라 문을 닫고 있었다. 일전에 쾌의당의 살수들인 홍설사신 도중환과 소면염라 염조홍을 제거할 때 주루 안의 시설들이 일부 파손되었기 때문이었다. 그러다 마침 얼마 전에 공사가 모두 끝나서 새로운 개업식을 준비 중이었다.

오늘은 개업식 전날로, 노해광이 특별히 몇 사람의 지인들을 초대하여 점심 식사를 함께할 예정이었다. 아직 점심이 되기에는 이른 시간이었으나 노해광의 예상대로 모든 손님들은 이미 도착하여 그를 기다리고 있는 모양이었다.

그들도 눈이 있고 귀가 있다면 당금의 서안이 폭발 직전의 살벌하기 그지없는 상황임을 잘 알고 있을 테니, 이번 노해광의 점심 초대가 단순히 밥 한 끼 먹자고 하는 것이 아님을 누구보다 절실히 깨닫고 있을 것이다. 그래서 예정보다 이른 시간임에도 모두들 하선루로 달려왔을 터였다.

초대된 인물들 대부분은 서안에서 나름대로의 독자적인 영역을 구축한 자들이었다. 그래서인지 오늘의 만남은 제법 은밀했음에도 알게 모르게 적지 않은 사람들의 이목을 집중시키고 있었다.

그런데 노해광과 가휘가 하선루로 들어가는 광경을 유심히 지켜보고 있는 인물이 있었다. 하선루의 맞은편에 있는, 희빈루(喜賓樓)라는 평범한 이름의 주루 이 층 창문가에 앉아 있는 청수한 인상의 화의 중년인이었다.

화의 중년인의 맞은편에는 눈이 번쩍 뜨일 정도로 준수한 백의 청년이 단정한 자세로 앉아 있었다.

화의 중년인은 주노육의 정중한 안내를 받으며 하선루로 들어가고 있는 노해광의 뒷모습을 바라보더니, 혼잣말처럼 중얼거렸다.

"철면호의 위세가 대단하군. 언뜻 보기에도 장안의 제왕 같은 분위기 아닌가?"

백의 청년도 노해광의 뒷등을 슬쩍 바라보고는 조용한 음성으로 말했다.

"제왕치고는 너무 단출한 등장 같군요."

"따르는 사람이 둘밖에 없어서? 하지만 저 안에서 그를 기다리고 있는 자들을 생각해 보아라. 현재 장안의 어느 누가 그런 위세를 부릴 수 있겠느냐?"

"본 파의 장문인이시라면……."

"그렇겠지. 하지만 장문인은 멀리 호북성에 계시고, 신검무적 또한 이곳에 없다. 현재 장안에 있는 어느 누구라 할지라도 서신 한 장만으로 저런 자들을 모두 불러 모을 수는 없을 것이다."

화의 중년인은 손가락으로 관자놀이 부분을 가볍게 쓰다듬었다.

"대응표국의 총국주인 일도풍뢰 단리정천, 쌍하보의 철혈수사(鐵血秀士) 국조린(鞠照麟), 철기보(鐵騎堡)의 철기은창(鐵騎銀槍) 하대경(夏大鯨), 만혼당(萬魂堂)의 십지수혼(十地收魂) 임풍(任豊), 관중일관의 노호공 장력패에 금륜장의 금륜군자 고소명까지……. 하나같이 장안 일대에선 누구도 무시하지 못할 거물들이지. 그들이 모두 철면호의 초대장을 받자 두말 않고 한걸음에 달려왔다. 철면호는 정말 보통 인물이 아니야."

말은 그렇게 하면서도 화의 중년인의 얼굴 표정은 여전히 담담하기만 했다. 하나 표정과는 달리 그의 내심은 사실 그다지 편안치 않았다.

그의 말마따나 지금 하선루에서 노해광을 기다리고 있는 인물들의 면면은 하나같이 화려하기 짝이 없었다.

대응표국은 한때 신검무적에게 표국의 고수들이 떼죽음 당한 이후 잠시 위기에 봉착하기도 했으나, 그 후로 착실히 힘을 회복해서 현재는 장안표국과 함께 서안 일대에서 가장 큰 표국이 되어 있었다. 서안 제일의 표국이었던 창룡표국이 국주인 공료의 죽음으로 몰락의 길을 걸어 문을 닫다시피 한 것과는 판이한 결과였다.

쌍하보는 초가보가 등장하기 전만 해도 금륜장과 함께 서안 일대에서 가장 세력이 강한 명문 중의 명문이었고, 철기보는 서안 제일의 마장(馬場)이었다. 만혼당은 시신을 매장하거나 장례의 의장을 다루는 강방(杠房) 전문 방파로서, 문도들의 무공 자체는 그다지 높지 않았으나 광범위한 세력을 형성하고 있어서 누구도 그들을 무시하지 못했다.

관중일관 또한 백인장과의 비무에서 제일 마지막에 장력패가 도지곤을 꺾고 그야말로 서안 제일로 자리한 무관이었다.

관중일관과 백인장의 비무는 여러모로 장안 사람들에게 화제가 되었다. 그들의 승부는 여타 무관들 사이의 비무와는 달리 처음부터 끝까지 유혈이 낭자했으며 처절하기 그지없었다. 화산파에서 은밀히 지원한 하태목과 노해광이 소개한 독초웅과의 비무는 그야말로 혈전(血戰)이라고 해도 과언이 아닐 정도로 피가 난무했으며, 결국 하태목이 독초웅의 목을 베어 버려 간신히 승리를 거둘 수 있었다. 하나 하태목 또한 왼팔이 잘려 양패구상에 가까운, 상처뿐인 승리였다.

염종수와 학일명의 싸움 또한 살벌하기는 마찬가지였으나, 초력이 변신한 학일명은 몇 군데 상처를 입기는 했어도 염종수의 가슴에 선명한 피 구멍을 내어 나름대로 통쾌한 승리를 거두었다.

중인들의 이목은 온통 마지막 싸움인 장력패와 도지곤에게 향할 수밖에 없었다. 하나 도지곤은 약삭빠르게도 불과 몇 초 만에 스스로 패배를 자인하고 물러나 많은 사람들을 허탈하게 만들었다. 덕분에 그는 비록 망신살이 뻗치고 장안 제일의 무관이라는 명성을 관중일관에 넘겨야 했으나, 스스로의 몸을 보호하여 재기할 수 있는 바탕을 마련할 수 있었다.

하나 명성에 치명적인 손상을 입은 그가 과연 다시 일어설 수 있을지는 지극히 회의적인 시각이 대부분이었다.

금륜장은 쌍하보와 함께 전통적인 서안의 명문 세력이었고, 장주인 금륜군자 고소명은 한때 서안 제일의 고수로 명성이 자자한 인물이었다.

그들이 모두 이런 민감한 시기에 노해광의 초청에 기꺼이 응했다는 것은 노해광과 한배를 타기로 결심했다는 방증이나 마찬가지였다.

그런 점에서 화의 중년인은 새삼 자신과 노해광의 방식이 확연히 다르다는 것을 깨달았다. 화의 중년인은 화산파의 집법인 신산곡수였다.

곡수 자신이라면 설사 그들을 포섭했다 할지라도 이렇게 중인들의 이목이 쏠려 있는 상태에서 그들 모두를 불러 반 공개적인 모임을 열지 않았을 것이다. 오히려 그들 중 일부는 상대편 세력에 동조하게 하여 반간계(反間計)를 펼치거나 결정적인 상황이 올 때까지 철저하게 숨겼을 것이다.

그런데 노해광은 비록 공개적으로 밝히지는 않았으나 하선루의 재개업식을 명목으로 그들을 모두 불러들여 세간의 이목을 집중시켜 버렸다. 덕분에 그들은 화산파와 종남파 사이에서 분명한 결단을 내려야 했으며, 일단 모임에 참석한 이상 노해광과 생사를 같이하는 수밖에는 다른 길이 없게 되었다.

곡수의 방식이 옳은지, 노해광의 방식이 옳은지는 나중에 결과로 판가름 날 것이다.

다만 곡수가 이해할 수 없는 것은 대응표국의 합류였다. 그들은 종남파의 장문인인 신검무적에게 거의 대부분의 수뇌들이 몰살당해 하마터면 표국의 문을 닫을 뻔한 상황에 빠져 있었다. 그런데도 국주인 단리정천은 자신이 가장 아끼는 손자를 신검무적의 제자로 보냈을 뿐 아니라 이번 모임에도 제일 먼저 참석하여 스스로 종남파의 우호 세력임을 확연히 드러내 보였다.

한때는 화산파와 결맹 직전까지 갔던 상황임을 생각해 본다면 너무도 달라진 그들의 태도가 곡수는 쉽게 납득이 되지 않았다.

하나 대응표국의 변절은 놀라움은 있을지언정 큰 충격은 되지 않았다. 곡수를 진정으로 놀라게 하고 당혹케 만든 것은 금륜장의 가세였다.

금륜군자 고소명은 누가 뭐라 해도 서안 일대에서 가장 강한 고수 중 한 사람이었고, 그의 금륜장은 서안에서 가장 강력한 세력 중 하나였다. 초가보의 몰락 이후에도 그들은 활동을 자제하고 은인자중하고 있었는데 돌연 노해광의 편에 모습을 드러내었으니, 은밀히 고소명을 포섭하기 위해 나름대로 공을 들이고 있던 곡수로서는 입맛이 쓸 수밖에 없었다.

"철면호가 그동안 꽁꽁 숨겨 두었던 세력들을 한꺼번에 드러낸 이유가 무엇이라고 생각하느냐?"

곡수의 질문에 백의 청년, 두기춘은 신중한 표정으로 입을 열었다.

"일전에 방보당이 공격을 당한 후 무언가 반전의 기회를 꾀하기 위함이 아니겠습니까?"

"그렇다면 그가 진정으로 노리는 것은 무엇일 것 같으냐?"

"그는 우리를 비롯한 세간의 이목이 이번 모임에 집중되리라는 것을 누구보다 잘 알고 있을 것입니다."

"그래서?"

"그래서 이번 기회를 결코 놓지 않으려 할 것입니다."

곡수는 만족스런 얼굴로 고개를 끄덕였다.

"내 생각도 그렇다. 그렇다면 그가 취할 방법은 무엇이 있겠느냐?"

두기춘은 잠시 생각에 잠겨 있다가 조심스레 말했다.

"아마도 우리가 했던 방식을 그대로 답습할 것 같습니다."

곡수의 눈초리가 꿈틀거렸다.

"왜 그렇게 생각하느냐?"

"일전에 철면호는 하마터면 방보당을 그대로 빼앗길 뻔했습니다. 그동안 모든 일에 승승장구해 왔던 철면호로서는 처음으로 낭패를 당한 셈이지요. 그러니 그로서는 자신이 당했던 방식 그대로 우리에게 되갚아 주고 싶은 욕망을 가지고 있을 겁니다."

"흠, 그럴듯한 말이다. 그렇다면 그가 취할 방법은 우리의 세력 중 하나를 노리는 것이 되겠군."

"그렇습니다."

이번에는 곡수가 잠시 생각에 골몰했다.

"서안 일대에서 우리에게 동조하는 세력은 제법 있지만, 그중 무너진다면 우리가 타격을 받을 만한 곳은 모두 세 군데뿐이다. 유화상단, 종리세가, 그리고 적류문(赤流門)이지."

화산파는 서안에서 오랫동안 가장 큰 영향력을 발휘해 왔지만 직접적으로 친밀한 관계를 맺은 곳은 의외로 그다지 많지 않았다. 서안 일대에서 자신들을 위협할 뚜렷한 세력이 없는 상태였기에 특정한 문파에 힘을 쏟을 당위성이 없었던 것이다.

하나 초가보가 득세하고, 뒤이어 종남파가 재기에 성공하자 화산파로서는 발등에 불이 떨어진 셈이었다. 그나마 상당히 오랫동안 친분을 유지하던 유화상단과 종리세가가 서안의 상계(商界)에 확실히 뿌리를 내리고 있었기에 큰 어려움은 느끼지 않고 있었다.

하나 노해광이 아무도 눈여겨보지 않던 흑선방을 수족으로 삼아 무섭게 세력을 확장하는 것을 본 화산파는 자신들도 쉽게 부릴 수 있는 문파가 필요함을 깨닫게 되었다. 자신들이 직접 나서기 어려운 사안들을 해결하거나 뒷골목의 정보를 수집하고 사람들을 부리는 지저분한 일을 해내는 자들이 필요했던 것이다.

그래서 선택한 곳이 바로 적류문이었다.

적류문은 문주인 혈음도(血飮刀) 마강(馬强)이 아홉 명의 형제들을 이끌고 세운 곳으로, 요즘 들어 서안 일대에서 가장 무섭게 성장하고 있는 흑도의 문파였다. 그들은 흑선방과 영역이 겹치지 않는 부분을 교묘하게 잠식해 들어가서 세력을 불리더니, 화산파의 힘을 등에 업은 뒤로는 공공연하게 흑선방에도 시비를 걸어 대고 있었다.

얼마 전 화산파에서 방보당을 습격할 때도 노해광의 이목을 가리고 화산파의 고수들을 철저히 숨겨 준 곳이 바로 적류문이었다. 화산파에서도 처음에는 별다른 비중을 두지 않다가 막상 적류문의 도움을 받게 되자 모든 일이 무척이나 순조로워지는 것을 깨닫고 그들에 대한 의존도를 높이고 있었다. 만에 하나 적류문이 망하게 된다면 화산파는 일시적으로나마 눈과 귀가 가려지는 꼴이 되고 말 것이다.

또한 유화상단과 종리세가는 모두 화산파와 직간접적으로 긴밀한 관계에 있는 집단들이어서 그들 중 어느 한 곳이 무너지기라도 하면 화산파로서는 자금이나 인력 관리 면에서 많은 어려움을 느낄 수밖에 없었다.

곡수는 노해광이 자신들을 공격한다면 이들 세 곳 중 하나일 거라고 예상했다. 그들 외에 다른 여러 문파들이 화산파의 세력에 속해 있기는 하지만 그다지 큰 비중은 두고 있지 않았다.

"너는 철면호가 세 곳 중 어디를 노릴 것이라고 보느냐?"

두기춘은 침착하게 자신의 생각을 밝혔다.

"철면호는 우리를 공격할 여러 가지 방법이 있겠지만 그에 따른 제약도 분명히 존재합니다. 첫째로 그는 공개적으로 많은 사람들을 동원할 수 없습니다."

곡수는 고개를 끄덕였다.

"그렇게 되면 반드시 우리 눈에 뜨일 것이고, 우리도 어렵지 않게 막을 수 있겠지."

"그렇습니다. 둘째로 종남 본산의 인원들을 불러들일 수도 없습니다."

곡수는 그 말에도 수긍을 했다.

"종남파의 인원들은 그리 많지 않고, 그들 모두는 철저히 우리의 감시 아래 있는 상태이지."

"셋째로 철면호의 수하들은 비록 많지만 그들 중 진정으로 뛰어난 고수는 극소수에 불과합니다."

"그게 바로 철면호의 가장 큰 약점이지. 고수의 수가 적으므로 정면 대결로는 우리에게 승산이 없다는 걸 그도 잘 알고 있을 것이다."

"따라서 그는 어느 곳을 공격하든 자신의 전력을 집중시켜야 합니다. 이런 여러 가지 점을 고려해 본다면 그가 공격할 수 있는 곳은 지극히 제한적입니다."

"그래서 네 생각은?"

"저는 그가 적류문을 노릴 것이라고 봅니다."

"역시 그렇겠지? 적류문이라면 고수의 수도 많지 않고, 자신이 수족처럼 부리는 흑선방으로도 충분히 감당할 수 있을 테니 말이다."

"그렇습니다."

"우리가 이렇게 생각하는 걸 철면호가 모를 리는 없다. 그런데도 철면호가 적류문을 노리리라고 보느냐?"

곡수가 날카롭게 반문했으나 두기춘은 침착한 표정으로 대답했다.

"유화상단은 철면호의 세력만으로 공격하기에는 너무 큽니다. 종남파 본산에서 지원을 해야 하는데, 아직 본 파의 본진이 나서지도 않았는데 그들이 먼저 나설 리는 없습니다."

"그렇다면 종리세가는?"

"종리세가에는 현재 매화사절과 두 분의 장로님이 머물고 계십니다. 그리고 철면호에게는 두 분 장로님을 상대할 만한 실력자가 없습니다."

"흠."

곡수는 잠시 심사숙고하는 모습이었다.

그도 두기춘의 의견이 옳다는 것을 알고 있었다. 하나 그의 예리한 직감은 철면호가 이대로 순순히 자신들의 생각에 따를 리 없다고 말하고 있었다.

'철면호라면 반드시 무언가 다른 방법을 꺼내 들 것이다. 그걸 알아야만 그의 노림수를 꿰뚫어 볼 수 있다.'

곡수는 철면호가 쓸 수 있는 방법들을 여러 차례 분석해 보았다. 철면호의 세력은 이미 대부분이 상세하게 파악된 상태이기 때문에 그가 쓸 방법들을 검토하는 것은 그리 어렵지 않았다. 설사 철면호에게 숨겨 둔 또 다른 세력이 있다고 해도 고수의 수가 절대적으로 부족하다는 약점은 사라지지 않는다.

만약 진짜 뛰어난 실력의 고수를 가지고 있다면 수룡신군 황충과의 대전 때 철면호가 쓰지 않았을 리가 없었다. 그때 철면호는 정말 절체절명의 위기였기에 자신의 사력을 다해 맞서 싸웠고, 기적적으로 상대를 쓰러뜨릴 수 있었다. 철면호는 비록 건곤일척의 승부에서 이길 수 있었으나, 대신에 숨겨 두었던 자신의 세력이 대부분 드러나고 말았던 것이다.

곡수는 한동안 생각에 잠겨 있다가 자신의 의견을 말했다.

"그래도 그는 어떤 식으로든 종리세가를 이용하려 할 것이다."

두기춘의 눈이 날카롭게 빛났다.

"성동격서(聲東擊西)나 조호이산(調虎離山)의 방식으로 이용한단 말입니까?"

"그렇다. 우리가 적류문에 신경을 쓰는 사이에 종리세가를 노릴 수도 있고, 그에 반응해서 우리가 종리세가를 지키기 위해 적류문을 방치하는 동안 적류문을 향해 총력을 집중시킬 수도 있지."

"어찌 되었건 집법께서도 철면호의 최종 목적은 적류문이라고 생각하시는군요."

"네 말대로 그가 가진 고수들로서는 그게 한계이니 말이다."

그의 말이 끝나기도 전에 누군가가 그들에게로 빠르게 다가왔다.

화산파의 연락책인 동개라는 일대제자였다.

"철면호의 세력으로 보이는 자들이 종리세가 근처에 나타났다고 합니다."

"정확히 누가 왔느냐?"

"수가 그리 많지는 않으나 하나같이 상당한 실력을 지닌 고수들로 보인다고 합니다. 저도 급히 연락을 받고 달려온 길이라 그들의 면면은 확인하지 못했습니다."

"결국 성동격서인가? 철면호답지 않게 너무 평범한 방식이로군."

곡수가 고개를 갸웃거리자 두기춘이 그의 말을 받았다.

"그만큼 철면호가 쓸 수 있는 방법이 한정되어 있다는 의미가 아니겠습니까?"

"그렇길 바라야지."

곡수가 떠날 움직임을 하지 않자 두기춘이 의아해서 물었다.

"가 보지 않으실 셈입니까?"

"철면호가 이곳에 있는데 내가 어딜 가겠느냐? 궁금하면 너나 가 보도록 해라."

곡수는 철면호가 무슨 수를 쓰건 그가 자신의 시야 안에서만 움직인다면 충분히 막을 자신이 있었다. 그래서 적어도 오늘 하루는 철면호가 있는 곳에서 떠나지 않을 생각을 하고 있었다.

두기춘은 잠시 망설이다가 자신도 그를 따라 계속 머물러 있기로 결심했다. 동개만이 분주한 몸놀림으로 다른 소식을 전하기 위해 황급히 주루를 벗어났다. 떠나기 전 동개는 힐끗 두기춘을 쳐다보았는데, 그 시선 속에는 자신은 열심히 뛰어다니고 있는데 주루에 태연하게 앉아 있는 두기춘에 대한 불만이 담겨 있었다.

두기춘의 심정도 그다지 편하지는 않았다. 하나 자기가 가 보았자 특별히 힘을 보탤 수도 없을뿐더러 공연히 다른 제자들의 눈치나 보게 될 것이 분명한지라 차라리 이곳에서 곡수와 함께 사태의 진행을 기다리는 것을 선택했다.

처음 입문했을 때부터 두기춘은 화산파의 일대제자 사이에서 물과 기름처럼 쉽게 어울리지 못했으며, 곡수에게 중용된 뒤로는 질시가 심해져서 친하게 지내는 사람도 거의 없었다. 몇몇 여제자들만이 그에게 관심을 보이고 있었는데, 그 때문인지 다른 제자들과는 더욱 소원해진 상태였다.

그나마 두기춘과 유일하게 친분이 있는 사람은 매화사절 중의 매향 송인혁이었다. 송인혁의 사부인 십지매화검객 선우정이 두기춘을 마음에 들어 해서 몇 번 가르침을 내려 준 적이 있기 때문이었다. 송인혁은 두기춘을 직속 사제로 대하고 있었는데, 담백하고 충후한 성품답게 타 문파 출신의 제자라고 차별을 두지 않아서 두기춘도 내심으로 그를 따르고 있었다.

곡수와 두기춘이 앉아 있는 장소는 하선루가 빤히 바라보이는 희빈루의 이 층 창가였는데, 희빈루의 높이가 하선루보다 조금 높아서 하선루의 삼 층까지도 훤히 들여다보였다. 희빈루의 창문에는 차양이 쳐 있어서 밖에서는 안을 들여다볼 수 없지만, 안에서는 밖을 훤히 내다볼 수 있어서 비밀리에 하선루를 살펴보기에는 더할 나위 없이 적합한 곳이었다.

공교롭게도 노해광이 모임을 가진 장소는 삼 층이었다. 날이 제법 무더워서인지 창문이 반쯤 열려 있어서, 열린 창문 사이로 노해광을 비롯한 참석자들의 면면을 조금이나마 살펴볼 수 있었다.

곡수는 차양 사이로 보이는 모임의 풍경을 가만히 바라보고 있었는데, 눈빛이 유난히 반짝거리는 것으로 보아 무언가 생각에 골몰해 있는 것 같았다. 그러다 두기춘을 돌아보며 재빠른 음성으로 말했다.

"아무래도 마음에 걸리는군. 너는 종리세가로 가서 그쪽에 나타난 인물들이 누구누구인지 좀 더 정확하게 파악하고 오도록 해라."

곡수는 노해광이 단순한 성동격서의 방법으로 종리세가를 건드리는 것이라고 생각하면서도 마음 한구석으로는 불안한 생각이 드는 모양이었다.

적류문 쪽은 크게 걱정하지 않았다. 화산파에서 비밀리에 불러들인 속가 제자 출신의 고수들이 상당수 잠복해 있는 데다, 적류문 자체에서도 단단히 준비를 하고 있어서 어지간한 공격은 충분히 격퇴시킬 수 있는 수준이었던 것이다. 그리고 만약 그쪽으로 노해광의 공격이 시작되었다면 벌써 연락이 왔을 것이다.

이 희빈루에는 두기춘 외에도 화산파의 제자 칠팔 명이 주루의 이곳저곳에 퍼져 있었다. 그중 두 명은 바로 옆 탁자에서 언제든지 곡수의 지시를 따를 준비를 하고 있었다. 그럼에도 곡수가 굳이 두기춘에게 지시를 내린 것은 그만큼 평상시 그의 일 처리나 행동거지가 깔끔하고 마음에 들었기 때문이었다.

두기춘이 주루를 벗어날 때까지도 곡수는 우두커니 허공을 응시하고 있었다. 가슴 한구석에 도사리고 있는 희미한 불안감 때문인지 그의 안색은 평상시와 달리 무겁게 가라앉아 있었다.

* * *

종리세가는 서안의 서쪽에 자리하고 있었다.

그들은 대대로 서안 일대에서 유력한 명문 호족이었으며, 군부와 관부에 나름대로의 영역을 뿌리내려 상당히 탄탄한 세력을 구축했다. 자연스레 서안의 상계에 뛰어든 종리세가는 자체 전장(錢

莊)과 상단을 가지고 있었고, 비단과 마시장, 미곡 등 여러 방면에 두루 진출해 있었다.

특히 그들은 혈족(血族)을 우선시하여 다른 어느 상가보다도 단단한 결속을 자랑했고, 단일 가문으로는 이씨세가를 제외하고는 서안의 어느 가문과 견주어도 뒤지지 않는 오랜 역사를 지니고 있었다.

종리세가의 총관인 종리염(鍾里廉)은 그런 종리세가의 전통을 다른 누구보다도 자랑스러워 하는 인물이었다.

지금 종리염은 눈앞에 내밀어진 배첩을 보고 자신도 모르게 눈살을 찌푸리고 있었다.

배첩이 형식에 어긋났거나 수준 미달의 인물이 보냈기 때문은 아니었다. 배첩의 내용은 정중했으며, 글자 하나하나에 힘이 담겨 있었다. 뿐만 아니라 배첩에 적힌 명호는 서안은 물론이고 천하의 어느 누구도 무시하지 못할 대단한 것이었다.

대종남파(大終南派) 이십대 제자 하동원.

이십대라면 당금 천하를 온통 뒤흔들고 있는 그 유명한 신검무적보다 한 배분이 높았다. 다시 말해서 이 배첩을 보낸 사람은 신검무적의 사숙인 것이다.

강호의 어느 누가 신검무적의 사숙을 무시할 수 있겠는가?

오히려 대부분의 사람들은 감격하여 버선발로 달려 나갈지도 모를 일이었다.

하나 종리염은 인상을 찡그리며 고개를 절레절레 흔들었다.

"곤란하군. 정말 곤란한 일이야."

종리세가는 오래전부터 화산파와 긴밀한 관계를 유지해 오고 있었다. 최근에 화산파가 서안에 본격적으로 세력을 확장하면서 종리세가는 그들의 힘을 등에 업고 상단의 영향력을 높이는 데 치중하고 있었다. 심지어 화산파에서 손노태야를 압박하는 데 상당 부분 도움을 주기까지 하여 지금은 완전히 그들과 한배를 탄 형국이나 마찬가지였다.

그런데 화산파와 종남파가 언제 격돌할지 모르는 흉흉한 분위기 속에서 종남파의 장문인인 신검무적의 사숙이란 자가 불쑥 찾아왔으니, 이를 어떻게 생각해야 좋을지 막막했던 것이다.

하동원이란 자는 그동안 전혀 안면도 없는 사이였고, 심지어는 이름조차 제대로 들어 본 적이 없는 인물이었다. 더구나 지금 종리세가에는 화산파의 장로 두 사람과 적지 않은 수의 고수들이 머물러 있었다.

이런 민감한 시기에 대체 종남파의 고수가 무슨 일로 종리세가를 찾아온단 말인가?

종리염은 아무리 머리를 굴려 보아도 하동원이란 자가 찾아온 이유를 짐작조차 할 수 없었다.

종리염의 시선이 배첩을 들고 온 경비 무사에게로 향했다.

"몇 사람이나 왔다고?"

"모두 다섯 사람이었습니다."

"애매한 숫자로군. 설마 시비를 걸러 온 것은 아닐 테고……."

말을 해 놓고도 혹시나 그런 일이 벌어질까 봐 종리염은 공연히 가슴이 두근거렸다. 당당한 명문 정파인 종남파의 고수들이 그런 무도한 일을 벌일 리도 없고, 설사 그런 일이 벌어진다 할지라도 화산파의 장로들이 있는 이상 충분히 그들을 물리칠 수 있을 것이다. 하나 그렇게 되면 그 피해는 고스란히 종리세가가 입게 될 것이 분명했다.

"그들이 모두 종남파의 고수들이냐?"

경비 무사는 머뭇거리다가 자신 없는 표정으로 대답했다.

"한두 사람은 종남파의 고수들임이 분명하지만, 그 외에는 확실치 않습니다."

"확실치 않다니?"

"종남파의 고수라고 하기에는 인상착의가 소문으로 듣던 것과 전혀 다른 인물들도 있어서 속단할 수가 없습니다."

종남파의 고수들은 그 수가 그리 많지 않아서 적어도 서안 일대에서는 그들 개개인의 신상 내력이나 외모가 상당히 널리 퍼진 상태였다. 경비 무사는 종리세가의 정문을 지키는 인물답게 제법 눈썰미가 뛰어난 편이어서, 그가 알아보지 못했다면 종남파의 고수가 아닌 자들도 섞여 있음이 분명했다.

"알았다. 일단 그들을 객청으로 안내해라."

"알겠습니다."

경비 무사가 나가자 종리염은 자신도 자리에서 일어나 내실로 들어갔다. 이번 일은 혼자 고민해서는 안 되는 일임을 직감적으로 알아차린 것이다.

종리염의 보고를 받은 종리세가의 가주 종리단형(鍾里丹衡)은 즉시 화산파의 장로인 함천옹 연일환과 번천수 고성진에게 그 사실을 알렸다.

"하동원이라고?"

연일환은 처음 듣는 이름인지 고개를 갸웃거리며 고성진을 바라보았다.

"자네는 종남파에 그런 이름의 고수가 있다는 말을 들어 본 적이 있나?"

고성진은 고개를 절레절레 흔들었다.

"처음 듣는군."

"신검무적의 사숙이라면 철면호 노해광 하나뿐이라고 알고 있는데 어디서 이런 뚱딴지같은 작자가 나타난 거지? 가만……."

연일환은 무언가 생각이 난 듯 무릎을 쳤다.

"얼마 전에 종남파를 떠났던 철면호의 사제 한 사람이 종남파로 돌아왔다고 하더니 그자인 모양이군. 그래, 맞아. 하씨 성의 고수라고 했어."

"그렇다면 신검무적의 사숙이란 게 틀린 말은 아니로군."

"그런 셈이지."

"그자가 이곳에는 왜 왔다고 생각하나?"

"그야 나도 모르지."

연일환이 싱겁게 대꾸하자 고성진은 피식 웃었다.

"머리 굴리는 일은 자네가 좋아하는 취미이지 않나? 그 잘 돌아가는 머리 좀 굴려서 생각해 보게. 홀연히 나타난 신검무적의 사숙이 왕래도 없던 종리세가에 무슨 일로 찾아온 것일지 말일세."

"둘 중의 하나일 테지."

"둘 중의 하나라니?"

"사람들이 상단에 찾아오는 이유가 뭐겠나? 상행이나 금전적인 이유 때문이던지, 아니면……."

"아니면?"

연일환의 눈에 날카로운 빛이 번뜩이고 지나갔다.

"종리세가에 우리들이 머물러 있는 것을 알고 우리를 보러 온 것이겠지."

"그럴듯하군. 둘 중 어느 것이라고 생각하나?"

"내가 무슨 점쟁이라도 되는 줄 아나? 다만 그가 정식으로 자신의 신분이 적힌 배첩을 내밀었다는 점은 주목해 볼 필요가 있네."

고성진은 그의 말뜻을 알아들은 듯 즉시 말을 받았다.

"개인적인 일이 아니라 종남파의 공무로 왔다는 말이로군."

"그래. 종남파에서 종리세가에 돈을 빌리거나 상거래를 할 리는 없으니 우리를 찾아왔을 가능성이 높네."

"신검무적의 사숙이 화산파의 장로를 만나러 온 것이라……. 만나 줄 텐가?"

"피할 이유가 없지 않나? 소문으로 듣던 신검무적의 새로운 사숙이 어떤 자인지 궁금하기도 하고 말일세."

"그렇다면 같이 나가 보세. 어떤 간 큰 작자가 감히 우리를 만나러 왔는지 나도 보고 싶네."

하동원의 첫인상은 다소 우스꽝스러웠다. 무인(武人)답지 않게 키는 작고 몸은 뚱뚱했으며, 눈을 가늘게 뜨고 실실 웃고 있어서 어딘가 모자란 사람처럼 보였다.

"하하, 강호에 명성이 대단한 함천웅과 번천수를 직접 보게 되다니 실로 금생의 영광이 아닐까 하오."

얼굴이 일그러지도록 활짝 웃으며 연신 허리를 굽실거리는 하동원을 보고 연일환과 고성진은 어안이 벙벙한 모습이었다.

당당한 한 문파의 선배 고수이며 장문인의 사숙인 자가 어찌 이리도 경망스럽단 말인가? 고고한 화산파의 기풍 속에서 평생을 살아왔던 그들로서는 상상도 못할 일이었다.

그래도 인사를 하지 않을 수는 없어서 연일환은 살짝 포권을 했다.

"반갑소. 나는 연일환이라 하오."

"고성진이오."

두 사람의 인사에 하동원은 다시 몇 번이고 허리를 굽혔다.

"하동원이라 하오. 촌구석에서만 살다 온 무지렁이라 아는 것이 별로 없으니 실수를 하더라도 두 분이 넓은 아량으로 용서해 주셨으면 하오."

그가 처음부터 너무 저자세로 일관하니 연일환은 오히려 경계하는 마음마저 들었다.

한쪽에서 이 광경을 보고 있던 종리단형과 종리염은 어처구니가 없는지 실소를 터뜨리는 모습이었다.

그때 하동원의 뒤에 서 있던 백의 청년이 앞으로 성큼 나섰다.

"종남파의 이십일대 제자인 정해가 두 분을 뵙습니다."

정해라는 말에 연일환과 고성진의 얼굴에 호기심 어린 빛이 떠올랐다.

연일환은 정해의 유난히 맑게 빛나는 눈빛과 총명함이 가득한 얼굴을 보더니 이내 고개를 끄덕였다.

"자네가 바로 신검무적이 애지중지한다는 궤령낭군이로군."

"알아주시니 감사합니다."

정해의 태도는 예의를 잃지 않으면서도 당당하기 그지없어서 하동원과는 판이했다. 우연인지 정해의 날카로운 시선은 슬쩍 종리단형과 종리염을 훑고 지나갔다. 그 눈빛을 받자 두 사람은 움찔하여 표정이 굳어졌다.

그제야 그들은 자신들이 방금 신검무적의 사숙을 비웃었다는 것을 늦게나마 깨달은 것이다. 아무리 그들이 서안의 상계에서 이름을 날리는 자들이라고 해도 종남파 장문인의 사숙을 함부로 조롱할 수는 없었다.

그들이 어색한 표정으로 몸을 굳히고 있자 연일환이 분위기를 반전하려는지 정해의 옆에 서 있는 다른 사람들에게로 시선을 돌렸다.

"다른 분들도 모두 종남파의 고제(高弟)들이신가? 하나같이 기개가 헌앙해 보이는군."

정해의 옆에는 모두 세 명의 청년들이 어깨를 나란히 한 채 서 있었는데, 확실히 겉으로 보기에도 모두 비범한 인상들이었다. 제일 좌측의 인물은 이십 대 중반쯤 된 준수한 미남자였는데, 전신에서 칼날같이 예리한 기운이 흘러나오고 있어서 연일환조차 감탄할 정도였다. 그의 옆에 있는 청년은 그보다 몇 살 어려 보였는데, 눈빛이 정명하고 태도가 단정해서 누구나 호감이 일어날 용모였다.

가장 우측의 인물은 삼십 전후의 흑의인으로, 눈빛이 차갑고 얼굴에 아무런 표정도 떠올라 있지 않아서 냉막한 인상이었다.

좌측의 미남자가 한 발 앞으로 나오며 연일환을 향해 포권을 했다.

"장성에서 온 조일평이라 하오."

그의 이름을 듣자 평온을 유지하고 있던 연일환과 고성진의 얼굴이 모두 굳어졌다.

"마검 조일평?"

"자네가 일검혈견휴라 불리는 조일평이란 말인가?"

두 사람의 놀란 음성에 조일평은 담담하게 고개를 끄덕였다.

"그렇소. 그리고 이쪽은 내 사제인 풍시헌이라 하오."

풍시헌이 인사를 하는 모습을 보고도 연일환과 고성진의 시선은 조일평의 얼굴에서 떠나지 않았다. 조일평의 등장은 그만큼 그들에게 커다란 놀라움을 선사한 것이었다.

연일환은 조일평의 얼굴을 유심히 바라보다 불쑥 입을 열었다.

"듣기로는 자네가 얼마 전에 수룡신군 황충을 쓰러뜨렸다고 하더군."

"운이 좋았소."

"운이든 어쨌든 자네 정도의 나이에 그런 일을 해낸 것은 정말 대단한 업적일세. 그리고 그때 상당히 치명적인 부상을 입었다고 들었네.”

조일평의 대답은 똑같았다.

“운이 좋았소.”

연일환은 한동안 조일평의 안색을 살폈으나 어디에서도 부상당한 흔적을 발견할 수 없었다.

“확실히 운이 좋았던 모양이군. 황충을 상대하고도 이토록 멀쩡한 걸 보면 말일세.”

시비를 거는 말투는 아니었으나 듣기에 따라서는 다분히 기분이 나쁠 수도 있는 말이었다. 하나 조일평은 묵묵히 고개만 끄덕이고는 원래의 자리로 돌아가 버렸다. 마치 자신은 오늘 일의 주재자가 아님을 나타내듯이 말이다.

연일환의 시선은 제일 우측에 서 있는 흑의인에게로 향했다. 하나 흑의인은 입을 굳게 다문 채 아무 말도 하지 않았다. 설마 이 자는 화산파의 장로가 먼저 인사를 청해 오기를 기다리기라도 한단 말인가?

연일환의 눈썹이 살짝 찌푸려질 때, 시의 적절하게 하동원이 너털웃음을 지으며 끼어들었다.

“하하. 그렇지 않아도 우리가 오늘 이곳에 온 것은 바로 이분 때문이었소.”

“그게 무슨 말이오?”

“얼마 전에 이분이 화산파의 인물과 사소한 문제가 발생해서 우리에게 중재를 요청했소. 나로서는 그의 청을 거절할 수 없어서

두 분이 머물러 있다는 말에 염치 불고하고 이곳까지 달려오게 된 거요."

연일환은 영문을 몰라 묻지 않을 수 없었다.

"무슨 말을 하는지 모르겠구려. 이자가 누구이기에 본 파의 제자와 문제가 발생했다는 거요? 그리고 왜 하필이면 귀하가 나서서 그 일을 중재하려는 거요?"

하동원은 뚱뚱한 얼굴에 느긋한 미소를 매달았다.

"한 가지씩 차근차근 설명해 주겠소. 어차피 남는 건 시간뿐이니 말이오."

그의 천연덕스러운 말에 연일환은 그저 어안이 벙벙할 뿐이었다.

* * *

진패(陳貝)는 심호흡을 했다.

'침착하자. 단순한 일일 뿐이야.'

그는 떨리는 마음을 가다듬으며 마음속으로 뇌까렸다.

'어렵지 않아. 늘 하는 일에 한 가지만 더하면 되는 거야. 그러면 이 지긋지긋한 가난에서 벗어날 수 있다.'

마침 자신을 본 말들이 투레질을 했다. 오랫동안 동고동락을 해 온 말들을 보자 진패는 흔들리는 마음을 다부지게 바로잡을 수 있었다.

손에 흥건히 고여 있던 식은땀을 슬쩍 바지에 문질러 닦은 진패는 말의 갈기를 몇 차례 쓰다듬고는 마차를 움직이기 시작했다.

마차를 몰아 얼마쯤 가니 화려하기 그지없는 거대한 대문이 나타났다. 하나 진패의 목적지는 그 대문이 아니었다. 대문 옆의 담벼락을 따라 조금 더 가자 그보다 작기는 하지만 마차가 지나가기에는 충분한 크기의 문 하나가 모습을 드러냈다.

문을 두드리자 장검을 찬 무사가 문을 열고 나와서 그의 얼굴을 확인하고는 심드렁한 표정을 지으며 다시 안으로 들어갔다.

진패는 활짝 열린 문으로 마차를 몰고 들어갔다. 이상하게도 그토록 떨리던 가슴이 평상시처럼 차분해졌다.

커다란 창고가 보이자 진패는 마차를 멈추고 마차 뒤에 실린 물건들을 조심스레 내리기 시작했다. 그가 내린 물건들은 술이 가득 담긴 항아리들이었다.

진패는 술을 나르는 술도가의 마부였던 것이다.

* * *

"종리세가에 온 자가 철면호의 사제라고?"

두기춘의 보고를 받자 곡수는 자신도 모르게 눈살이 찌푸려졌다.

"그렇습니다. 스스로를 하동원이라고 밝힌 인물이 네 명의 고수들을 데리고 찾아왔다고 합니다."

"하동원이라면 확실히 얼마 전부터 소문이 난 종남파의 새로운 고수이긴 하지. 그런데 그자가 대체 무슨 일로 종리세가를 찾아온 것이냐?"

"같이 온 일행 중 금조명이란 자의 일 때문이라고 합니다."

그 말에 곡수의 음성이 높아졌다.

"잠깐. 금조명이라고? 그자가 하동원과 동행했단 말이냐?"

"그자 외에도 궤령낭군과 마검 조일평, 그리고 그의 사제가 함께 왔다고 하더군요."

좀처럼 냉정을 잃지 않던 곡수의 안색이 크게 변했다.

"금조명에 궤령낭군, 그리고 조일평? 정말 그들이 확실하더냐?"

"저는 직접 보지 못하고 총관인 종리염에게 들었습니다. 종리염의 말로는 확실하다고 하더군요. 연 장로님께서 직접 확인하셨다고 했습니다."

곡수는 당혹스런 표정을 숨기지 않았다.

'이게 어찌 된 일이냐? 철면호가 비장의 수법으로 숨기고 있으리라고 생각했던 자들이 모두 종리세가에 나타났으니……. 혹시 철면호의 진정한 목표가 적류문이 아니라 종리세가인 것이 아닐까?'

곡수는 불안한 생각이 들어 순간적으로 얼굴이 붉게 상기되었으나 이내 심호흡을 하고는 마음을 가라앉히려 노력했다.

'생각해 보자. 하동원이 혼자만의 생각으로 종리세가에 왔을 리는 없다. 필시 철면호가 보낸 것일 텐데, 그 이유가 무엇일까?'

머리를 굴리던 곡수는 문득 자신이 놓치고 있는 것이 있다는 것을 알아차리고 황급히 물었다.

"하동원이 종리세가를 찾아온 것이 금조명의 일 때문이라고?"

"예. 얼마 전에 금조명이 본 파의 고수와 충돌한 적이 있었는데, 그에 대한 중재를 부탁해서 종리세가에 머물러 있는 장로님들을 방문한 것이라고 합니다."

"그런 헛소리를!"

곡수는 버럭 소리를 지르려다 간신히 억눌러 참았다.

금조명이 화산파의 고수와 충돌한 것은 자신이 누구보다도 잘 알고 있다. 그 때문에 방태동을 제거하고 방보당을 흡수하려던 자신의 계획이 성사 직전에 실패하여 커다란 낭패를 당하지 않았는가?

매화사절 중의 한 명인 북문도는 당시의 싸움에서 패한 충격으로 아직도 유화상단의 후원에서 칩거를 하고 있었다.

그자의 정확한 정체를 파악하지 못해 언제고 정체를 알게 되면 반드시 복수하려고 벼르고 있었는데, 제 발로 모습을 드러냈을 뿐 아니라 당시의 일을 중재해 달라고 종남파를 찾아갔다니, 곡수로서는 너무도 어이없는 일이 아닐 수 없었다.

'금조명은 노해광의 부하가 아니다. 북문도를 이길 때의 무공을 보면 매화사절 중의 누구도 감당하기 힘들 정도였다. 그렇다면 역시 검마와 관련이 있는 자일까?'

곡수의 머릿속은 여러 가지 단상들 때문에 눈부신 속도로 돌아가고 있었다.

'만약 그렇다면 검마의 자식이 무엇 때문에 종남파를 도와 본파를 적대시한단 말인가? 더구나 일부러 종남파에 중재까지 부탁하다니 도무지 무슨 속셈인지 알 수가 없구나.'

곡수는 복잡하게 헝클어진 머리를 정리하기 위해 불필요한 사안들은 한 가지씩 빼놓기로 결심했다.

'일단 불안 요소로 생각했던 금조명과 마검 조일평, 그리고 하동원이 모두 종리세가에 모여 있는 것은 어찌 보면 다행스런 일일 수도 있다. 그들이 설사 그곳에서 무슨 수작을 부리려 할지라도 두 분 장로님과 매화사절의 세 사람이 버티고 있는 이상 종리세가를 어쩔 수는 없을 것이다.'

연일환이 금조명을 상대하고 고성진이 조일평을 막는다면, 하동원과 궤령낭군은 매화삼절이 충분히 감당할 수 있을 것이다. 비록 하동원이 신검무적의 사숙이라고 해도 강호에 전혀 이름이 알려지지 않은 것으로 보아 무공은 그다지 뛰어난 인물이 아닐 것이기 때문이다.

문제는 만약 그들이 종리세가를 공격하기 위한 것이 아니라면 대체 무엇 때문에 종리세가를 찾아갔느냐 하는 것이었다.

곡수는 처음부터 중재 운운하는 말 따위는 추호도 믿지 않았다. 그런 한가한 일을 하기에 지금은 너무도 긴박하고 위태로운 시기였다.

문득 떠오르는 생각이 있어 곡수는 급히 물었다.

"적류문은 어찌 되었느냐? 그쪽으로는 아무 움직임도 없었느냐?"

두기춘이 무어라 대답하려 할 때 마침 동개가 황급히 이 층으로 올라왔다.

"마침내 적류문에서 싸움이 벌어졌습니다."

"자세히 말해 보거라. 어떻게 된 상황이냐?"

"흑선방의 무리들이 연막탄을 던져 일대를 혼란하게 한 사이 노해광의 부하들이 적류문을 습격했습니다. 초희와 강표, 마정기를 비롯한 노해광의 수하 대부분이 모습을 드러냈습니다."

"그렇다면 하동원과 조일평 등이 종리세가로 간 것은 본 파의 다른 고수들이 적류문을 지원하지 못하게 하기 위함이란 말인가?"

곡수는 혼잣말처럼 중얼거리다가 다시 물었다.

"상황은 어떠하냐?"

"처음에 흑선방의 습격이 워낙 교묘하여 잠복해 있던 속가들의 피해가 예상보다 커졌습니다. 하지만 적류문에서 준비를 잘한 덕분에 전황은 팽팽한 편입니다."

"만약 더 이상의 지원이 오지 않는다면 어찌 될 것 같으냐?"

동개는 다소 어리둥절한 표정이었으나 이내 주저하지 않고 말했다.

"양쪽 다 지원이 오지 않는다면 결국 양패구상일 뿐입니다. 상당히 많은 인원들이 죽을 겁니다."

"그래도 어쨌든 막기는 하겠지?"

"그렇습니다. 철면호 쪽도 피해가 막심할 테니 말입니다."

곡수는 아직도 무언가 미진함을 느끼는 모습이었다.

"철면호가 이 정도도 예측하지 못했을 리는 없을 텐데……. 단순히 본 파의 개입을 막기 위해서 자신이 쓸 수 있는 가장 강력한 패들을 모두 종리세가로 보낸다? 철면호답지 않은 어설픈 수 아닌가?"

곡수의 시선이 무심결에 길 건너편에 있는 하선루의 삼 층으로 향했다. 반쯤 열린 창문 사이로 유유자적하게 술을 마시고 있는 철면호의 모습이 보였다.

곡수는 활짝 웃고 있는 철면호의 얼굴이 마치 자신을 비웃는 것 같아 기분이 좋지 않았다.

'그가 노리는 수가 반드시 더 있을 것이다. 철면호라면 반드시 그러할 것이다. 그게 무언지 알아야 한다.'

바로 그때 누군가가 이 층으로 뛰어들어 왔다. 어찌나 다급했는지 그는 계단을 통하지도 않고 창문을 통해 들어왔다.

들어온 사람은 백의 무복을 입은 화산파의 제자였다. 곡수는 그가 유화상단에 머물러 있는 화산파의 일대제자 천개방임을 알고 안색이 대변했다.

"큰일 났습니다."

평소에는 침착하기 그지없던 천개방의 얼굴은 다급함으로 가득 차서 다른 사람 같았다.

"무슨 일이냐?"

"유화상단에 불이 났습니다."

"불이라니?"

"유화상단 뒤쪽 주방의 술 창고에서 큰불이 나서 삽시간에 상단 전체로 퍼지고 있습니다."

뜻밖의 말에 곡수는 정신을 차리기 힘들었다.

곡수뿐 아니라 두기춘과 동개도 당황하는 표정이 역력했다.

유화상단은 고수들의 수도 많을 뿐 아니라 화산파의 제자들이

휴식을 취하기 위해 상당수가 머물러 있는 곳이었다. 그 정도의 인원이라면 어떠한 침입이라도 능히 격퇴할 수 있기에 전혀 신경을 쓰지 않았는데, 그곳에서 큰불이 났다면 자칫 그들 대부분이 위험할 수도 있었다.

"대체 어떻게 술 창고에서 불이 났단 말이냐? 그리고 그 정도의 불이라면 유화상단의 능력으로 충분히 진압할 수도 있지 않으냐?"

"마치 술 창고에 화탄이 터진 것처럼 강력한 폭발이 있었다고 합니다. 게다가 누군가가 화약을 뿌려 놓은 듯 불이 순식간에 주방을 넘어 사방으로 번져 나가는 바람에 유화상단의 인원만으로는 도저히 진화할 수가 없는 상황이었습니다."

"그렇다면 계획적인 방화(放火)란 말이군."

중얼거리던 곡수가 무슨 생각이 들었는지 다시 하선루로 시선을 돌렸다.

그때 공교롭게도 술잔을 든 채 창문 너머를 보고 있던 노해광의 시선이 그와 마주쳤다. 희빈루의 창문을 가리고 있던 차양이 조금 전 천개방이 뛰어들어 오면서 떨어져 나가는 바람에 희빈루 안이 그대로 들여다보인 탓이었다. 노해광은 화들짝 놀란 듯 황급히 고개를 돌렸으나, 곡수는 분명히 볼 수 있었다. 고개를 돌리기 전 노해광의 입가에 야릇한 미소가 감돌고 있는 것을.

'유화상단의 불은 철면호의 수작이다!'

곡수의 마음속에 한 가지 확신이 떠올랐다.

그리고 그때 곡수는 자신과 시선이 마주치자 당황하여 고개를 돌린 노해광의 모습에서 한 가지 이상한 점을 찾아냈다. 누구보다 성격이 담대하고 배짱이 좋은 노해광이 단순히 시선이 마주친 것만으로 그렇게 놀라는 것은 전혀 그답지 않은 일이었다.

그리고 노해광은 술을 좋아하기는 하지만 중요한 일을 앞두고는 입에도 대지 않는다고 알려져 있었다.

몇 가지 상념이 곡수의 머릿속을 번갯불처럼 질주했다.

노해광은 오늘따라 유난히 서안의 거리 구석구석을 누비고 다니며 긴 시간 동안 상인들의 인사를 받고 다녔다.

노해광이라면 하선루 건너편의 희빈루가 화산파에 이미 장악된 것을 알고 있을 텐데도 그는 태연히 하선루에서 중요한 모임을 개최했다. 그리고 모임을 하면서 일부러 보란 듯이 창문을 반쯤 열어 놓고 있었다. 그런 중요한 모임이라면 전혀 안을 들여다볼 수 없는 비밀스런 장소에서 하는 것이 당연한데도 말이다.

그리고 노해광의 부하 중에는 누구보다도 변장에 능한 인물이 있다.

곡수는 얼굴을 붉히며 이를 부드득 갈았다.

"천면묘객 하응……!"

하동원이 숨겨 두었던 고수들을 잔뜩 데리고 종리세가로 간 것도, 노해광의 부하들이 모두 적류문과의 싸움에 투입된 것도 진정한 목표를 가리기 위함이었다.

노해광의 목표는 처음부터 유화상단이었다. 노해광은 하응을 자신으로 분장시켜 곡수의 이목을 끈 후 자신은 비밀리에 유화상단을 화마(火魔)에 휩싸이게 한 것이다.

그런 줄도 모르고 곡수는 종리세가와 적류문 중에서 노해광이 어느 곳을 노리는지에만 골몰해 있었다. 만약 유화상단이 이대로 무너진다면 종리세가나 적류문의 멸문과는 비교도 할 수 없는 커다란 충격이 화산파에 가해질 것이다.

그때 천개방의 급한 목소리가 생각에 잠긴 곡수를 일깨웠다.

"빨리 가 보셔야 합니다. 유화상단의 후원에는 북문도 사형과 해정설 장로께서 머물러 계시는데, 그분들의 거처 쪽으로 불길이 번지고 있습니다."

그 말을 듣자 곡수는 반사적으로 자리에서 일어났다.

"어서 가자!"

이대로 노해광의 노림수에 당한 것을 후회하고 있을 시간이 없었다. 조금이라도 늦기 전에 피해를 최소화할 방법을 찾아야 한다. 더구나 북문도와 해정설은 화산파에서도 중요한 인물들이므로 그들 중 누구도 희생되어서는 안 되었다.

곡수를 필두로 두기춘과 동개 등 화산파의 고수들이 천개방의 뒤를 따라 전력을 다해 유화상단으로 달려갔다.

"이쪽으로."

천개방은 유화상단의 정문이 아닌 다른 길로 안내했다.

"정문 쪽은 지금 불을 피하는 사람들과 끄려는 사람들로 혼잡해서 들어갈 수가 없습니다. 이쪽으로 가시면 후원으로 바로 갈 수 있습니다."

천개방의 설명에 곡수는 대답할 정신도 없는지 고개만 간단하게 끄덕거렸다.

멀리 떨어진 곳에서도 유화상단의 거대한 장원이 검은 연기에 휩싸여 있는 것을 볼 수 있었다. 불길이 얼마나 거대하던지 매캐한 연기와 후끈한 열기가 백여 장 밖에서도 선명하게 느껴질 정도였다.

천개방은 근처의 지리에 익숙한 듯 복잡한 서안의 골목을 이리저리 달려갔다. 질풍처럼 달려가는 그 속도에 못 이긴 화산파의 제자들이 하나둘씩 떨어져 나가고, 곡수를 비롯한 서너 명의 일대제자들만이 그의 뒤를 따라 유화상단의 뒷골목을 달려 나갔다.

얼마쯤 갔을까? 불길이 한결 거세게 느껴지는 커다란 담벼락을 막 돌았을 때, 갑자기 굉음과 함께 양쪽 담벼락이 그대로 무너져 내렸다.

콰앙!

"앗?"

부서진 돌조각과 자욱한 먼지와 함께 후끈한 열기가 강력하게 다가왔다.

담벼락이 무너진 공간은 거의 십여 장에 달했다. 덕분에 곡수의 뒤에서 쫓아오던 두기춘을 비롯한 동개와 일대제자들은 무너진 담벼락의 잔해로 인해 곡수와 완전히 분리되고 말았다.

"콜록."

연기와 먼지로 앞을 제대로 분간할 수도 없는 상황에서 곡수는 소맷자락으로 입과 코를 막으며 자신의 앞에서 달려가던 천개방의 행방을 찾았다.

멀지 않은 곳에 천개방의 모습이 보이자 곡수는 그쪽으로 신형을 날렸다. 막 그가 천개방에게로 다가가는 순간, 천개방이 갑자기 그 자리에 넙죽 주저앉았다.

그리고 그가 방금 서 있던 공간에서 하나의 붉은 뇌전이 튀어나왔다.

그것은 그야말로 너무도 갑작스럽고 예상치 못한 일이어서, 곡수로서는 피할 엄두도 내지 못했다.

팟!

"크윽!"

곡수의 입에서 답답한 신음성이 흘러나왔다.

가슴을 작렬하는 듯한 통증에 눈을 부릅뜬 곡수는 자신의 가슴을 내려다보았다. 붉은빛이 감도는 하나의 창이 그의 심장을 정확히 관통해 있었다.

곡수의 시선이 천천히 올라가 그 창의 주인을 바라보았다. 날렵한 체구에 유난히 눈빛이 형형한 중년인이었다. 그 중년인을 보자 곡수는 한 사람의 이름이 떠올랐다.

"당…… 당신은 초가보주의 수신대장이었던……."

중년인은 묵직하게 고개를 끄덕였다.

"내가 바로 우문화룡이오."

"당신이 어떻게……."

곡수는 무언가를 물으려다 입을 다물었다. 누구보다 총명한 그의 머리로 지금의 상황이 어떻게 된 것인지를 모를 리 없었다.

"그렇군. 모든 건 철면호의 솜씨로군."

우문화룡은 아무 대답이 없었다.

곡수의 얼굴이 다시 한쪽으로 움직였다. 바닥에 넙죽 주저앉아 있던 천개방이 빙글거리며 일어났다.

"너, 너는 천개방이 아니구나……."

천개방은 피식 웃으며 슬쩍 얼굴을 매만졌다. 천개방의 얼굴이 사라지며 평범한 인상의 장한이 모습을 드러냈다.

"나는 하응이라 하오, 곡 나으리."

"네가 하응이라고? 그렇다면……."

그제야 곡수는 오늘 일의 진상을 알아차릴 수 있었다.

철면호의 목적은 애초부터 유화상단이나 종리세가가 아니었다. 그들을 물리쳐 봤자 어차피 그들은 화산파의 수족들에 불과할 뿐이었다.

노해광은 화산파와의 정면 대결이 멀지 않았음을 깨닫고 화산파에 가장 큰 타격을 줄 수 있는 부분을 물색했다. 그리고 마침내 한 가지 방안을 찾아낼 수 있었다. 그것은 팔다리가 아닌 머리를 직접 노리는 것이었다. 수족들을 상대해 봤자 심신만 고달플 뿐이지만, 만약 머리를 잡을 수 있다면 몸통을 무찌르는 것은 그리 어려운 일이 아니기 때문이었다. 그래서 그가 선택한 대상이 바로 신산 곡수였다.

노해광은 곡수의 시선이 계속 자신에게 집중되어 있음을 최대한 이용하여 그의 마음속에 의구심을 불러일으켰고, 곡수는 그의 의도대로 진짜 노해광을 하응의 분신으로 의심했다. 그 바람에 하응의 존재를 머릿속에서 지웠고, 천개방이 자신을 유인할 때도 추호도 그를 의심하지 않았다. 만약 그러지 않았다면 변장에 능한 하웅의 존재 때문에 때맞춰 나타난 천개방의 정체에 대해 한 번쯤은 의혹의 눈길을 보냈을 것이다.

천개방으로 변한 하웅은 곡수를 함정으로 유인하여 화산파 제자들과 격리시켜 마침내 우문화룡으로 하여금 완벽한 기회를 잡게 한 것이다.

유화상단의 술 창고에 접근할 수 있는 마부를 포섭하여 독주와 기름으로 화재를 일으킨 것도 작전의 중요한 한 부분이었다. 유화상단 대부분이 화재로 인한 검은 연기로 뒤덮였지만, 알고 보면 화재 자체는 그리 크지 않았다. 단지 특수한 기름이 섞여 있어서 시커먼 연기와 뜨거운 열기가 보통 때의 화재보다 한층 더 심했을 뿐이었다.

그 바람에 곡수를 비롯한 화산파의 제자들 모두 유화상단이 온통 화마에 휩싸여 있다는 하웅의 말을 철석같이 믿게 되었고, 함정 속으로 뛰어들게 된 것이다.

만약 적류문이 정상적으로 활동했다면 노해광의 이런 움직임을 알아볼지도 몰랐으나, 그들은 흑선방의 습격에 대비하느라 잠시 모든 활동을 멈추었기에 전혀 알 수가 없었다. 결국 노해광이 하동원을 종리세가로 보낸 것은 그곳에 있는 화산파의 고수들을 함부로 움직이지 못하게 하기 위함이었고, 적류문으로 흑선방과 자신의 모든 수하들을 보낸 것은 그들의 눈과 귀를 가리기 위함이었던 것이다.

그 모든 일들은 사전에 치밀한 계획하에 준비된 것으로, 그중 단 한 가지라도 어긋났다면 오늘 일은 실패로 돌아갔을 것이다.

하나 노해광의 계획은 완벽히 이루어졌고, 곡수는 결국 차가운 시신이 되어 서안의 뒷골목에서 쓰러져야만 했다.

이제 노해광은 자신의 의도대로 화산파의 머리를 베어 낼 수 있었다. 그리고 그것은 화산파와 종남파의 치열한 대결이 점차 종국으로 치닫고 있음을 알려 주는 신호탄이었다.

제 285 장

선상풍운(船上風雲)

제 285 장 선상풍운(船上風雲)

계절은 점점 더워지고 있는데, 한수의 물살은 제법 차가웠다. 동중산은 그 물에 손을 담가 보고는 이내 혼잣말처럼 중얼거렸다.

"물에 빠지는 일은 가급적 없어야겠군."

옆에 있던 낙일방이 그 말을 들었는지 의아한 얼굴로 그를 쳐다보았다.

"물에 빠질 일이 뭐가 있겠어요?"

동중산은 멋쩍은 웃음을 흘렸다.

"매번 강을 건널 때마다 이런저런 일을 당했더니 강만 보면 최악의 상황을 염두에 두게 되는군요."

낙일방도 따라서 웃었으나 이내 정색을 했다.

"하지만 오늘은 왠지 조심해야 할 것 같군요. 장문 사형이 안 계셔서 그런지 자꾸 불안한 생각이 가시질 않네요."

"저도 이번에는 주의를 기울여야 한다고 생각합니다."

"왜 그렇게 생각하죠?"

"장강십팔채의 방산동이 이대로 맥없이 물러나지 않을 것 같아서 그렇습니다."

중인들의 시선이 모두 동중산에게 향했다. 동중산은 사람들이 자신의 말에 귀를 기울이고 있음을 알고 조금 더 목소리를 높였다.

"한수를 건너면 바로 무당파의 영역입니다. 방산동이 만약 우리를 노리고 있다면 우리가 한수를 건널 때가 절호의 기회일 것입니다. 수공의 고수인 그로서는 절대적으로 유리한 상황이기 때문에 결코 그 기회를 놓지 않으려 할 것입니다."

묵묵히 그의 말을 듣고 있던 전흠이 퉁명스런 음성을 내뱉었다.

"제발 그렇게 되었으면 좋겠군. 깔끔하게 후환을 정리할 수 있을 테니 말이야."

동중산은 전흠이 일전에 장강십팔채의 암습 때 상당히 악전고투 했다는 것을 떠올리고는 쓴웃음을 짓고 말았다. 그때의 설욕을 하고자 하는 그의 심정을 모르는 바는 아니었으나, 가급적이면 별다른 일없이 무사히 무당산에 도착했으면 하는 것이 동중산의 바람이었다.

낙일방의 말마따나 장문인인 진산월이 없기 때문에 더욱 그런 마음이 강한 것인지도 몰랐다. 진산월과 함께 떠난 낙일방이 곽자령을 무사히 구해 온 것은 좋았으나, 그 과정 중에 부득이 진산월과 헤어졌음을 알고 종남파의 모든 사람들은 마음이 무거워졌다. 그것은 그만큼 진산월이 그들의 가슴속에 커다란 비중을 차지하고 있기 때문이었다.

문득 동중산은 전흠 말고도 장강십팔채에 이를 갈고 있는 자가 한 명 더 있음을 떠올리고 힐끗 뒤를 돌아보았다. 아니나 다를까? 손풍이 활활 타오르는 눈으로 이를 갈아붙이며 허공을 노려보고 있었다.

장강십팔채의 고수에게 한 대도 때리지 못하고 일방적으로 두들겨 맞기만 했던 손풍은 너무 억울하고 원통해서 그 뒤로 밤을 꼬박 새우며 무공 연마에 매진해 왔다. 그 결과 어제 비로소 장괘장권구식을 모두 익히는 쾌거를 이룰 수 있었다.

장괘장권구식에 입문한 지 한 달도 되지 않아 이룩한 나름대로 놀라운 성과였다.

물론 그 안의 심오한 오의까지 터득한 것은 아니었으나, 적어도 형(形)만은 모두 익혀서 흉내라도 낼 수 있게 되었으니 손풍의 득의양양은 이루 말할 수 없었다. 그 정도로는 절대로 평범한 무림인조차 감당하지 못한다고 몇 번이나 말해도 손풍은 아랑곳하지 않고 복수의 날이 오기만을 손꼽아 기다리고 있었다.

동중산 또한 그동안 손풍이 얼마나 절치부심하여 전력을 기울여 왔는지를 누구보다 잘 알고 있기에 그저 장강십팔채와 다시 부딪치는 일이 없기를 바랄 수밖에 없었다.

원래 그들은 며칠 더 제갈세가에 머물며 진산월이 돌아오기를 기다리려 했으나, 자칫 그랬다가 일정이 꼬이면 무당산의 집회에 제시간에 도착하지 못할지도 몰라서 아예 서둘러 길을 떠나기로 의견을 모았다. 어차피 진산월을 기다릴 바에는 제갈세가보다는 무당산이 더 낫다는 중론에 따른 것이다.

진산월이 빠졌음에도 제갈세가를 나선 그들의 숫자는 처음보다 오히려 늘어 있었다.

생사 여부조차 불투명했던 뇌일봉은 다행히 간신히 목숨은 구할 수 있었다. 문제는 유중악의 다른 친구들이었다.

곽자령은 부상이 심해 당연히 제갈세가에 머물러 있어야 했건만, 부득부득 그들을 따라가겠다며 길을 따라나섰다. 유중악의 생사만이라도 알 수 있을 때까지는 절대로 마음 편히 누워 있을 수 없다는 그를 아무도 제지할 수 없었다.

제갈도는 곽자령의 부상이 재발할 것을 염려해 자신도 동행하겠다고 나섰고, 그 바람에 제갈세가의 호위 몇 사람이 급히 가세했다. 게다가 흑삼객 임지홍 또한 기필코 유중악을 만나야 할 사정이 있다며 일행에 끼어들어 무당산으로 향하는 행렬의 숫자가 삽시간에 배로 불어나고 말았던 것이다.

그나마 길 안내를 하겠다며 따라오려는 동천표를 떼어 놓은 것이 유일한 성과라고 할 수 있었다. 동천표는 거듭된 부상으로 제대로 운신(運身)조차 하지 못하면서도 이 일대의 지리는 자신이 가장 정통하다며 억지로 몸을 움직이려다 다시 드러눕는 신세가 되고 말았다.

종남파 사람들은 유중악의 친구들이 하나같이 자신의 안위보다는 유중악을 위해서 몸을 사리지 않는 것을 보고 고개를 절레절레 흔들었다. 점잖게만 보였던 유중악의 친구들은 막상 일이 닥치자 누구보다 뜨거운 성정(性情)을 가진 열혈한의 모습을 보여 주고 있었다. 점점 각박해지는 강호 무림에서 좀처럼 보기 드문 일이라 하지 않을 수 없었다.

지금 그들이 있는 곳은 제갈세가에서 무당산으로 가는 중간에 펼쳐진 벌판의 강변이었다. 탁 트인 벌판 한복판에 한수가 흐르고 있었고, 그 너머로 유난히 푸른빛을 띠는 무당산이 환히 시야에 들어왔다.

날씨도 제법 좋아서 평상시였다면 강과 산이 어우러진 주위의 경치에 시선을 빼앗겼을 것이나, 지금은 모두 한수를 건널 생각에 마음이 급해져 있었다. 동중산의 말대로라면 한수를 건너는 일 자체가 결코 수월하지 않을 가능성이 농후했기 때문이다.

다른 사람보다 먼저 주변을 한 바퀴 둘러보고 돌아온 동중산이 일행의 우두머리 격인 성락중에게 다가왔다.

"저 앞쪽에 제법 큰 나루터가 있습니다. 마침 작은 주막이 있기에 주막의 주인에게 물어보니 일각 후쯤에 강 건너편으로 출발하는 배가 있다고 합니다. 그 배를 타시겠습니까?"

"자네가 볼 때는 어찌했으면 좋겠나?"

"주막 주인의 말대로라면 배가 그리 작지 않아서 우리 일행이 모두 타기에 충분한 것 같습니다. 다른 손님이 몇 사람 있기는 하나 특별히 의심이 가는 인물은 보이지 않았습니다."

동중산이 에둘러 말했으나 그것은 곧 그 배를 타는 것이 좋을 것 같다는 의사를 밝힌 것이나 마찬가지였다. 성락중은 별다른 고민 없이 고개를 끄덕였다.

"그럼 그곳으로 가세."

성락중은 그동안의 여정으로 동중산의 일 처리가 무척이나 꼼꼼하고 빈틈이 없다는 것을 알고 있기에 웬만한 일은 모두 그에게 일임하고 있었다. 조금 전에도 그 짧은 시간에 동중산은 나루터를 운행하는 배와 손님들에 대해 나름대로 세밀한 조사와 관찰을 한 모양이었다.

배분이 두 배나 높은 성락중이 동중산의 의견을 묻는 광경은 종남파 고수들을 제외한 다른 사람들에게는 낯설고 기이한 장면이었을 것이다. 제갈도를 비롯한 제갈세가의 사람들은 강호의 유구한 명문 정파 중 하나인 종남파의 법도가 그리 깐깐하지 않다고 생각하며 얼마쯤 신기해 하고 있었다.

원래 역사와 전통이 오랜 문파일수록 문규(門規)가 엄격하고 상명하복을 철저히 지킨다는 특성이 있었다. 특히 구대문파같이 명문 정파로서의 자부심이 강한 문파들은 서열을 중시하고 하극상(下剋上)은 절대로 용인하지 않아서 지금처럼 배분이 차이 나는 아랫사람에게 의견을 묻는 경우란 거의 존재하지 않았다.

하나 종남파는 문도의 수가 그리 많지 않은 데다 워낙 어렵고 험한 시기에 생존을 최우선으로 할 수밖에 없는 상황이어서 다른 문파에 비해 서열이나 배분을 크게 중시하지 않았다. 때문에 진산월이 '종남파에 법도는 없다. 어떤 일이 있어도 살아남는 것이 유일한 법도다.' 라고 말했을 때 많은 사람들이 당혹해 했던 것이다.

얼마쯤 가니 과연 나루터가 모습을 보였다. 손님들이 비바람을 피할 수 있는 작은 건물이 있고, 한쪽에는 '주(酒)' 라고 쓰인 깃발이 내걸린 간이 주막도 있어서 제법 운치가 있어 보였다. 주변에 인가가 거의 없는 것을 생각해 본다면 제법 잘 갖추어진 나루터였다.

제갈도가 이 근처의 지리를 잘 아는지 그 이유를 설명해 주었다.

"양양에서 무당산으로 가는 길 중에서 이쪽이 제법 길이 잘 닦여 있어서 향화객(香火客)들이 많이 다니는 편이오. 나도 무당산을 갈 때 이 나루터를 몇 번 이용한 적이 있었소."

다행히 오늘은 손님이 그리 많지 않아서 그들 일행을 제외하고는 여섯 사람에 불과했다. 그들 중 두 명은 등짐을 짊어진 상인이었고, 두 명은 주름살이 가득하고 허리가 구부정한 늙은 부부였으며, 다른 두 명은 연인처럼 보이는 젊은 남녀였다.

그중에서도 젊은 남녀가 유난히 중인들의 시선을 끌었다. 그들은 찰싹 달라붙은 채 쉴 사이 없이 무언가를 속삭이고 있었는데, 가끔 나직하게 웃으며 서로를 바라보는 모습이 보는 사람의 입가에 절로 미소가 걸리게 만들었다.

손풍은 그 모습이 부러운지 연신 그들을 훔쳐보더니 아쉬운 입맛을 다셨다.

"좋을 때다. 나도 작년에는 저런 시절이 있었는데……. 화월루의 그녀들은 모두 잘 있겠지?"

옆에서 그의 중얼거림을 듣게 된 동중산은 흘러나오는 한숨을 억지로 눌러 참았다.

'손 사제도 참 어지간하군. 전 사숙이라도 들으면 어쩌려고…….'

그의 걱정을 아는지 모르는지 손풍은 입가에 피식피식 실없는 미소까지 지으며 주절거렸다.

“저 야들야들한 살결 하며 풍만한 몸매까지 딱 화월루의 소앵(小鶯)이 생각나는구나. 얼굴이라도 보게 고개 좀 돌려 보지. 옳지, 그렇게…….”

손풍의 말이 점점 도를 넘어서고 있다고 생각한 동중산이 황급히 그를 제지하려 했으나 그때 젊은 남녀 중 여인이 갑자기 고개를 홱 돌리며 손풍을 쏘아보는 것이었다. 그녀의 눈빛이 너무 날카로워서 천하의 손풍도 순간적으로 움찔할 수밖에 없었다.

“왜 그래? 아는 사람이라도 있어?”

여인의 앞에 있던 남자가 어리둥절하여 묻자 여인은 언제 그런 표정을 지었나 싶게 원래의 얼굴로 돌아오며 그를 향해 생글생글 웃어 보였다.

“아니에요. 어디서 날파리가 왱왱거리는 소리를 들은 것 같아서요.”

그 말에 손풍의 얼굴이 험악하게 일그러졌다.

하나 동중산은 오히려 가슴이 덜컥 내려앉았다.

‘저 거리에서 손 사제가 하는 말을 들었단 말인가?’

그녀와 손풍 사이의 거리는 오 장이 넘었고, 손풍의 음성 또한 중얼거림에 가까워서 같은 일행 중에도 제대로 들은 사람이 없는 상황이었다. 그런데 여인의 모습을 보면 아무래도 손풍이 중얼거리는 말을 듣고 순간적으로 분기가 치밀어 오른 것 같았으니, 동중산으로서는 그녀의 경이적인 청력에 놀라움을 느끼지 않을 수 없었다.

여인은 다시 남자를 향해 요염한 미소를 지었다.

“당신은 내가 다른 남자에게 관심을 둘까 신경 쓰이는 거지요?”

남자는 뚱한 표정으로 퉁명스럽게 대꾸했다.

“무슨 쓸데없는 말을 하는 거야? 내가 왜 그런 걸로 신경을 쓰겠어?”

“당신은 자기보다 잘생긴 남자만 보면 묘하게 긴장하는 버릇이 있어요. 지금도 코를 실룩거리고 있는데, 그게 바로 당신이 긴장할 때 나오는 습관이에요.”

남자는 신경질적으로 자신의 코를 잡았다.

“긴장하기는. 내 코가 어떻다고 그런 말을 하는 거야?”

여인은 그런 그의 모습이 사랑스러운지 연신 얼굴에 미소를 매달았다.

“호호. 그렇게 코를 잡고 있으면 안 움직일 줄 알아요? 아무튼 긴장하지 마요. 그간 잘생긴 남자들은 하도 보아서 나는 아무렇지도 않으니까.”

“대체 여기에 내가 긴장할 만큼 잘생긴 자가 어디 있다고 그래?”

“시치미를 떼긴. 아까부터 당신이 자꾸 저쪽을 힐끔거리는 걸 내가 모르는 줄 알아요?”

그녀가 슬쩍 어느 한 방향을 향해 턱짓했으나 남자는 그쪽으로는 시선도 주지 않은 채 심통스런 표정으로 고개를 내저었다.

“몰라. 난 그런 적 없어.”

그들의 대화에 유심히 귀를 기울이고 있던 손풍이 손가락으로 자신의 가슴을 가리키며 큰 소리로 물었다.

"나를 말하는 거요?"

여인은 이게 무슨 개소리냐는 듯 그를 흘겨보았다. 조금 살집이 있기는 했으나 선이 곱고 눈빛이 요염한 여인이 흘겨보는 시선은 묘한 매력을 느끼게 했다. 손풍의 얼굴에 자신도 모르게 웃음기가 감돌았다.

"방금 소저가 턱으로 나를 가리키지 않았소?"

동중산은 어처구니가 없어 그 입을 틀어막으려 했으나 이미 손풍의 음성은 중인들의 귀에 똑똑히 들린 후였다.

여인은 물론 남자도 아무 말 없이 멀거니 손풍을 쳐다보고만 있었다.

손풍은 한차례 어깨를 으쓱해 보였다.

"보려면 힐끔거리지 말고 똑바로 보시오. 원래 생긴 게 이러니 몇 번 본다고 닳지도 않을 테니 말이오."

한동안 물끄러미 손풍을 쳐다보던 남자가 귀를 후비더니 심드렁하게 말했다.

"저자가 지금 뭐라고 하는 거야?"

"우리가 하는 말이 자기를 가리키는 줄 알았나 봐요."

"무슨 말?"

"당신이 긴장할 만큼 잘생긴 남자가 여기 있다는 말 말이에요."

"저자는 거울도 한 번 본 적이 없단 말인가? 어떻게 저런 낯짝을 가지고 그런 착각을 할 수가 있지?"

"그래서 내가 아까 날파리 한 마리가 왱왱거리고 있다고 했잖아요."

"그게 저자를 말한 거였어? 어쩐지……. 난 또 웬 정신 나간 자가 우리를 보고 아는 척을 하나 했지."

두 남녀의 말을 듣고 있던 손풍의 얼굴이 조금씩 붉어지더니 가관으로 변했다. 문득 자신의 바로 뒤에 낙일방이 있음을 깨달은 것이다. 그제야 손풍은 자신이 단단히 착각했음을 알아차렸으나, 이미 망신살은 제대로 뻗친 후였다. 여기저기에서 킥킥거리며 웃는 소리가 들려오고 있었다.

손풍의 얼굴이 붉으락푸르락해지며 숨소리가 거칠어졌다. 그나마 때마침 들려온 동중산의 음성이 그를 구원해 주었다.

"배가 오는군. 손 사제, 먼저 가서 자리를 잡아 놓게."

동중산은 손풍이 무슨 엉뚱한 짓을 할지 몰라 그의 등을 반강제로 떠밀어 배가 오고 있는 곳으로 보내 버렸다. 손풍이 시뻘게진 얼굴로 씩씩거리며 간신히 자리를 떠나자 동중산은 두 남녀를 향해 살짝 고개를 숙였다.

두 남녀 또한 더 이상은 시비를 크게 만들고 싶지 않은지 가볍게 답례를 하고는 다시 자기들끼리 대화를 이어 나가기 시작했다.

배가 도착하자 나루터에서 기다리고 있던 사람들이 모두 모였다. 종남파 일행과 다른 손님을 합쳐 이십 명이 넘는 인원이었으나 모두 태우고도 남을 정도로, 배는 충분히 컸다.

배를 타고 온 손님들은 그리 많지 않아서 그들이 모두 내리자 바로 승선이 이루어졌다. 사공은 체구가 건장한 두 명의 장한이었는데, 뱃삯을 치르면서 동중산은 슬쩍 그들의 손을 만져 보았다.

굳은살이 박여 있기는 했으나, 전문적으로 무공을 익힌 무인

(武人)들의 손은 아니었다. 검게 그을린 얼굴과 유난히 발달된 팔 근육, 그리고 배를 다루는 능숙한 솜씨로 보아 오랫동안 사공 일을 해 온 자들임을 어렵지 않게 짐작할 수 있었다.

인원이 많은 종남파 고수들이 제일 먼저 자리를 잡았고, 부상이 심한 곽자령과 그를 치료하기 위한 제갈도, 그리고 여인들인 임영옥과 담옥교는 하나뿐인 배의 선실로 들어갔다. 뒤이어 각기 두 명씩 이루어진 세 쌍의 손님들이 배의 여기저기에 떨어져 앉았다. 공교롭게도 두 명의 젊은 남녀는 종남파 일행들에게서 그리 멀지 않은 뱃전에 앉아 있었는데, 남자의 팔을 꼬옥 끌어안은 채 행복한 표정을 짓고 있는 여인의 모습이 상당히 인상적이었다.

손풍은 아예 그들 쪽으로는 시선도 돌리지 않고 뚱한 표정으로 한쪽 구석에 처박혀 있었다.

곧이어 사공의 출발하겠다는 소리와 함께 배가 강변을 떠났다. 동중산은 신중한 눈으로 사공과 다른 손님들의 위치를 재차 확인하고는 성락중에게 다가갔다.

"아직까지는 특별히 문제 될 것을 발견하지 못했습니다. 사숙조께서는 이상한 점을 찾으셨습니까?"

"나도 보지 못했네. 다만 저 젊은 여자는 상당한 무공을 지니고 있는 것 같군."

성락중의 시선이 두 젊은 남녀 중 여인을 슬쩍 훑고 지나가자 동중산은 살짝 고개를 끄덕였다.

"제자도 그렇게 생각합니다. 그들에게 좀 더 주의를 기울이겠습니다."

성락중이 담담하게 웃으며 그의 어깨를 가볍게 두드려 주었다.

"매사에 신중한 것은 좋지만, 너무 지나치면 자신은 물론 주위 사람들도 피곤해지네. 자네뿐 아니라 나를 비롯한 모두들 조심하고 있으니 자네 혼자 모든 걸 떠안으려 하지 말게."

동중산은 조금 멋쩍은 웃음을 흘렸다.

"아무래도 장문인께서 자리에 안 계시니 제가 너무 긴장한 것 같습니다."

"방산동이 수작을 부려 올지는 장담할 수 없지만, 그가 무슨 수를 써 오더라도 우리는 충분히 감당할 수 있는 역량이 있네. 자네 자신을 믿고, 본 파를 믿게. 본 파는 강하네."

성락중의 음성 속에는 확고한 자신감이 강하게 깃들어 있었다.

동중산 또한 그 말을 듣자 마음 깊숙한 곳에서 뜨거운 무언가가 울컥 치밀어 오르는 것 같았다.

종남파는 강하다!

이 단순한 한마디의 말을 입 밖으로 꺼내기 위해 그동안 얼마나 많은 땀과 눈물을 흘려 왔던가? 다른 누구도 아닌 종남파의 문도 스스로가 이렇게 느끼게 되기까지 자신들이 겪어 와야 했던 그 많은 고난과 질곡의 세월들이 주마등처럼 머릿속을 스치고 지나갔다. 그 고통스런 시간을 견뎌 온 지금에서야 비로소 어느 누가 들어도 떳떳하게 말할 수 있게 된 것이다.

동중산은 외눈을 반짝이며 어느 때보다 힘찬 음성으로 대답했다.

"그렇습니다. 본 파는 강합니다. 장강십팔채가 아니라 다른 어떤 세력이 덤벼 올지라도 충분히 물리칠 수 있을 겁니다. 반드시 그럴 것입니다."

"나도 믿고 있네."

두 사람은 서로를 마주 본 채 조용한 미소를 주고받았다.

배의 한편에서 우두커니 강물을 응시하고 있는 스무 살 손풍의 마음은 울적하기만 했다.

오늘따라 하늘은 왜 이렇게 청명하고 강물은 왜 이리도 맑고 깨끗한지. 그 푸른 강물을 가만히 보고 있자니 마음 한구석이 묘하게 시큰거렸다.

"제길, 이게 무슨 꼴이람……."

서안에서 어깨에 힘주고 행세할 때는 느껴 보지 못했던 소외감과 묘한 외로움이 온몸으로 퍼져 가고 있었다. 서안의 거리가 좁다 하고 활개 치고 다니던 자신이 한낮 여인의 눈길도 제대로 파악하지 못하고 망신을 자초했으니 가슴속에서 씁쓸함과 분기가 동시에 솟구쳐 올랐다. 무언가 속이 확 풀릴 만한 일이라도 벌어졌으면 좋겠는데, 주위를 둘러보아도 그럴 기미는 전혀 보이지도 않았다.

"어떻게 이럴 때는 시비를 걸어오는 놈들도 없는지……."

동중산이 들었으면 속이 터질 소리를 중얼거리며 강물을 멍하니 바라보던 손풍의 시선이 문득 한 곳으로 향했다. 밉살스러운 두 남녀 중 여인이 그를 보며 생글생글 웃고 있었던 것이다.

'저 불여우가 왜 또 나를 쳐다보는 거지? 오냐, 좋다. 시비라면

언제든지 환영이다.'

손풍이 이를 박박 갈며 그녀를 잔뜩 쏘아보고 있을 때, 그녀의 음성이 들려왔다.

"저자는 참 심통스럽게도 생겼군요. 저자가 우리에게 앙심을 품고 시빗거리를 찾고 있을 것 같은데, 당신 생각은 어때요?"

분명 남자에게 하는 소리였으나, 이상하게도 손풍의 귀에 너무도 선명하게 들리고 있었다.

남자는 뚱한 표정으로 그녀를 쳐다보았다.

"뭐가 말이야?"

"저자가 우리에게 시비를 걸어올 거 같아요? 아니면 그냥 꾹 눌러 참고 있을 것 같아요?"

남자의 시선이 힐끗 손풍을 향했다. 손풍은 하도 어이가 없어서 화도 나지 않았다. 오히려 남자가 무슨 말을 할지 궁금한 생각이 들어 가만히 그들의 대화에 귀를 기울이고만 있었다.

남자는 이내 심드렁한 음성으로 대꾸했다.

"난 관심 없으니까 너무 사람 가지고 놀리지 마. 보아하니 문파의 막내 제자쯤 되는 것 같은데, 선배 고수들 때문에 억지로 성질 죽이고 있는 게 뻔히 보이는데 불쌍하지도 않아?"

손풍의 얼굴에 묘한 빛이 떠올랐다. 남자의 말은 얼핏 자신을 위로하는 것 같아도 듣고 있자니 왠지 모르게 약이 슬슬 오르며 덩달아 기분도 나빠졌던 것이다.

'이 연놈들이 지금 나를 놀리나?'

손풍의 눈초리가 꿈틀거리며 콧김이 조금씩 거칠어질 때였다.

"손 사제, 사숙조께서 부르시네."

어느새 다가왔는지 동중산이 그의 어깨를 살짝 두드렸다. 손풍은 성난 눈으로 그를 돌아보았다. 동중산은 그의 마음을 이해한다는 듯 외눈에 부드러운 빛을 띠며 그를 바라보았다.

"어서 가 보게. 유 사제와 자네를 모두 부르신 걸 보니 중히 하실 말씀이 있으신 듯하네."

손풍은 한차례 숨을 크게 몰아쉬더니 말없이 몸을 돌려 성락중이 있는 곳으로 가 버렸다. 참으로 버릇없는 행동이었으나, 동중산은 그를 탓할 생각은 추호도 없었다. 오히려 은근히 그를 자극한 두 남녀에게로 날카로운 시선을 보내고 있었다.

"조금 전의 일은 마무리가 된 것으로 아는데, 내가 너무 속단한 것인가?"

동중산이 남자를 향해 조용한 음성으로 묻자 남자는 그를 슬쩍 쳐다보더니 이내 고개를 저었다.

"아니, 분명히 끝난 일이오."

"내 사제가 비록 성격이 급하고 과격한 면이 있지만, 무도한 인물은 아니네. 그러니 자네들이 먼저 그를 건드리지 않는다면 아무 일도 없을 것이네."

동중산의 태도나 음성은 온유했으나, 그 속에는 분명한 경고의 의미가 담겨 있었다. 쓸데없는 시비가 벌어지는 것은 원치 않는 일이었으나 그렇다고 문파 제자가 남에게 농락당하는 것은 더욱 바라지 않는 일이었다.

남자는 성격이 깐깐해 보이는 인상이었는데, 의외로 동중산의 말에 정중한 태도로 사과를 하는 것이었다.

"내가 농이 지나쳐 귀 문파 제자의 심기를 어지럽힌 모양이오."

"그런 말은 내가 아닌 당사자에게 하는 것이 더 좋았을 걸세."

남자는 피식거리며 웃었다.

"그자는 왠지 놀려 먹기 좋게 생겨서 말이오. 내가 사과를 한다고 해도 순순히 받아 줄 것 같지도 않고."

동중산은 남자의 얼굴을 뚫어지게 주시했다. 보면 볼수록 깐깐하고 각박해 보이는 인상이었다. 하나 깊게 가라앉아 있는 두 눈은 차갑고 냉정하게 빛나고 있어서 절대로 호락호락한 성격이 아님을 알 수 있었다.

"이렇게 만난 것도 인연이라면 인연인데, 통성명이나 하는 게 어떻겠나? 종남의 동중산일세."

강호를 위진시키고 있는 종남파의 이름을 들었으면서도 남자는 조금도 놀라거나 당황하지 않고 담담한 표정을 유지했다.

"그 유명한 비천호리 동 대협이셨구려. 검은 안대를 보고 짐작은 했었지만, 뵙게 되어 반갑소. 나는 이정문이라는 사람이오."

동중산의 외눈이 어느 때보다 날카롭게 번뜩였다.

"자네가 바로 산수재 이정문이란 말이군."

"내 이름을 들은 적이 있는 모양이구려."

"들었지. 자네를 꼭 만나고 싶었네."

이정문의 비쩍 마른 얼굴에 메마른 미소가 떠올랐다.

"좋은 일이었으면 하는데, 동 대협의 표정을 보니 별로 그런 것 같지는 않구려."

확실히 동중산의 얼굴 표정은 평소의 그답지 않게 약간은 딱딱하게 굳어 있었다.

이정문!

종남파로서는 잊을 수 없는 이름이 아닌가?

종남파 제자들에게 절대적인 존재인 진산월의 얼굴에는 칼자국 하나가 선명히 나 있다. 진산월이 비록 스스로의 입으로 세세하게 밝힌 적은 없지만, 대다수의 종남파 제자들은 이정문과 관련된 일 때문이라고 짐작하고 있었다. 특히 당시의 사정을 조금이라도 알고 있는 낙일방과 동중산에게는 확신에 가까운 것이었다.

단순히 부상과 칼자국 때문이 아니라 진산월은 그 일 이후 사람 자체가 달라졌다는 말을 들을 정도로 사고방식이나 행동이 많이 변해 버렸다. 강호의 무정함과 인심의 흉험함을 너무도 절실하게 깨달아 버린 것이다. 그 후에 벌어진 일련의 사건들을 생각해 보면 당시의 일이 진산월 개인은 물론이고 종남파 전체에 미친 여파는 실로 막대한 것이었다.

그 일의 당사자인 이정문을 이곳에서 만나게 될 줄은 동중산으로서도 상상도 못한 일이었다. 당시 동중산과 낙일방 등이 뒤늦게 진산월이 치료를 받고 있던 보광사에 도착했을 때 이정문은 이미 보광사를 떠난 후였다. 이제 적지 않은 세월이 흘러 그를 눈앞에서 보게 되자 동중산의 심중에는 자신도 모를 복잡한 감정이 휘몰아치고 지나갔다.

한동안 동중산은 여러 가지 빛이 담긴 눈으로 이정문을 응시하다가 낮게 가라앉은 음성을 내뱉었다.

"자네를 만나면 하고 싶은 이야기가 참 많았지만, 지금은 한 가지만 묻고 싶군."

"말씀하시오."

"자네가 이곳에 온 것은 우연인가, 아니면 의도한 것인가?"

이번에는 이정문이 입을 다문 채 동중산을 가만히 바라보고 있었다. 이정문의 시선은 무척 특이해서 보는 사람의 마음에 묘한 불안감을 심어 주는 야릇한 구석이 있었다. 아마 동중산이 누구보다 냉정하고 강호 경험이 풍부한 인물이 아니었다면 그의 시선에 마음이 흔들리고 말았을 것이다.

갑자기 이정문은 나직한 한숨을 내쉬었다.

"종남파 고수들은 참으로 상대하기 까다로운 사람들이군. 예전에 진 장문인도 예리한 구석이 있어서 나를 깜짝깜짝 놀라게 했는데, 동 대협도 보통이 아니시오. 확실히 내가 이곳에 온 것은 뜻한 게 있기 때문이오."

"그것이 무엇인가?"

"당신들을 만나기 위해서요. 아니, 보다 정확히 말하자면 진 장문인을 만나고 싶어서 왔소."

동중산은 막연히 짐작하기는 했으나, 막상 그가 순순히 자신의 의도를 밝히자 절로 안색이 찌푸려졌다.

"장문인은 우리와 함께 안 계시네."

"그건 나도 알고 있소. 하지만 당신들을 따라가면 조만간 진 장문인을 만나게 되지 않겠소?"

"본 파의 상황에 대해 제법 많은 걸 알고 있는 것 같군."

"오해는 하지 마시오. 진 장문인과 종남파 고수들의 행동은 많은 무림인들의 주목을 받고 있어서 아무리 사소한 것이라도 금세 강호에 소문이 퍼지게 되오. 당신들에 대한 정보는 굳이 당신들의 뒤를 캐거나 행적을 쫓지 않아도 그리 어렵지 않게 알 수 있는 일이라는 뜻이오."

동중산은 잠시 생각에 잠겨 있다가 냉엄한 음성으로 물었다.

"자네는 우리가 자네의 동행을 허락하리라고 보나?"

동중산은 이정문이 최소한 난처한 표정이라도 지을 줄 알았는데, 이정문은 전혀 표정의 변화가 없었다.

"그래서 한 가지 제안드릴 것이 있소."

동중산은 솔직히 그의 제안이란 것을 듣고 싶지 않았다. 일단 그것을 들으면 반드시 승낙하게 될 것 같은 기분이 들었던 것이다.

하나 그가 거절의 말을 내뱉기도 전에 이정문이 재빨리 먼저 입을 열었다.

"이 한수를 무사히 건널 수 있게 도와 드리겠소. 대신 내가 진 장문인을 만날 때까지 동행하는 것을 허락해 주셨으면 하오."

동중산은 아무 대답도 하지 않았다. 왜냐하면 그때 누군가의 냉랭한 음성이 들려왔기 때문이다.

"그 제안을 거절한다면?"

모두의 시선이 그쪽으로 돌아갔다. 낙일방의 준수한 모습이 시야에 들어왔다. 때마침 불어오는 강바람을 맞으며 선상에 우뚝 서 있는 낙일방의 모습은 임풍옥수(臨風玉樹)라는 말에 너무도 잘 어울리는 것이었다. 하나 관옥처럼 준수한 그의 얼굴은 왠지 딱딱하게 굳어 있어 더할 나위 없이 차갑고 냉랭해 보였다.

낙일방이 나타나자 동중산은 말없이 고개를 조아리고 한 걸음 뒤로 물러났다. 이정문과 그의 옆에 바싹 붙어 있는 여인의 시선은 온통 낙일방의 얼굴에 고정되어 있었다.

이정문은 특히 낙일방의 그린 듯 수려한 얼굴과 당당한 체구, 그리고 활짝 펴진 어깨와 곧은 자세를 유심히 살펴보더니 이내 고개를 끄덕였다.

"얼굴만 봐도 알겠군. 귀하가 바로 옥면신권 낙 소협이시구려. 나는 이정문이라 하오."

눈을 별처럼 반짝이며 낙일방의 얼굴을 정신없이 쳐다보던 여인이 재빨리 그의 말을 이었다.

"내 이름은 육난음이라고 해요."

평소의 낙일방은 좀처럼 예의를 잃지 않는 부드럽고 정중한 사람이었으나 지금의 그에게서는 거칠고 냉막한 기운이 흘러나왔다.

"두 분의 이름은 그다지 듣고 싶지 않소. 본 파의 사람들은 두 분과 나눌 이야기가 없으니 이만 물러가 주었으면 하오."

어지간한 사람이라도 이런 냉대를 받으면 얼굴이 붉어지거나 뒤도 안 보고 등을 돌렸을 텐데, 이정문은 오히려 눈을 빛내며 한결 카랑카랑해진 음성으로 입을 열었다.

"나도 환영받지 못한 자리에 굳이 머물러 있고 싶지는 않지만, 보다시피 이 좁은 배 안에서 어디로 물러난단 말이오?"

낙일방은 그의 능글맞은 말을 듣자 속에서 불끈 화가 치밀어 올랐다. 하나 그는 이제 화가 나면 얼굴을 붉히고 성질부터 내는 철부지 소년이 아니었다. 적지 않은 강호 경험과 끊임없는 수련은 그를 노련한 한 사람의 강호인으로 만들어 놓았다.

그는 화를 내지 않고 깊게 가라앉은 눈으로 이정문을 가만히 응시하고 있었다.

'이자는 형인 이정악과는 전혀 다른 성격이군. 말로는 내가 이 자를 당해 낼 수 없을 것이다.'

이정문은 그 따가운 눈빛을 받으면서도 태연히 말을 내뱉었다.

"어차피 우리는 한배를 탄 사이요. 단순히 상황만 그런 것이 아니라 의미 자체도 그렇소."

"그건 무슨 뜻이오?"

이정문은 자신이 잡고 있는 배의 난간을 가볍게 두들겼다.

"이 배가 잘못된다면 곤란을 겪는 건 당신들만이 아니라는 말이오."

그 말에 낙일방은 떠오르는 생각이 있었다.

"장강십팔채가 우리를 공격하리라고 생각하오?"

"그건 분명한 사실이오."

이정문이 너무도 단정적으로 말하자 낙일방은 묻지 않을 수 없었다.

"왜 그렇게 확신하는 거요?"

"그건 바로 그들의 수작이 이미 시작되었기 때문이오."

이정문의 말이 채 끝나기도 전에 배의 한쪽에서 짤막한 비명

소리가 터져 나왔다.

"윽!"

중인들이 돌아보니 배의 손님으로 올라와 있던 두 명의 상인이 각기 사공들을 한 사람씩 붙잡고 있었다. 낙일방은 그 상인들이 장강십팔채의 사주를 받은 자들이라고 생각하고 그들을 향해 몸을 날리려 했다. 그런데 오히려 두 상인들은 사공들을 제압한 채 이쪽으로 다가오고 있지 않은가?

"놀라지 마시오. 이자들은 내 수하들이오."

이정문의 말에 막 솟구치려던 낙일방의 신형이 다시 제자리에 멈춰 섰다. 이정문은 낙일방이 한차례 어깨를 들썩거리는 것만으로 신형을 안정시키는 광경을 보고 내심 감탄하지 않을 수 없었다.

'내력의 수발이 거의 절정에 달했군. 이제 겨우 약관에 불과한데 어찌 이리도 높은 경지에 오를 수 있었을까? 정말 신기하구나.'

선천적인 체질 때문에 무공은 그다지 높지 않아도 무공을 보는 안목만은 누구보다 뛰어난 이정문은 한눈에 낙일방의 내공이 젊은 층의 고수답지 않게 심후한 것을 알아차리고 경탄과 의혹의 마음이 일어났다.

두 명의 상인들이 제압당한 사공들을 한쪽에 두고 이정문을 향해 정중하게 포권을 했다.

"다행히 공자의 지시를 어기지 않았습니다."

"내 말대로였던가?"

"예, 사람들의 이목이 이곳에 집중된 사이에 노를 부수고 배 밖으로 달아나려던 참이었습니다."

그 말에 낙일방은 문득 주위를 둘러보았다. 아닌 게 아니라 배 안에 있던 모든 사람들의 시선이 이곳에 쏠려 있었다. 심지어 선실에 들어가 있던 임영옥과 담옥교 또한 어느새 밖으로 나와 그들을 지켜보고 있었다. 한쪽에 있던 두 명의 노부부는 이런 소란에 놀랐는지 서로를 부둥켜안은 채 와들와들 떨고 있었는데, 그 모습이 실로 애처로워 보였다.

"어찌 된 일이오?"

"본 그대로요. 이 사공들은 누군가의 사주를 받고 기회를 봐서 노를 없앤 다음 배에서 도망치려 했소. 난 일부러 그 기회를 앞당겨 주었을 뿐이고."

이정문이 계속 손풍을 자극한 것이 다소 의아스러웠는데, 이제 보니 일부러 소동을 일으켜서 다른 사람들의 이목을 끌어들여 사공들의 흉계를 드러내게 하기 위함인 모양이었다.

"그 누군가가 장강십팔채란 말이오?"

"그거야 저들에게 물어보면 확실해지겠지."

이정문이 손짓을 하자 상인들이 사공들을 끌고 왔다. 사공들은 검게 그을린 얼굴에 온통 두려운 빛을 띤 채 어쩔 줄을 몰라 했다. 누가 보아도 순박한 뱃사공이 분명해서, 낙일방은 순간적으로 이정문의 수하들이 엉뚱한 사람에게 누명을 씌운 것이 아닌가 하는 의심이 들었다.

이정문은 사공 한 사람 한 사람을 찬찬히 살펴보더니 그중 체구가 조금 더 큰 사공에게 물었다.

"조금 전 내가 한 말을 들었겠지?"

사공은 덩치에 어울리지 않게 소심한 표정으로 고개를 조아렸다.

"저는 아무것도 모릅니다. 정말입니다, 나리."

"물론 그렇겠지. 당신이 장강십팔채와 종남파 사이의 복잡한 강호 사정을 어찌 알겠소? 평생 배에서 노만 저었을 텐데."

그 말에 사공의 가뜩이나 커다란 눈이 더욱 커졌다.

"예? 종남파라면 바로 그……?"

평생을 호북성 한구석에서 배만 몰던 사공도 종남파의 이름은 알고 있는 모양이었다.

"그렇소. 그 유명한 신검무적이 장문인으로 있는 바로 그 종남파 말이오. 당신은 지금 종남파 사람들을 물에 빠뜨려 죽이려 한 거요."

사공은 울상을 지으며 어쩔 줄을 몰라 했다.

"아이고, 아닙니다. 전 다만 노를 없애고 배에서 몰래 빠져나갈 생각이었습니다. 누굴 해치려거나 위험에 빠뜨릴 생각은 추호도 없었습니다. 믿어 주십시오, 나리."

"그래, 믿소. 당신들같이 세상 물정 모르는 사람이 설마 수십 명이나 되는 사람들을 죽이려 했겠소? 그런데 생각해 보시오. 노가 없어지고 사공마저 사라진다면 이 배에 타고 있는 사람들은 어찌 되겠소?"

"그건……."

"꼼짝없이 강 한복판에 갇혀 버린 신세가 되고 말 거요. 그렇게 되면 당신들에게 이번 일을 사주한 자들이 우리를 어찌 대하리라고 생각하오? 그들이 돈 몇 푼 벌자고 이런 일을 꾸민 게 아니라는 건 당신도 알고 있지 않소?"

사공 두 사람은 아무 말도 못하고 서로를 바라본 채 얼굴만 붉히고 있었다.

"당신도 짐작하듯이 우리는 칼밥을 먹고사는 무림인들이오. 무림인들이 자신을 해치려는 자들을 어찌 대하는지 들어 본 적이 있소?"

사공들의 얼굴이 새파랗게 질렸다.

"나리, 제발 용서해 주십시오. 저희는 그저 그렇게 하지 않으면 가족들을 몰살시키겠다는 그들의 말에 어쩔 수 없이 따랐을 뿐입니다. 정말입니다."

"믿는다니까. 당신들은 강압에 의해 어쩔 수 없었던 거요. 그저 운이 나빴을 뿐이지."

그 말에 사공들의 얼굴에 일말의 기대감이 떠올랐다.

"맞습니다, 나리."

"그러니 말해 보시오. 당신들을 위협한 건 어떤 자들이오?"

"모두 다섯 사람이었습니다. 오늘 아침에 그들이 갑자기 집에 쳐들어와 가족들을 모두 잡고는 위협을 했습니다. 순순히 자신들의 말에 따르지 않으면 가족들을 산 채로 찢어 죽이겠다고 말이지요."

"장강십팔채 같은 수적들이나 할 수 있는 유치한 공갈이군. 하지만 당신들이 그대로 따르지 않았다면 그건 단순히 공갈로만 머

묻지 않았을 거요."

"저희들도 살아온 눈치가 있는데 그걸 모르겠습니까? 그래서……."

"그래서 어쩔 수 없이 그대로 따르려 했단 말이겠지. 그런데 말이오, 당신들이 그대로 했다고 해서 그들이 과연 당신들 가족을 살려 두고 순순히 물러날 것 같소?"

사공들의 눈에 불안한 빛이 가득 떠올랐다. 그들도 그 점이 못내 미심쩍었던 모양이었다.

"그래도…… 그들은 무림인들이니 약속을 지키지 않겠습니까?"

"무림인들이 어떤 사람들인지 조금이라도 안다면 그런 말을 못할 거요. 더구나 그들은 장강을 휩쓸고 다니는 수적들인데, 수적들이 약속을 지킨다는 말은 아직 들어 본 적이 없소."

"아이고, 그럼 어떻게 합니까?"

"나리, 제발 우리 가족을 살려 주십시오."

두 명의 사공이 번갈아 가며 이정문에게 머리를 조아렸다.

"방법을 한번 생각해 보겠소. 하지만 그자들이 이미 당신들 가족을 해쳤다면 나로서도 어쩔 수 없소."

"설마 그렇게까지……."

"살인멸구는 수적들이 가장 좋아하는 방식 중 하나요. 죽은 자는 쓸데없이 떠들지도 않고 복수를 하겠다며 성가시게 하지도 않으니 웬만하면 목부터 잘라 놓고 보는 게 그들의 일하는 습성이지."

"아이고, 이를 어째."

"하지만 만에 하나 당신들이 일을 제대로 못하거나 우리에게 사정을 밝히고 투항하면 보복할 수단이 없어지니 아직까지는 참고 있을지도 모르겠군."

"나리……."

사공들은 어찌해야 좋을지 몰라 그저 이정문에게 머리만 조아리고 있을 뿐이었다.

"내가 방도를 알아볼 테니 우선 저쪽으로 가서 마음을 가라앉히고 있으시오. 당신들도 한 손 거들어야 할지 모르니 말이오."

"이를 말씀입니까? 어떤 일이든 시켜만 주십시오. 가족들을 되찾는 일이라면 끓는 물이라도 들어가겠습니다."

"강 한복판에서 끓는 물이 어디 있단 말이오? 쓸데없는 소리 말고 조용히 있다가 내가 하라는 대로만 하시오."

"나리……."

"자꾸 시끄럽게 하면 이대로 당신들을 돌려보내겠소."

그렇게 되면 그들은 물론이고 그들 가족이 어떻게 될지는 불문가지의 일이었다.

새파랗게 질린 사공들이 울먹거리며 한쪽으로 물러나는 광경을 지켜본 중인들은 그들을 어르고 달래는 이정문의 능수능란한 대응에 고개만 설레설레 흔들 뿐이었다.

이정문의 시선이 다시 낙일방에게로 향했다.

"어떻소?"

"사람을 다루는 솜씨에 감탄했소."

"그게 아니라, 장강십팔채에서 단지 저런 미적지근한 수법 하나만 믿고 종남파에 덤벼들 거라고 생각하느냐는 말이오."

"그럼 당신은 그들의 수법이 아직도 남아 있다는 거요?"

"그들은 이미 종남파와 정면 격돌을 했다가 커다란 낭패를 당했다고 들었소. 그러니 이번에는 나름대로 여러 가지 수를 써 오지 않겠소?"

"다른 수라면?"

이정문의 메마른 얼굴에 살짝 일그러진 미소가 떠올랐다.

"공짜로 말해 달라는 거요?"

그 말에 낙일방은 입을 다물었다.

"이미 한 번 힘을 쓴 것으로 맛보기는 해 주었다고 생각하오. 이제 내 제안을 받아들일지 결정할 때가 된 것 같구려."

낙일방은 자신이 말로는 그를 감당할 수 없음을 다시 한 번 절감했다. 예전 같으면 절대로 먼저 물러나지 않았을 것이나 이제는 낙일방도 자신이 나서야 할 때와 물러날 때를 알고 있었다.

"내 사질과 이야기해 보시오."

낙일방이 동중산을 자신의 앞에 내세우자 이정문의 강팍한 얼굴에 의외라는 빛이 살짝 스치고 지나갔다.

문파의 결정을 자신의 아랫사람에게 넘기는 것은 여타 문파에서는 거의 볼 수 없는 일이었다. 그런데 종남파에서는 당연한 일처럼 처리하고 있었다. 더구나 이를 받아들이는 다른 사람들의 모습도 자연스러워서 이런 일이 한두 번이 아님을 쉽게 짐작할 수 있었다.

이정문은 슬쩍 그 점을 찔러 보기로 했다.

"동 대협이 이번 일을 결정할 수 있겠소?"

종남파에서 일대제자에 불과한 동중산에게 의사결정권이 있느냐는 의미의 물음이었다. 어찌 보면 동중산뿐 아니라 그에게 일을 넘기고 물러난 낙일방을 자극하는 말일 수도 있었다.

하나 낙일방은 담담한 표정으로 고개를 끄덕였다.

"물론이오."

한 사람이 그의 말에 힘을 실어 주었다.

"동중산의 결정이 곧 우리의 결정일세."

선실에서 유소응과 손풍에게 수상에서 싸움이 벌어졌을 때의 행동 방침을 가르쳐주고 있던 성락중이 어느새 다가왔는지 이정문을 조용한 눈길로 응시하고 있었다. 성락중은 현재 종남파 일행의 가장 웃어른이었다. 그까지 나서서 동중산에 대한 신임을 나타내자 이정문도 더 이상은 쓸데없는 토를 달지 않았다.

"무영검군 성 대협이시군요. 처음 뵙습니다. 이정문이라 합니다."

"종남의 성락중일세. 상황이 이러니 자세한 인사는 다음에 나누도록 하세."

성락중은 간단히 말하고 뒤로 물러났다. 자신은 관여하지 않을 테니 동중산과 일을 마무리 지으라는 의미였지만, 어찌 보면 그와는 별로 대화를 나누고 싶지 않다는 뜻으로 받아들여질 수도 있는 모습이었다.

이정문은 의미 모를 한숨을 내쉬며 동중산에게로 시선을 돌렸다.

"결국 돌고 돌아 다시 제자리로 온 셈이군. 어떻소? 내 제안을 받아들이겠소?"

동중산은 담담한 표정으로 대꾸했다.

"맛보기는 말 그대로 맛보기일 뿐이오."

"선금이라고 해 두시오."

"그것치곤 조금 적은 것 같소."

이정문은 쓴 입맛을 다셨다.

"종남파 사람들이 까다롭다는 건 이미 각오하고 있었소. 그럼 선금을 조금 더 드리지."

이정문은 갑자기 주위를 둘러보더니 이내 한곳으로 시선을 돌렸다. 그의 눈에 서로의 손을 꼬옥 잡은 채 앉아 있는 노부부의 모습이 들어왔다.

이정문은 빙글 웃으며 그들에게 다가갔다.

"두 분의 모습이 다정해서 너무 보기 좋군요. 두 분은 어디서 오셨습니까?"

노부부는 겁먹은 눈으로 서로를 마주 보더니 이윽고 노인이 용기를 내어 입을 열었다.

"우리는 여언(呂堰)에 사는 별 볼 일 없는 늙은이들이라오."

"어디까지 가는지 물어도 되겠습니까?"

"냉집(冷集)에 사는 딸아이 집에 가는 길이오."

여언과 냉집은 한수를 사이에 두고 있는 작은 도시들이었다.

"그러시군요. 품에 안고 있는 항아리는 따님에게 드리려는 물건인 모양이지요?"

이정문이 노인이 꼬옥 안고 있는 어린아이 머리통만 한 항아리를 가리키자 두 노인의 얼굴이 사색이 되었다.

"그, 그렇소. 딸아이에게 줄 두반장이 담겨 있소."

노인은 억지로 대답했으나 누가 보기에도 노인의 얼굴은 애처로울 정도로 두려움에 떨고 있었다.

"두반장이라. 나도 무척 좋아하는 양념이지요. 호북의 두반장은 사천보다 맵지 않아서 더욱 맛있다고 하던데 잠깐 맛을 보아도 되겠습니까?"

초면의 사람이 하기에는 무례한 질문이었으나 노인은 그걸 탓할 정신이 없어 보였다.

"안 되오. 이건 꽁꽁 밀봉한 것이라 일단 뜯으면 맛이 변질되어서……."

이정문은 고개를 갸웃거렸다.

"이상하군요. 두반장은 향이 진해서 아무리 밀봉해도 가까이 가면 그 특유의 냄새를 맡을 수 있는데, 이 항아리에서는 아무런 냄새도 나지 않는군요."

이정문이 항아리 가까이에 코를 가져다 대는 시늉을 하자 노인이 펄쩍 놀라며 뒤로 물러났다.

"가까이 오지 마시오."

이정문은 다시 몸을 똑바로 세우며 노인의 얼굴을 뚫어지게 응시했다. 주름살 가득한 노인의 얼굴에는 의미 모를 두려움과 당혹감이 짙게 배어 있었다. 노인은 이정문의 따가운 시선을 제대로 받지 못하고 고개를 떨구고 말았다.

"조금 전에 내가 사공과 나누는 대화를 들었지요?"

노인은 부지불식간에 고개를 끄덕였다.

"그렇소."

"그 대화를 듣고 나니 기분이 어떠셨습니까?"

"기분이 어떻다니?"

"마치 내 자신이 당하는 일처럼 속이 뜨끔하지 않으셨습니까?"

"나, 나는……."

노인은 당황하여 횡설수설하다가 입을 다물었다. 그제야 자신의 언행이 무척이나 수상스럽게 보일 수 있다는 것을 스스로 알아차린 것이다.

"내가 이런 말을 하는 건 결코 노인장을 흉보거나 탓하기 위함이 아닙니다. 오히려 노인장에게 살길을 모색해 주려는 것입니다."

"살길이라니……."

"조금 전에 들으셨겠지만, 노인장에게 그 항아리를 건네준 자들은 결코 호인(好人)이 아닙니다. 장강 일대를 공포에 떨게 하는 무시무시한 수적들이지요. 노인장이 그들의 말대로 따른다고 해도 그들이 노인장의 가족들을 무사히 놔준다는 보장은 절대로 없다는 말입니다."

노인과 노부인의 안색이 모두 시커멓게 변했다. 노인은 갑자기 악을 버럭 썼다.

"내 딸을 놔주고 차라리 날 죽여라! 이 악적(惡賊)들!"

이정문은 조금도 화내지 않고 오히려 혀를 찼다.

"저런. 그들이 잡고 있는 사람이 아까 말한 따님인 모양이군요. 정말 안타깝습니다."

노인은 화를 내서 될 일이라 아니라고 생각했는지 애처로운 눈으로 이정문을 바라보았다.

"우, 우리가 어찌했으면 좋겠소?"

"그들이 노인장에게 무어라고 지시했습니까?"

노인은 머뭇거리다가 자신이 품에 안고 있는 항아리를 내려다보았다.

"배가 강 한복판에 도착하거나 사공이 배를 버리고 도망가면 이 항아리 뚜껑을 열어 보라고 했소."

"그러고는요?"

"그렇게만 해 주면 딸아이를 털끝 하나 다치지 않고 고스란히 돌려보내겠다고 약속했소. 정말이오."

"아까도 말했지만 그들은 결코 약속을 지키는 무리들이 아닙니다."

"그러면 어쩌면 좋소? 하라는 대로 다 따라 할 테니 제발 우리 딸을 살려 주시오."

"일단 그 항아리를 내게 주십시오."

이정문이 손을 내밀자 노인은 몇 번이나 망설이다 항아리를 내밀었다.

이정문은 항아리를 가만히 살펴보았다. 항아리의 재질은 일반 항아리와 비슷한 투박한 도기였고, 뚜껑은 노인의 말대로 단단히 밀봉되어 있었다. 뚜껑 한가운데 수실이 달려 있었는데, 보아하니 이 수실을 잡아당기면 뚜껑이 열리는 구조인 듯했다. 이정문은 이 항아리의 용도를 대충 짐작할 수 있었으나, 항아리의 정체는 정확히 알 수가 없었다.

'단순한 기름 항아리인 줄 알았더니 조금 다르군. 필시 불을 일으키는 용도일 텐데……. 일전에 이와 같은 물건에 대한 말을 얼핏 들은 기억이 나는데 정확한 이름이 생각이 안 나는군.'

그때 한 사람이 그의 의문을 풀어 주었다.

"그건 경경호(驚鯨壺)라는 물건이에요."

"아! 그렇군."

그제야 이정문은 희미했던 기억을 떠올리고는 짧은 탄성을 토해 내더니 이내 소리가 들려온 곳을 돌아보았다.

그곳에는 키가 훤칠한 미모의 여인이 우뚝 서 있었다.

그녀를 본 이정문의 눈이 어느 때보다 예리하게 번뜩였다.

"소저는 혹시 강남 담씨세가의 담옥교, 담 소저가 아니시오?"

"내가 바로 금릉 담가의 담옥교예요."

그녀는 당당하게 자신을 소개했다. 한 점 거리낌이 없는 그 모습은 여인답지 않게 시원시원하면서도 독특한 매력을 풍기는 것이었다.

"이정문이오. 담 소저의 옥용을 이곳에서 보게 되니 정말 반갑소."

"내가 종남파와 동행한다는 것은 강호에 소문이 제법 퍼졌을 텐데 이제 와서 아는 척할 필요는 없을 것 같군요."

그녀가 제법 매몰차게 말했으나 이정문은 아랑곳하지 않고 담담한 표정을 유지했다.

"강남 도봉황을 직접 보는 것은 남자라면 누구나가 바라는 행운이오. 솔직히 소저와 어떤 식으로 인사를 나눠야 하나 고민하고 있었는데 고민이 해결되어 기뻤던 탓이니 이해해 주시오."

그닥지 않게 유들유들한 말에 담옥교도 더 이상은 트집을 잡지 않았다.

산수재 이정문은 정말 상대하기 까다로운 인물이었고, 눈 밖에 벗어나면 피곤하기 그지없어서 아무리 담옥교라도 그의 심기를 무작정 어지럽힐 수는 없었다.

“담 소저 덕분에 이 기물의 정체를 알게 되었구려. 이 기물은 무척 희귀해서 나도 얼핏 이름만 들었을 뿐인데, 소저는 어떻게 알고 계시오?”

“이건 원래 바다에서 고래를 잡을 때 쓰는 화탄의 일종이었어요. 그런데 얼마 전부터 장강십팔채의 수적들이 비밀리에 사용하기 시작해서 본 가에서도 경각심을 가지고 있던 터라 알게 되었어요.”

“그랬구려.”

“그 뚜껑 한가운데 튀어나온 수실을 잡아 던지면 반경 이 장 이내는 온통 화염에 휩싸이니 조심하도록 해요.”

무심코 수실을 만지작거리고 있던 이정문이 깜짝 놀라 급히 손을 놓았다.

“대단한 위력이구려.”

“서역에서 전래된 것을 장강십팔채에서 최근에 개량했다고 하더군요. 수적들이 다급한 상황에서 그걸 사용하는 바람에 침몰된 배가 적지 않아요.”

노인은 자신이 들고 있던 항아리의 정체를 알게 되자 소름이 오싹 끼쳤는지 늙은 아내를 꼬옥 끌어안은 채 덜덜 떨었다. 그들의 말대로 자신이 저 항아리의 뚜껑을 열었다면 그 즉시 자신과 아내의 몸은 불길에 휩싸여 한 줌의 검은 재로 변해 버렸을 게 아닌가?

이정문은 경경호를 손에 든 채 동중산을 바라보았다.

"어떻소? 이 정도면 선금으로 충분한 것 같은데."

자신도 미처 파악하지 못한 두 번의 위기를 이정문이 손쉽게 해결하자 동중산도 무작정 그의 동행을 뿌리칠 수만은 없었다.

"선금은 그 정도면 된 것 같네. 그럼 이제 잔금이 남았는데……."

이정문은 고개를 절레절레 흔들었다.

"정말 한 치의 양보도 없구려. 곧이어 장강십팔채의 진짜 공격이 시작될 거요. 그땐 이런 애들 장난 같은 수작이 아니라 자신들의 총력을 다한 제법 무서운 공격이 될 거요."

생각하기에 따라서는 배에서 가장 치명적인 위협이 될 수 있는 두 번의 상황을 이정문은 간단히 애들 같은 수작으로 치부해 버렸다. 그의 배포에 감탄하면서도 동중산은 그의 말속에 숨은 뜻을 단숨에 파악해 냈다.

"그 공격에 대한 대책이 있다는 말로 들리는군."

이정문의 얼굴에 희미한 미소가 떠올랐다. 그로서는 모처럼 보이는 밝은 웃음이었다.

"과연 동 대협은 말이 통하는 사람이오. 내게 그들에 대한 한 가지 대책이 있소. 잔금은 그것으로 치르는 것으로 합시다."

제 286 장

염홍한수(染紅漢水)

제 286 장 염홍한수(染紅漢水)

화창한 초여름 날, 한수를 운행하던 배에서 갑자기 요란한 폭음이 터져 나왔다.

콰앙!

뒤이어 사람들의 다급한 외침이 들려왔다.

"불이다!"

과연 배 한복판이 시뻘건 화염에 휩싸여 버렸다. 몇몇 사람은 불길을 잡으려고 이리저리 뛰어다녔고, 몇 사람은 몸에 불이 붙어 강물 속으로 뛰어들고 있었다.

그야말로 삽시간에 벌어진 아비규환의 상황이었다. 한적했던 강 위는 순식간에 불과 연기, 사람들이 내지르는 고함과 비명으로 소란스러워졌다.

그리고 그 틈을 타서 강물 위를 빠르게 질주하는 일단의 배들이 있었다. 배들은 현장에서 멀지 않은 갈대밭 사이에 숨어 있었는데, 크기는 그리 크지 않았으나 선체가 유선형으로 길쭉해서 무척 빨라 보였다.

십여 명의 장한들이 탄 수십 척의 쾌속선이 무서운 속도로 물살을 가르며 불이 난 배를 향해 질주하는 모습은 그야말로 일대 장관이 아닐 수 없었다. 다만 그 장한들이 하나같이 날카로운 병장기를 든 험악한 인상의 사나이들이라는 것이 아쉬울 뿐이었다.

많은 쾌속선들 중에서도 유난히 빠른 배 한 척이 눈에 띄었다. 그 배의 앞머리에는 붉은 두건을 쓴 큰 키의 홍의인이 우뚝 서 있는데, 그의 오른손에는 보기만 해도 섬뜩한 낭아도(狼牙刀)가 쥐어져 있었다.

홍의인은 자신의 눈앞에 빠르게 가까워지는 불타는 배의 모습을 뚫어지게 바라보며 흉소를 터뜨렸다.

"크하하! 드디어 종남파 놈들의 피 맛을 제대로 볼 수 있게 되었구나! 형제들의 혈채(血債)를 몇 곱절로 받아 내고야 말 것이다."

살기등등한 얼굴로 연신 무서운 웃음을 짓고 있는 홍의인은 장강십팔채 중 혈호채(血狐寨)의 채주인 혈풍참혼도(血風斬魂刀) 만진홍(萬眞紅)이라는 인물이었다. 그는 계마구에서 진산월의 손에 비명횡사한 색명창 탕월의 생사지우(生死之友)로, 심지어는 옷도 두 사람이 똑같이 붉은색으로 맞춰 입을 정도로 친밀한 사이였다.

탕월의 죽음을 전해 들은 만진홍은 자신의 손으로 친우의 복수를 하게 될 날을 손꼽아 기다렸는데, 마침내 그 순간이 코앞으로 닥쳐온 것이다. 그의 두 눈은 치밀어 오르는 흥분과 살기로 벌겋게 충혈되어 있었고, 낭아도를 움켜쥔 손에는 새파란 핏줄기가 잔뜩 돋아나 있었다.

만진홍 외에도 쾌속선의 여기저기에는 십팔채주 중의 생존자들이 다수 자리하고 있었는데, 언뜻 보기에도 계마구의 혈전에 참여하지 않은 나머지 채주들이 대부분 몰려온 것이 분명했다.

불에 타고 있는 배로 접근하던 만진홍의 얼굴에 문득 의아한 빛이 떠올랐다.

멀리서 보았을 때는 배 전체가 불길에 휩싸인 것 같았는데, 가까이 다가가서 보니 배의 한쪽에만 불길이 나 있고 그것도 조금씩 잦아드는 형세였다. 게다가 승객의 상당수가 불에 타 죽거나 물에 빠져 혼란이 극에 달해 있을 줄 알았는데, 선상에는 사람들의 모습도 보이지 않았고 오히려 쥐죽은 듯 조용하기만 했다.

'이게 어찌 된 일이지? 설마 이들이 미리 알고 오히려 우리를 유인했단 말인가?'

만진홍은 불길한 생각이 떠올랐으나 이내 이를 악다물었다.

'그래도 달라지는 것은 없다. 아무리 발버둥 쳐 보았자 오늘 너희들이 물고기 밥 신세가 되는 걸 벗어날 길은 없다.'

오늘 이곳에 투입된 인원은 장강십팔채의 모든 전력이라고 해도 과언이 아니었다. 살아남은 십팔채주들 중 부득이한 사정으로 빠진 몇 명을 제외하고는 전원이 참여했을 뿐 아니라, 총채주인 방산동이 아끼고 있던 세 개의 무력단체를 모두 동원하여 그야말로 총력을 기울인 상태였다. 종남파 고수들의 숫자가 채 열 명도 되지 않는다는 것을 생각해 보면 너무 지나친 전력이라고 하지 않을 수 없었다.

게다가 장소 또한 자신들이 가장 큰 힘을 발휘할 수 있는 수상(水上)이었으니, 아무리 생각해 봐도 종남파 고수들이 살아날 길은 보이지 않았다.

아마 지금쯤은 수중으로 접근하는 온서당의 수서(水鼠)들이 종남파 고수들이 타고 있는 배의 밑바닥에 거의 도달해 있을 것이다.

아니나 다를까? 배에서 이 장쯤 떨어진 물 위에 몇 개의 머리가 모습을 드러냈다. 검은 수달피를 뒤집어쓴 것으로 보아 온서당의 수서들 중 일부가 분명해 보였다.

배 전체가 화마에 휩싸여 타 버리면 제일 좋았겠지만, 그렇지 않더라도 그들이 배 밑에 구멍 몇 개만 뚫어 놓아도 배에 타고 있는 자들은 강물로 뛰어들 수밖에 없을 것이다. 제아무리 뛰어난 무공의 소유자일지라도 장강십팔채를 상대로 물속에서 싸워 이길 수는 없었다. 결국 종남파 고수들은 오늘 모조리 수중고혼(水中孤魂)이 되고 말 것이다.

만진홍은 이런 생각을 하며 쾌속선이 배에 도달하기만을 기다리고 있었다.

그런데 물 위로 얼굴을 내민 수서들의 모습이 조금 이상해 보였다. 잠시 숨을 고르기 위해 물 밖으로 고개를 내민 줄 알았건만 그들 대부분이 입으로 피를 토하며 다시 물속으로 잠겨 버리는 것이 아닌가? 그들의 몸이 사라진 물속에서 붉은 핏물이 번져 가는 모습이 선명하게 보였다.

"물속에도 고수를 숨겨 두었구나!"

그제야 사정을 짐작한 만진홍이 이를 부드득 갈아붙였다. 그러고 보니 아까 몸에 불이 붙은 채로 다급하게 강으로 뛰어들던 자들이 왠지 의심스러웠다. 강에 사람이 빠졌는데도 배에서 그들을 구하려는 어떠한 시도도 하지 않은 것이 그런 의심을 더욱 확실하게 했다.

때마침 배에 거의 도착하자 만진홍은 제일 먼저 배 위로 뛰어올랐다. 그리고 그때 비로소 경경호가 터졌음에도 배 전체가 불길에 휩싸이지 않는 이유를 알게 되었다.

배의 한쪽 갑판에 번들거리는 재질로 만들어진 천이 넓게 펼쳐져 있었다. 불은 그 천 위에서만 타오른 채 그 밖으로는 전혀 퍼져나가지 못하고 있었다.

한쪽에 부서진 경경호의 잔해가 있는 것을 보니 그 천 위에서 경경호를 터뜨려 불길을 제한한 모양이었다. 아무래도 그 천은 피화(避火)의 기능을 지닌 기물임이 분명해 보였다.

만진홍은 상황이 당초의 예상과는 다르게 진행되는 것에 다소 불안한 생각이 들었으나, 자신의 뒤를 이어 장강십팔채의 고수들이 속속 배 위로 올라오는 것을 보고는 이내 흔들리는 마음을 바로잡았다.

사람들로 북적거릴 줄 알았던 선상은 텅 비어 있었고, 중앙에 두 사람만이 나란히 선 채 배 위로 올라오는 장강십팔채의 고수들을 가만히 바라보고 있었다.

'배에 타고 있는 자들이 스무 명은 족히 될 텐데…….'

만진홍은 날카로운 눈으로 주위를 두리번거리고는 이내 다른 자들이 선실에 들어가 있음을 알아차렸다. 그러고 보니 선실 앞에 칠팔 명의 인물들이 입구를 지키고 있는 모습이 시야에 들어왔다.

'무공이 약하거나 무림인이 아닌 자들은 저 안에 들어가 있는 모양이군. 제법 머리를 굴린 모양이나, 어차피 부질없는 짓일 뿐이다.'

만진홍의 시선이 중앙에 서 있는 두 사람에게로 향했다. 그들은 젊은 청년과 중년인이었는데, 하나같이 신태가 비범해서 한눈에 보기에도 상당한 실력을 지닌 고수들임을 알 수 있었다.

만진홍은 눈이 번쩍 뜨일 만큼 준수한 청년의 얼굴과 탈속한 듯한 중년인의 모습을 일별하는 것만으로도 그들의 정체를 짐작할 수 있었다.

'옥면신권과 무영검군이로구나. 이들만으로 우리를 막을 수 있다고 생각한단 말이지?'

그는 슬쩍 자신을 따라 배 위로 올라온 동료들을 돌아보았다. 배 위는 이미 장강십팔채의 고수들로 뒤덮인 상태였다. 같은 십팔채의 채주들이 무려 여덟 명이나 참여했고, 황랑대와 흑수단의 수뇌들도 다수 끼어 있었다. 총채주인 방산동과 그의 최측근 세력인 혈염조를 제외한 대부분의 고수들이 살광을 번뜩인 채 그의 명령을 기다리고 있는 것이다.

만진홍은 주저하지 않고 살기가 가득 담긴 고함을 내질렀다.

"모두 쓸어버려라!"

그 말을 신호탄으로 한 듯 장강십팔채의 고수들이 맹렬한 기세로 중앙에 있는 옥면신권과 무영검군을 향해 덤벼들었다. 그들 중 상당수는 선실 쪽으로 몸을 날려서 배 전체가 삽시간에 전쟁터로 변해 버렸다.

만진홍이 고수들만의 합공을 배제한 채 처음부터 인해전술로 나선 것은 이러한 방식이 수적들의 전통적인 공격 방식이었기 때문이다. 어차피 일대일로는 절정 고수가 다수 포진한 종남파 고수들을 당해 낼 수 없다고 판단하고 상황을 자신들에게 익숙한 선상난전(船上亂戰)으로 이끌어 가려는 것이다.

그의 계획은 어느 정도 적중해서 중앙에서 장강십팔채의 고수들을 도맡아 처리하려던 낙일방과 성락중은 자신들을 향해 노도처럼 덤벼드는 수적들에 휘말려 선실 방향으로 몰려가는 수적들을 그저 지켜보는 수밖에 없었다.

선실 안에는 만진홍의 짐작대로 무공을 전혀 모르는 두 명의 사공과 노부부, 그리고 아직 부상이 심해 운신에 제약이 있는 곽자령과 임지홍, 제갈도 등이 유소응, 손풍 등 무공이 약한 종남파 제자들과 함께 모여 있었다. 선실 주위에는 제갈도를 호위하기 위해 파견된 제갈세가의 수신 호위들인 명품사절(名品四絕)이 사위를 철저히 지키고 있었고, 좁은 선실의 입구는 동중산이 이정문과 육난음, 담옥교와 함께 단단히 틀어막고 있었다.

수공에 관한 한 일행 중 가장 뛰어난 전흠은 이미 이정문의 수하 두 명과 함께 물속에 들어가 있는 상태였다.

이정문이 미리 준비한 방화포 위에 경경호를 터뜨려 적들을 유인한 후 전흠과 이정문의 수하들은 불에 탄 것처럼 위장하여 물속으로 뛰어들고, 낙일방과 성락중을 제외한 나머지 인원들은 선실로 모여드는 이러한 방위 체계는 이정문이 계획한 것으로, 무공을 모르는 일반인과 부상자들, 그리고 무공이 약한 제자들이 다수 섞여 있는 현재의 인원을 고려해 볼 때 가장 합당한 방법이라고 할 수 있었다.

다행히 이런 사태를 예측한 것인지 이정문과 동행한 두 명의 고수들은 모두 수공에 상당한 실력을 지니고 있었다. 그들과 전흠이 수중에서 활약한 탓인지 아직까지 배의 밑바닥이 공격당하는 징후는 보이지 않았다.

동중산은 이정문이 장강십팔채의 습격에 대비해서 나름대로 여러 가지 준비를 해 온 것에 내심 안도하기도 했으나, 그들이 철저한 물량 공세로 나오자 걱정스런 생각이 들지 않을 수 없었다. 만에 하나 선실 안으로 수적들이 난입하기라도 한다면 상당한 인명 피해를 각오하지 않을 수 없기 때문이다.

게다가 낙일방과 성락중의 주위를 워낙 많은 수적들이 에워싸고 있어서 그들의 안위도 점차 우려되었다. 아무리 그들의 무공이 뛰어나다고 해도 한 손으로는 열 손을 당할 수 없다는 강호의 오랜 격언을 무시할 수는 없었다.

동중산은 선실로 몰려드는 수적들을 상대하고 있는 제갈세가의 명품사절을 다소 우려 섞인 눈으로 바라보았다. 다행히 명품사절은 가주를 지키는 수신위들답게 개개인의 실력이 하나같이 뛰어난 고수들이어서 단시간 내에는 누구도 그들의 방어망을 쉽게 뚫고 들어올 수 없을 것 같았다.

동중산은 내심 안도의 한숨을 내쉬며 이정문을 돌아보았다.

"저자들이 이토록 노골적으로 달려들 줄은 몰랐군. 자네의 생각은 어떤가?"

이정문은 한차례 주위를 둘러보고는 이내 특유의 심드렁한 표정을 지었다.

"예상한 대로요. 이건 아주 전형적인 수적들의 공격 형태요."

"나도 몇 차례 수상전을 겪은 적은 있지만, 이런 식의 저돌적인 공격을 보는 건 처음일세. 이자들은 정말 자신들이 모두 쓰러질 때까지 절대로 물러나지 않을 셈인가?"

"이렇게 공격하다 사태가 불리해진다 싶으면 허무할 정도로 재빨리 물러나는 게 수적들의 습성이오."

"어디로 말인가?"

"물속이든 자신들이 타고 온 쾌속선이든 그들이 몸을 빼낼 방법은 많이 있소. 다만 공격당하는 쪽에서는 그럴 수 없다는 게 문제이긴 하지만 말이오."

너무도 태연자약한 그의 모습에 동중산은 한편으로는 살짝 약이 오르면서도 다른 한편으로는 나이도 그리 많지 않은 그가 자신보다 강호 경험이 풍부한 것 같아 감탄하는 마음도 들었다.

"수적들에 대해 잘 아는 것 같군."

"예전에 호기심으로 수전(水戰)에 대해 연구해 본 적이 있었소. 덕분에 수적들의 행태나 그들의 사고방식을 어느 정도 알 수 있게 되었소."

"산수재가 강호의 모든 학문에 정통하다더니 틀린 말이 아니었군. 수적들의 사고방식은 일반인들과는 다른가?"

"많이 다르오. 여느 무림인들과도 다르고 심지어는 산적들과도 판이하오."

동중산은 사방에서 병장기 부딪치는 소리와 비명 소리가 난무하는 위급한 상황임에도 호기심이 치밀어 오르는 것을 어쩔 수 없었다.

"어떻게 다른가?"

"도적들은 근본적으로 약자요. 뭉쳐 있지 않으면 절대로 강호의 고수들이나 문파를 당해 낼 수가 없소. 산적들이 녹림맹으로 뭉치고 수적들이 장강십팔채로 몰려드는 것도 다 그런 이유에서요. 그렇기 때문에 그들은 자신들이 흩어지는 순간 별 볼 일 없는 존재가 되고 만다는 것을 누구보다도 잘 알고 있소."

"그들이 약자라고 생각해 본 적은 없는데, 신기한 일이군."

"그들이 가장 두려워하는 건 주위에서 자신들을 약자로 보는 것이오. 그렇게 되면 더 이상 영업을 할 수 없기 때문이오. 그래서 그들의 손속은 거칠고 잔인해질 수밖에 없소."

"약자로 보이지 않기 위해 더욱 잔인하게 행동한다는 말이로군."

"그렇소."

"수적들이 산적들과 다른 점은 무엇인가?"

"산적들은 일단 패색이 짙어도 웬만하면 항복을 하거나 도망치지 않소. 도망쳐 봤자 상대가 끈질기게 따라오면 피할 수 없다는 것을 알고 있기 때문이오. 반면에 수적들은 불리하다 싶으면 일단 몸을 피해 버리오. 수상에서는 누구도 자신들을 쫓기 힘들다는 걸 잘 알고 있는 거요."

"하지만 수상에서 포위된다면 더욱 도망칠 곳이 없는 것이 아닌가?"

"그러니 항상 퇴로가 준비된 곳에서만 공격을 하오. 지금처럼 말이오."

이정문의 말을 듣고 보니 이곳은 한수의 한복판이어서 사방이 온통 물이었다. 다시 말해서 장강십팔채의 무리들이 배에서 도망친다면 종남파로서는 그저 멍하니 지켜보는 수밖에 다른 방법이 없는 것이다.

동중산은 이미 수십 명이나 피바다 속에 쓰러져 있으면서도 악착같이 낙일방과 성락중을 공격하는 수적들을 보면서 고개를 절레절레 흔들었다.

"겉으로 보기에는 전혀 그런 점을 느낄 수 없군. 저들은 마치 이곳에서 몽땅 죽기로 각오한 자들처럼 보이네."

"그건 그만큼 그들이 절박하기 때문일 거요. 여기서 물러나면 비록 목숨은 건지겠지만, 더 이상 아무도 자신들을 두려워하지 않을 거라는 생각에 위험을 각오하는 거요. 하지만 두 가지 상황만 벌어지면 그들은 언제 달려들었느냐는 듯 더욱 빠르게 꼬리를 말고 물러날 거요."

"두 가지 상황이라니?"

"첫째는 자신들을 인솔하는 채주들이 대부분 죽었을 때요. 우두머리가 없어지면 그들은 단순한 수적에 불과할 뿐이오."

동중산은 무심결에 고개를 끄덕였다.

"그럴듯하군. 두 번째 상황은 어떤 것인가?"

이정문의 두 눈이 어느 때보다 예리하게 빛났다.

"방산동이 쓰러졌을 때요."

"방산동이?"

"방산동은 장강십팔채의 정신적인 지주일 뿐 아니라 공포의 상징과도 같은 인물이오. 그가 변을 당하면 장강십팔채의 무리들은 더 이상 버티지 못하고 물러나고 말 거요."

동중산은 주위를 둘러보았다.

"그렇지 않아도 방산동의 모습이 보이지 않는군."

그들의 대화를 듣고 있던 담옥교가 조용한 음성으로 말했다.

"방산동은 아마 수중에 있을 거예요. 그는 수공의 최고수라서 싸움터에서는 좀처럼 물 밖으로 모습을 드러내지 않아요."

그때 한쪽에 말없이 서 있던 육난음이 갑자기 장난처럼 가볍게 오른손을 내저었다.

"크악!"

처절한 비명과 함께 명품사절의 한 사람을 무섭게 공격하던 흑수단의 고수 하나가 이마를 부여잡으며 쓰러졌다. 그의 이마에는 어른의 손바닥만 한 길이의 비침 하나가 깊숙이 꽂혀 있었다.

"아무래도 제갈세가의 고수들이 힘에 부치는 것 같군. 우리도 나서야겠네."

동중산의 말마따나 선실의 사위를 막아서고 있던 명품사절은 거듭된 장강십팔채 고수들의 공격에 조금씩 몰리고 있었다. 그들을 주로 공격하는 인물들은 장강십팔채의 무력 단체인 황랑대와 흑수단의 고수들이었는데, 벌써 칠팔 명 가까이 쓰러졌음에도 조금도 물러서지 않고 맹렬하게 달려들고 있었다.

명품사절은 가주인 제갈도를 호위하는 인물들답게 제갈세가에서도 열 손가락 안에 꼽히는 실력자들이었으나, 워낙 장강십팔채 고수들의 공세가 격렬해서 그들을 막는 데 애를 먹고 있었다.

동중산이 막 명품사절이 있는 곳으로 몸을 움직이려 할 때, 굳게 닫혀 있던 선실 문이 열리며 손풍이 불쑥 고개를 내밀었다.

"손 사제, 안에 무슨 일이라도 있나? 아니면 사고께서 전하시는 말씀이라도?"

동중산이 혹시나 하여 황급히 묻자 손풍은 인상을 잔뜩 찡그리며 퉁퉁 부은 얼굴로 투덜거렸다.

"제길, 갑갑해서 도저히 더 못 있겠소. 동 사형, 딱 한 놈만 상대하겠으니 나도 좀 끼워 주시오."

"지금 상황이 어느 때인데……."

"어느 때긴. 수적 놈들이 감히 본 파를 습격해 오는 때지. 이럴 때 숨어 있으려고 그 고생을 해서 무공을 배운 줄 아시오?"

동중산이 무어라고 하기도 전에 손풍이 버럭 소리를 지르더니 이내 다시 사정하는 투로 말했다.

"동 사형, 더도 말고 딱 한 놈만 패겠다니까. 그때 그렇게 두들겨 맞고 한 대도 못 때려서 화병 때문에 아직까지 밤에 잠도 못 자고 있는 내가 불쌍하지도 않소? 딱 한 놈만 상대해서 꽉 막힌 속을 풀 테니, 동 사형이 내 사정 좀 봐주시오. 이러다 속 터져 죽겠소."

손풍이 평소의 그답지 않게 오히려 사정을 하자 동중산도 마냥 그를 꾸짖을 수는 없었다. 손풍의 말마따나 그동안 손풍이 얼마나 이를 악물며 복수의 칼날을 갈아 왔는지 자신이 누구보다도 잘 알고 있지 않은가?

손풍의 모습이 딱해 보였던지 이정문이 한마디를 거들었다.

"그렇게 합시다. 당당한 종남파의 제자이니 자기 몸 하나 지키지 못하겠소?"

동중산은 어이가 없어 한숨만 내쉴 뿐이었다. 손풍이 스스로를 지킬 능력이 있었으면 애초부터 동중산이 그를 선실에 처박아 놓고 나오지 못하게 했을 리가 없지 않은가? 이런 상황을 충분히 짐작하고도 남았을 이정문이 이리 말하는 건 아직도 손풍을 조롱하려는 의도가 있는 게 아닐까 하는 생각이 동중산의 뇌리를 스치고 지나갔다.

하나 손풍은 이정문의 말에 용기백배한 듯이 오히려 크게 고개를 끄덕이며 재빨리 선실 밖으로 빠져나왔다.

"맞소, 맞아. 이 친구가 생긴 건 야박해 보여도 사람 볼 줄 아는군. 어떤 일이 있어도 내 한 몸은 지킬 자신이 있소. 무공을 몰랐던 시절에도 아무리 두들겨 맞아도 우는소리 한 번 내지 않던 사람이 바로 나요. 하물며 장괘장권구식까지 모두 익혔는데 한낮 수적 따위에게 당할 것 같소?"

손풍이 아예 가슴을 탕탕 두드리며 큰소리를 치자 동중산도 차마 더 이상은 그를 제지하지 않았다.

"알았네. 대신 딱 한 명일세. 내가 골라 주는 자만 상대해야 하네."

"내가 직접 고르면 안 되겠소?"

손풍이 눈을 번뜩이며 재빨리 주위를 둘러보다 한 사람을 가리켰다.

"저자의 상판을 보니 삼대(三代)는 재수가 없어 보이는구려. 게다가 몸도 비리비리하고 눈빛도 게슴츠레한 게 딱 패기 좋아 보이는 인상이오. 저자로 하겠소."

이어 누가 말릴 사이도 없이 그를 향해 달려드는 것이었다. 동중산은 몰랐지만 손풍이 달려든 자는 계마구에서 손풍을 사정없이 두들겨 팬 인물과 비슷한 용모를 지니고 있었다. 또한 흑수단에서 단 세 명뿐인 부단주(副團主) 중 한 명이기도 했다.

채석도(蔡晳道)는 황당한 일을 당하고 자신도 모르게 인상을 있는 대로 찡그렸다.

이번 습격은 장강십팔채로서는 총력을 기울인 작전이었다. 워낙 압도적인 숫자가 투입되었기에 그냥 덤벼도 되었지만 혹시나 하는 우려에 몇 가지의 계책을 동원했고, 그것도 모자라서 온서당의 수서들을 투입해 배에 구멍을 뚫는 일까지 염두에 두고 있었다. 장강십팔채의 목적이 단순히 종남파 고수들을 죽이는 것이 아니라 그들에게서 한 가지 물건을 입수하는 것이기에 배를 침몰시키는 일은 최악의 상황을 염두에 둔 마지막 방법이었다.

사공이 없어지고 배에 난 불로 그들이 혼란에 빠지면 벌 떼같이 달려들어 종남파 고수들을 모두 제거하고 물건을 가져오면 끝나는 일이었다. 마침 가장 두려운 존재였던 신검무적도 없는 상황인지라 채석도를 비롯한 장강십팔채의 무리들은 추호도 성공을 의심치 않았다.

그런데 경경호에 어느 정도 피해를 입을 줄 알았던 종남파 고수들이 털끝 하나 다치지 않은 채 멀쩡한 것을 보고는 일이 뜻대로 진행되지 않을 것 같은 불길한 예감이 머리 한구석을 잠식하기 시작했다.

그 예감은 어김없이 맞아떨어져서 옥면신권과 무영검군을 공격하던 십팔채주와 그들의 수하들은 상당한 피해를 입어야만 했다. 그나마 선실로 향했던 황랑대와 흑수단은 그들보다 피해가 적었으나, 그들을 막아선 네 명 고수들의 실력이 예상보다 뛰어나서 좀처럼 그들을 뚫고 선실로 진입할 수가 없었다.

열 명에 가까운 희생자를 내고 나서야 겨우 그들을 수세에 몰 수 있었는데, 그때 갑자기 거친 숨소리와 함께 웬 천둥벌거숭이 같은 젊은 놈 하나가 자신을 향해 달려드는 것이 아닌가?

"이놈! 넌 오늘 내 차지다!"

뜻 모를 소리를 외치며 마구잡이로 주먹을 휘두르는 젊은 놈의 자세는 엉성하기 짝이 없어서, 한눈에 보기에도 무공을 배운 지 얼마 되지 않은 풋내기임을 알 수 있었다.

'이놈이 감히 내가 누구인지 알고…….'

장강십팔채의 무력 집단인 흑수단의 부단주일 뿐 아니라 단주인 흑갈마객(黑蝎魔客) 염오(閻烏)를 제외하고는 가장 강한 고수 중 하나인 채석도로서는 그야말로 어처구니가 없어서 어안이 벙벙할 지경이었다.

무심결에 두 번 정도 정면으로 맞서지 않고 공격을 피했더니 그 젊은 놈은 더욱 기세등등하여 미친 듯이 날뛰는 것이었다.

"넌 오늘 열다섯 대만 맞아라. 아니, 이자까지 열여덟 대다. 우선 한 대!"

젊은 놈의 주먹이 호선을 그리며 옆구리로 날아왔다. 주먹에 실린 힘은 제법 있어 보였으나, 속도가 느리고 변화도 거의 없는 한심한 공격이었다. 채석도는 더 이상 상대할 가치도 못 느끼고 몸을 피하기는커녕 앞으로 다가서며 젊은 놈의 텅 비어 있는 겨드랑이를 후려쳤다.

'어디서 이런 병신 같은 놈이……. 설마 이런 놈도 종남파의 제자란 말인가?'

젊은 놈의 공격이 채 닿기도 전에 채석도의 주먹이 그의 겨드랑이를 그대로 가격했다.

팍!

"크읍!"

젊은 놈의 입에서 괴상한 신음이 흘러나오더니 주춤거리며 뒤로 물러났다. 젊은 놈은 얼굴이 시뻘겋게 상기된 채 버럭 소리를 질렀다.

"비겁하게 반격을 하다니……. 네놈은 이자에 이자까지 스무 대는 맞을 것이다!"

채석대는 미친 사람처럼 고래고래 소리를 지르며 달려드는 젊은 놈을 보고 어이가 없어 피식 웃고 말았다. 자신의 주먹에는 제법 강력한 힘이 담겨 있었는데, 급소인 겨드랑이를 맞고도 덤벼드는 모습이 가소로우면서도 재미있게 느껴졌던 것이다.

"하루살이 같은 놈이지만 심심하지는 않겠군."

채석대는 자신의 코를 향해 날아드는 주먹을 살짝 어깻짓으로 피하며 상대의 코를 가격했다. 젊은 놈의 코에서 핏물이 주르르 흘러내리며 삽시간에 퉁퉁 부어올랐다.

두 번이나 연달아 주먹에 맞은 젊은 놈이 갑자기 한숨을 푹 내쉬었다.

"네놈도 고수냐? 어째 이놈도 고수고 저놈도 고수고, 내가 상대하는 놈들은 죄다 고수란 말이냐? 좋다, 이제 제대로 해 보자."

젊은 놈은 진지한 표정으로 자세를 바로잡더니 앞으로 성큼 크게 다가서며 그의 아랫배를 손등으로 가격해 왔다. 그 기세와 속도가 지금까지와는 달리 상당히 날카롭고 예리했다.

"이번에는 좀 그럴듯하군."

채석대는 냉소를 터뜨리며 옆으로 반걸음 비켜서며 자신의 아랫배를 노리고 휘둘러진 주먹을 피한 다음 다시 옆구리를 가격하려 했다. 젊은 놈은 세 번씩이나 당할 수 없었는지 내밀었던 손을 황급히 거두어들이며 뒤로 주춤 물러났다. 덕분에 채석대의 주먹을 피할 수 있었으나, 반면에 앞가슴이 휜하게 비어 버렸다.

"이놈! 장난도 여기까지다!"

채석대는 살기 어린 웃음을 지으며 그의 가슴을 주먹으로 후려갈기려 했다. 이번에 그는 아예 끝장을 내려는지 주먹에 담긴 힘이 지금까지와는 판이했다.

한데 그때 맥없이 가슴을 가격당할 줄 알았던 젊은 놈이 왼 손바닥으로 그의 주먹을 아래에서 위로 올려쳤다. 엉성한 동작 같아도 워낙 시기가 절묘하여 채석대의 주먹은 허공으로 튕겨 올라가고 말았다.

"엇?"

채석대가 뜻밖의 상황에 움찔하는 순간, 젊은 놈은 그의 품속으로 뛰어들다시피 다가서며 오른 주먹을 세차게 내뻗었다. 그것은 채석대로서도 전혀 예상치 못한 날카로운 공격이었다.

채석대는 간신히 고개를 돌려 콧등이 정면으로 깨지는 상황은 면했으나 뺨이 주먹에 스쳐 살짝 부어올랐다.

"아깝다!"

젊은 놈은 탄성을 터뜨리며 다시 두 주먹을 풍차처럼 휘두르기 시작했다.

"이 비루먹은 말같이 생긴 놈이!"

채석대는 눈에 두지도 않았던 풋내기에게 하마터면 코를 맞을 뻔했다는 것을 알고는 이내 두 눈에 살기를 머금으며 이를 악다물었다. 조금 전에 젊은 놈이 코가 아닌 가슴을 노렸다면 피하지 못하고 격중당했을 것이 분명했다. 그런데 젊은 놈은 자신이 당한 것을 그대로 갚아 주고 싶었는지 굳이 코를 노리고 주먹을 날렸기에 간신히 피할 수 있었던 것이다.

그것만 보아도 눈앞의 이 가소로운 젊은 놈이 남과 제대로 싸운 적이 거의 없는 생초보임을 알 수 있었다. 자신보다 실력이 뛰어난 고수와 싸우면서 그런 생각을 한다는 자체가 너무도 어이없고 한심한 일이었다.

젊은 놈은 물론 손풍이었다. 손풍이 조금 전 사용한 수법은 종남산에서 유소응이 단리상을 이길 때 사용했던 연환식이었다. 당시의 장면이 워낙 인상적이었는지라 뇌리에 잘 새겨 두었던 손풍은 기회를 노려 회심의 수법으로 그 연환식을 그대로 사용했으나, 마지막 순간에 쓸데없이 상대의 콧등을 박살 내려는 욕심 때문에 아깝게 실패하고 말았다.

그래도 일단 기선을 제압했다는 생각에 용기백배하여 다시 천전만권의 초식으로 용맹하게 덤벼들었다.

하나 방심 상태에서 한 방 맞을 뻔한 후로 경각심을 갖게 된 채석대가 그의 허술한 공격에 당할 리가 없었다. 채석대는 피하지 않고 오히려 손바닥을 활짝 편 채 풍차처럼 마구잡이로 휘둘러지는 손풍의 공세 속으로 곧장 찔러 넣었다. 그러자 제법 삼엄한 기세를 펼쳤던 손풍의 공세가 맥없이 사라지며 채석대의 손이 손풍의 얼굴을 움켜잡아 왔다.

"앗?"

손풍은 깜짝 놀라 다급한 경호성을 내지르며 황급히 그 자리에 반쯤 주저앉았다. 채석대의 손이 그의 머리 위를 스치고 지나가는 순간에 손풍은 두 주먹을 머리 위로 세차게 추켜올리며 벌떡 일어났다. 나름대로 장괘장권구식 중의 영양괘각을 응용한 괜찮은 동작이었다.

문제는 채석대가 그의 그런 반격을 훤히 짐작하고 있었다는 것이었다. 손풍의 몸이 채 완전히 일어나기도 전에 채석대의 발길질이 그의 가슴을 그대로 가격해 버렸다.

쾅!

"크!"

벼락 치는 듯한 폭음과 함께 손풍의 몸이 허공으로 붕 떴다가 일 장 밖으로 나뒹굴었다.

한쪽에서 장강십팔채의 고수들을 상대하면서도 가끔씩 손풍 쪽을 살펴보던 동중산이 이 광경에 놀라 황급히 달려오려 했으나 상대하던 자들이 그를 순순히 놔두지 않았다.

손풍은 바닥을 몇 번 구르다 비실거리며 간신히 몸을 일으켰다.

동중산은 아직도 몸을 제대로 가누지도 못하고 있는 손풍을 향해 채석대가 맹렬하게 달려드는 광경을 보고는 더 이상 참지 못하고 수중의 장검을 그를 향해 집어던졌다. 덕분에 채석대가 몸을 피하느라 손풍을 박살 내는 것은 막을 수 있었으나, 손이 비어 버린 동중산 자신은 곧 위태로운 상황에 처할 수밖에 없었다.

때마침 담옥교가 도를 휘두르며 전권에 뛰어들지 않았다면 동중산은 상당히 심각한 상태에 빠졌을 것이다. 담옥교는 눈부신 칼솜씨로 동중산을 위협하던 흑수단의 고수 세 명을 쓰러뜨리고는 동중산을 지그시 응시했다.

"비천호리답지 않은 무모한 행동이었어요."

동중산은 어색한 웃음을 흘렸다.

"담 소저의 도움에 감사드리오. 나로서는 어쩔 수 없었소."

담옥교는 봉황을 연상시키는 눈으로 동중산을 쳐다보더니 고개를 흔들었다.

"당신들 사형제는 정말 이상하군요. 그 성질 급한 손풍인가 하는 자도 그렇고, 동 대협도 내가 생각했던 모습과는 많이 달라서 당혹스러울 때가 있어요."

"어떻게 다르오?"

"비천호리라면 당연히 누구보다 냉정하고 계산적인 인물인 줄 알았어요. 강호에 퍼진 소문도 그랬었고. 하지만 실제로 만나 본 동 대협은 그런 사람이 아니었어요."

"그럼 어떤……."

동중산은 그녀와 대화를 하면서도 계속 손풍 쪽을 주시하고 있었다. 손에는 언제 꺼내 들었는지 비표 하나를 만지작거리고 있다가 손풍이 다시 위기에 처하는 것 같자 그쪽으로 빠르게 던져 버렸다.

덕분에 막 살벌한 기세로 손풍을 몰아치던 채석대의 손길이 늦춰져 버렸다.

손풍은 채석대의 발길질에 가슴을 강타당해서 입으로 피를 질질 흘리면서도 용케도 쓰러지지 않고 계속 그에게 맞서고 있었다. 다른 사람이었다면 갈비뼈가 부러지거나 심각한 통증으로 숨도 제대로 쉬지 못했을 텐데도 오히려 두 눈을 번뜩이며 주먹을 휘두르는 그의 모습은 상당히 인상적인 것이었다.

그 바람에 다시 얼굴과 옆구리를 한 대씩 가격당했으나 추호도 물러설 기색을 보이지 않았다. 채석대의 공격은 상당히 매서워서 다른 사람이었다면 그중 한 번만 맞아도 견뎌 내지 못했을 것이다.

담옥교는 얼굴이 퉁퉁 부은 상태에서도 주먹을 휘두르며 채석대에 맞서고 있는 손풍의 모습을 힐끔 쳐다보더니 혼잣말처럼 중얼거렸다.

"저렇게 당하고도 버틸 수 있다니 볼수록 신기한 일이야. 그 과묵한 장문인도 그렇고, 애늙은이 같은 소년도 그렇고……. 확실히 종남파에는 평범한 자들이 없는 것 같구나."

그녀는 한차례 주위를 둘러보았다.

낙일방과 성락중이 버티고 있는 갑판 중앙의 사정은 여전히 팽팽했으나, 십팔채주 중 두 명이 쓰러지자 조금씩 장강십팔채가 밀리고 있는 상황이었다. 선실을 공격했던 황랑대와 흑수단의 고수들 또한 상당수의 희생을 내면서도 방어를 뚫지 못한 채 지리멸렬하고 있었다. 특히 육난음의 손이 한 번 움직일 때마다 한 명씩 목숨을 잃자 그녀가 손을 휘두르려는 기색만 보여도 모두들 움찔하여 물러서는 판국이었다.

'장강십팔채에서 이 정도로 물러날 리는 없을 텐데…….'

그녀의 짐작을 확인시켜 주려는 듯이 그때 다시 십여 명의 인물들이 배 위로 뛰어올라 왔다. 그들은 중앙에서 싸우고 있는 낙일방과 성락중은 본 체도 하지 않고 곧장 선실을 향해 달려들었다.

그들을 본 담옥교가 짤랑짤랑한 음성을 토해 냈다.

"저들은 혈염조의 고수들이에요. 아마도 방산동이 온 모양이에요."

혈염조는 확실히 장강십팔채의 다른 고수들과는 무공 수준이 달랐다. 이번에 나타난 혈염조의 숫자는 십여 명밖에 되지 않았으나, 그들의 가세로 장내의 형세가 판이해져 버렸다.

당장 명품사절 중 몇 사람이 위태로운 상황에 처해졌다. 원래 그들은 거듭된 격전에 상당히 지쳐 있었는데, 혈염조의 고수 대여섯 명이 가세하자 손발이 어지러워지며 뒤로 정신없이 몰리고 있었다.

하나 다른 사람들의 상황도 그다지 좋은 편이 아니어서 그들의 위기를 보고도 선뜻 도움의 손길을 보낼 수가 없었다. 동중산만 해도 혈염조 고수 두 명의 공격을 막느라 손풍을 지켜보는 일조차 제대로 할 수 없을 지경이었다.

육난음과 이정문은 혈염조 네 명이 에워싸고 있었는데, 그들은 각자의 방위를 철저히 지켜서 수비에 치중하고 있었다. 육난음도 이정문의 안위를 신경 쓰느라 짧은 시간 내에 그들을 쓰러뜨리기는 힘들어 보였다.

담옥교에게도 두 명의 고수가 다가왔다. 담옥교는 일전에 혈염조 두 명을 동시에 상대해 본 적이 있기 때문에 그들쯤은 능히 물리칠 자신이 있었으나, 막상 상대해 보니 예전에 만났던 자들과는 차원이 다른 고수들임을 알고 당혹스러운 빛을 감추지 못했다.

그도 그럴 것이 그녀를 상대하는 자들은 혈염조의 일조장(一組長)인 탈명마도(奪命魔刀) 구형(具螢)과 이조장(二組長)인 혈수망혼(血手亡魂) 자인동(紫寅東)이었던 것이다. 그들은 혈염조의 총조장(總組長)인 추풍귀(追風鬼) 도잔(陶殘)을 제외하고는 가장 강한 고수들이었기에 담옥교로서도 그들의 합공을 상대하는 일은 결코 만만치 않았다.

선실을 막아서고 있던 여덟 사람이 모두 혈염조의 합공에 막혀 있는 사이 남아 있던 흑수단과 황랑대의 고수들이 우르르 선실 입구로 몰려들었다.

그들 중 막 선실 문을 열고 그 안으로 난입하려던 흑수단 고수 하나가 비명을 지르며 뒤로 쓰러졌다.

"크악!"

그의 목에는 날카로운 톱날이 달린 원반 하나가 깊숙이 박혀 있었다.

"팔비신살의 혈선륜이다!"

무작정 선실 안으로 밀고 들어가려던 장강십팔채의 무리들이 놀란 메뚜기처럼 사방으로 몸을 피했다. 대신 중앙에는 오직 한 사람만이 우뚝 서 있게 되었다.

그는 비쩍 마른 체구에 눈빛이 유난히 시퍼런 중년인이었다. 중년인은 옆구리에 자신의 체형처럼 가느다란 장검을 차고 있었는데, 장검의 손잡이를 살짝 잡은 채 미동도 않고 있는 모습이 무척이나 인상적이었다.

중년인이 선실을 향해 한 발 앞으로 나서자마자 다시 하나의 비륜이 선실 안에서 튀어나왔다. 중년인의 오른손이 슬쩍 움직이며 그의 허리춤에서 빛살 같은 검광이 폭사되었다. 그 검광은 비륜을 정확하게 가격했다.

땅!

귀청을 찢는 듯한 음향과 함께 비륜이 검에 튕겨 올라가더니 이내 다시 호선을 그리며 중년인의 가슴팍을 노리고 날아들었다. 비륜의 속도는 오히려 조금 전보다 더욱 빨라진 것 같았다. 하나 중년인은 무표정한 얼굴로 다시 검을 휘둘렀다.

터엉!

조금 전보다 다소 둔탁한 소리가 울리며 비륜이 삼 장 밖으로 날아가 배의 바닥에 틀어박혔다. 놀랍게도 일단 발출하면 반드시 피를 보고서야 멈춘다는 혈선륜이 단 두 번의 칼질에 바닥으로 떨어져 버린 것이다.

"팔비신살도 별 볼 일 없군."

중년인은 냉랭하게 중얼거리며 선실로 성큼 다가섰다.

선실의 중앙에는 한 사람이 사나운 눈으로 그를 노려본 채로 우뚝 서 있었다. 몸의 여기저기에 붕대를 맨 그 사람의 안색은 시체의 그것처럼 창백했고, 손바닥에는 피가 흥건하게 고여 있었다.

그는 다름 아닌 곽자령이었다.

사실 곽자령은 부상이 워낙 심해서 아직은 무공을 펼칠 수 없는 상태였다. 더구나 남과 싸운다는 것은 절대로 해서는 안 되는 행동이었다. 하나 석실 안으로 장강십팔채의 무리들이 침입할 순간이 되자 다른 사람이 말릴 겨를도 없이 앞으로 나선 것이다. 무리하게 비륜을 발출하느라 손바닥이 찢어지고 그나마 조금씩 아물고 있던 상처가 터져서 극심한 고통이 치밀어 올랐으나, 곽자령은 눈썹 하나 까딱하지 않고 태산처럼 우뚝 서 있었다.

중년인은 선실 안을 한차례 훑어보더니 싸늘한 웃음을 흘렸다.

"흐흐, 대체 누가 있기에 이토록 악착같이 지키고 있나 했더니 부상자투성이에 무지렁이들뿐이로군.”

그의 칼날같이 날카로운 시선은 선실의 한쪽 구석에서 떨고 있는 두 명의 뱃사공과 노부부를 지나 병색이 아직 채 가시지 않은 제갈도와 임지홍을 거쳐 제일 구석에 있는 어린 소년과 여인에게로 향했다.

중년인의 두 눈에서 섬뜩한 광망이 이글거리며 입가에 야릇한 미소가 떠올랐다.

“다행히 헛걸음은 면하게 되었군.”

의미 모를 소리를 중얼거린 중년인이 갑자기 중앙에 서 있는 곽자령을 향해 달려들었다. 그의 동작이 어찌나 빠르고 민첩했던지 중인들은 그저 무언가 희끗한 것이 번뜩이고 지나가는 것만 보았을 뿐이었다.

팟!

핏줄기가 뿜어지며 곽자령의 신형이 휘청거렸다.

“자령!”

제갈도가 깜짝 놀라 그에게 달려가려 했으나 그때 임지홍이 그의 몸을 급하게 잡아당겼다. 그 덕분에 제갈도는 자신의 콧등 앞을 아슬아슬하게 지나가는 칼날을 생생하게 목격할 수 있었다.

제갈도의 등에 식은땀이 주르르 흘렀다. 곽자령을 도와주려다 영문도 모르고 머리통이 잘려 나갈 뻔했던 것이다. 제갈도의 시선이 자신도 모르게 중년인에게로 향했다.

‘이놈이 대체 누구이기에 이토록 빠른 검법을 사용한단 말인가?’

중년인은 처음의 자리에 그대로 서 있었는데, 모르는 사람이 보았다면 그는 가만히 있는데 제갈도가 제풀에 놀라 물러난 줄 알았을 것이다.

제갈도는 당황하는 와중에도 곽자령이 걱정스러워 그에게로 시선을 돌렸다. 곽자령은 언제 뽑아 들었는지 새로운 비륜을 들고 있었는데, 그 비륜이 반으로 잘라져 있고 옆구리에 일자로 칼자국이 나 있었다. 비륜 덕분에 가슴이 갈라지는 것은 막을 수 있었으나, 베어진 옆구리에서는 시뻘건 선혈이 흘러내리고 있었다.

그가 사용하는 비륜은 그의 독문 병기인 혈선륜이 아니라 제갈세가에서 임시로 마련한 것들이었다. 그래서 혈선륜 본연의 파괴적인 위력에 미치지 못했고, 곽자령 또한 몸 상태가 정상이 아니어서 팔비신살이라는 위명에 전혀 어울리지 않는 낭패스런 꼴을 당하게 된 것이다. 하나 중년인의 눈부시도록 빠른 쾌검으로 보아 곽자령이 멀쩡한 상태였다 하더라도 상대하기 만만치 않았을 것이다.

그도 그럴 것이 그 중년인이야말로 혈염조의 총조장이며 최고수인 추풍귀 도잔이었다. 도잔은 특히 신법과 검법에서 상당한 경지에 올라 있는 인물로, 순수한 무공 실력만 따지면 십팔채주 중에서도 상위에 꼽힐 만큼 뛰어난 고수였다.

그가 이끄는 혈염조는 방산동이 가장 믿는 수하들이었고, 도잔은 방산동의 오른팔과도 같은 존재였다. 오늘 습격한 인물들 중 자신들의 최종 목적이 무엇인지 가장 명확하게 알고 있는 사람도 바로 그였다.

그래서 그는 쓸데없이 시간을 지체하지 않고 바로 방해자들을 해치우고 목적을 달성하려 했다. 하나 그때 누군가가 무시무시한 속도로 선실 안으로 뛰어들었다. 그것은 하나의 거센 폭풍과도 같았다.

쾅앙!

벼락이 치는 듯한 굉음이 터지며 선실 안으로 몰려들던 장강십팔채의 고수들이 비명을 지르며 사방으로 튕겨져 나갔다.

"크아악!"

마치 합창을 내지르듯 처절한 비명과 함께 피 분수를 뿌리며 쓰러지는 사람은 무려 다섯 명에 달했다. 그 바람에 새파랗게 질린 나머지 고수들이 황급히 몸을 피하느라 선실 안은 온통 난장판이 되었다.

도잔은 중앙에 서 있는 곽자령을 향해 막 검을 날리려다 세찬 경기와 함께 무언가 강력한 기운이 자신에게 밀려오자 옆으로 슬쩍 몸을 돌리며 검을 빠르게 내찔렀다.

그의 검 끝이 가늘게 떨리더니 이내 검 자체가 흔들거렸다. 기운을 헤치고 나아가려던 검날이 막강한 압력 때문에 좀처럼 제대로 움직이지 못하고 있는 것이다.

그때 비로소 도잔은 자신이 상대하는 인물이 준수하기 그지없는 백삼의 청년임을 알아보았다.

"옥면신권이구나!"

십팔채주들의 포위망에 갇혀 있는 줄 알았던 낙일방이 어느새 선실 안에 나타난 것이다.

도잔은 선실 밖의 상황이 어떤지 살펴보고 싶었으나 상황은 그에게 그런 여유를 허락하지 않았다.

우우웅…….

그의 검에 가해지는 압력이 한층 더 강해지며 그의 검이 금시라도 손에서 벗어날 듯 요동치기 시작했다. 도잔은 전력을 다해 검을 쥔 오른손의 반대편 방향인 왼쪽으로 몸을 움직이며 경력의 중심에서 벗어나 반격을 꾀하려 했다.

하나 그 순간, 그의 전면에서 무섭게 압박해 오던 기운의 방향이 갑자기 반대로 바뀌어 버렸다. 그 바람에 도잔의 몸은 중심을 잃고 왼쪽으로 주르르 밀려나고 말았다. 도잔은 다급한 표정으로 사력을 다해 간신히 뒤로 한 걸음 물러났다.

콰앙!

그가 조금 전까지 서 있던 공간이 폭발하듯 터져 나가며 그의 신형이 충격을 받아 마구 흔들렸다. 그리고 그때 낙일방의 주먹이 뇌전 같은 속도로 날아와 그의 가슴을 사정없이 가격해 버렸다.

"크악!"

도잔은 시커먼 피를 폭포수처럼 쏟으며 선실 벽까지 날아가 틀어박혔다.

혈염조의 제일 고수가 제대로 반격 한번 해 보지 못하고 불과 몇 초 만에 쓰러져 버린 것이다.

도잔으로서는 운이 나빴다고 할 수밖에 없었다. 신법이 빠르고 쾌검을 사용하는 도잔에게 좁은 선실은 절대적으로 열세인 장소나 마찬가지였다. 그런 상황에서 갑작스런 공격을 받아 상대의 강력한 경기에 휘말린 상태에서 싸움을 벌였으니, 자신의 실력을 제대로 발휘도 해 보지 못하고 허무하게 당하고 만 것이다.

보기엔 간단한 것 같아도 낙일방이 도잔을 쓰러뜨린 방식은 정교하면서도 현오막심한 것이었다.

낙일방은 구반장법의 압산진해(壓山鎭海)로 도잔에게 압박을 가하고, 역발천망(力拔天網) 초식으로 그의 사위를 완전히 봉쇄한 다음 신전천벽(神轉天劈)으로 그의 중심을 무너뜨리고, 곧이어 낙뢰신권으로 그의 가슴을 박살 내 버렸다. 그가 사용한 구반장법의 세 초식은 그야말로 거대한 벽처럼 상대를 가두는 상승의 수법으로, 일단 그 벽 속에 갇히게 되면 어떠한 고수라도 몸의 중심을 완전히 잃고 제대로 대항할 수 없는 상황에 빠지고 만다. 이것이 바로 삼수, 삼전과 함께 구반장법의 최고 절초라 할 수 있는 삼벽이었다.

낙일방이 나타나자마자 장강십팔채의 고수들을 짚단처럼 쓰러뜨리고 도잔마저 단숨에 격살하자 모든 사람들이 공포와 경이의 눈으로 그를 바라보았다. 황랑대와 흑수단의 남은 고수들은 황급히 선실을 빠져나가 버렸고, 곽자령과 제갈도 등은 감탄 어린 표정을 숨기지 못한 채 그를 쳐다보기에 여념이 없었다.

낙일방은 옆구리가 피범벅이 된 채 서 있는 곽자령을 향해 물었다.

"괜찮으십니까?"

"아직은 견딜 만하네. 그나저나 자네 정말 대단하군. 실로 놀라운 솜씨였네."

"별말씀을."

낙일방은 그를 향해 살짝 고개를 숙이고는 이내 유소응과 나란히 구석에 서 있는 임영옥에게 시선을 돌렸다.

"사저께선 별일 없으십니까?"

임영옥은 물처럼 고요한 시선으로 그를 바라보았다.

"나야 여기 가만히 있기만 했는걸. 그보다 사제의 등에 부상이 있는 것 같던데, 사제야말로 괜찮은 거야?"

그 말에 제갈도가 화들짝 놀라 낙일방의 등을 바라보았다. 아닌 게 아니라 낙일방의 등에는 두 군데의 칼자국이 나 있고, 그 사이로 옅은 혈흔이 내보이고 있었다.

낙일방은 대수롭지 않은 듯 어깨를 으쓱거렸다.

"급히 이곳으로 달려오느라 등 뒤에서 이 검을 스쳐 맞았을 뿐입니다. 천단신공으로 보호했기에 큰 부상은 아닐 겁니다."

제갈도가 상처를 살펴보고는 안도의 표정을 지으며 고개를 끄덕였다.

"다행히 피육이 베어진 것에 불과하군. 옷을 베인 상태를 보면 상당히 강력한 검격이었을 텐데 이 정도 상처에 불과한 걸 보면 자네의 호신강기가 정말 뛰어난 모양일세."

낙일방의 표정이 약간 어두워졌다.

"그나저나 배 쪽은 어느 정도 정리가 되는 것 같은데, 물속으로 들어간 전 사형이 걱정이군요."

"전 사제가 아직 물 밖으로 나오지 않았니?"

"예, 그래서 걱정입니다. 방산동의 모습이 보이지 않는 걸 보면 그자도 수중에 있는 모양인데, 전 사형도 나타나지 않으니 자꾸 불안한 생각이 드는군요."

"일단 밖으로 나가 보자."

"제가 앞장서겠습니다. 혹시 모르니 제 뒤에 계십시오."

낙일방이 먼저 선실 밖으로 나갔다. 선실 밖의 상황은 확실히 낙일방의 말대로 종남파에서 우세를 점하고 있었다.

성락중을 상대하는 십팔채주는 불과 네 사람밖에 남아 있지 않았다. 아홉 명에 달했던 십팔채주 중 다섯 명이나 이미 바닥에 쓰러져 버린 것이다. 그중 세 명은 낙일방의 손에 쓰러진 것이고, 다른 두 명은 선실로 향하는 낙일방의 등을 공격했다가 성락중의 검에 당한 것이었다.

육난음과 이정문을 막아섰던 네 명의 혈염조 고수들도 육난음의 비도에 모두 숨을 거두었고, 위기에 처해 있던 명품사절도 이정문과 육난음의 도움으로 오히려 적들을 몰아붙이고 있었다.

동중산 또한 처음에는 병기가 없어 쩔쩔매다가 용케도 바닥에 널려 있던 검 하나를 주워 든 뒤로는 그럭저럭 두 명의 혈염조원을 상대로 선전하고 있었다. 오직 담옥교만이 두 명의 혈염조 조장들과 격렬한 싸움을 벌이고 있었는데, 그녀의 표정이 너무 살벌해서 누구도 그들의 싸움에 끼어들 엄두를 내지 못하고 있었다.

한차례 주위를 둘러본 낙일방의 시선이 이내 한곳에 머물렀다.

그곳에는 얼굴을 알아보기 힘들 정도로 퉁퉁 부어오른 손풍이 한 명의 흑의인을 상대로 악전고투를 벌이고 있었다. 그것은 싸움이라기보다는 일방적인 구타에 가까웠는데, 그렇게 많이 맞으면서도 계속 주먹을 날리며 반격하려고 애쓰는 손풍의 모습은 희극적이다 못해 애처로워 보일 정도였다.

낙일방은 명품사절을 공격하던 혈염조원 한 명이 다시 육난음의 비도에 쓰러지는 광경을 힐끗 보고는 천천히 손풍이 싸우는 곳으로 걸음을 움직였다.

제 287 장

선수자익(善水者溺)

제 287 장 선수자익(善水者溺)

"이제 마흔두 대다. 이 빌어먹을 자식!"

손풍은 넋두리인지 탄식인지 모를 소리를 중얼거리며 다시 오른 주먹을 앞으로 내뻗었다. 장괘장권구식 중의 천전만권이었으나, 너무 손이 느리고 변화가 별로 없어 뒷골목 파락호의 주먹질과 구분이 되지 않을 정도였다.

채석도는 그토록 얻어맞고도 아직도 주먹을 휘두르고 있는 손풍을 물끄러미 쳐다보고 있었다. 처음에는 장난삼아 몇 차례 가지고 놀기도 했으나, 나중에는 때려죽일 생각에 손에 상당한 공력을 실었음에도 여전히 그를 쓰러뜨리지 못하고 있는 것이다.

'이놈은 대체 무얼 처먹었기에 몸뚱이가 이리도 단단하단 말이냐?'

채석도가 병기를 휘둘렀으면 아무리 손풍이라도 진즉 싸늘한 시신이 되었을 것이나, 손풍으로서는 천만다행으로 채석도의 장기는 맨손 무공이었다. 채석도는 때려도 때려도 버티고 서 있는 손풍에게 슬슬 질려 가고 있었다.

'이제는 정말 끝장을 내 주마.'

채석도는 좀처럼 사용하지 않던 흑살수(黑煞手)를 펼치기 위해 오른손에 잔뜩 공력을 주입했다. 그러자 그의 손이 거의 알아차리기 힘들 만큼 살짝 검은빛을 띠기 시작했다. 흑살수는 채석도가 비장의 절기로 생각하는 강력한 무공이어서, 그 손에 격중된다면 아무리 손풍의 몸이 강인하다고 해도 절대로 견뎌 내지 못할 것이다.

채석도가 살기등등한 표정으로 막 손풍의 머리통을 향해 흑살수를 휘두르려는 순간, 한 사람이 불쑥 그와 손풍의 사이에 끼어들었다.

채석도는 자신이 펼친 흑살수가 난데없이 나타난 백의 사나이에게 가로막히자 낯빛이 딱딱하게 굳어졌다.

"옥면신권!"

낙일방은 무표정한 얼굴로 소맷자락을 휘둘러 채석도의 흑살수를 어렵지 않게 틀어막은 다음 그의 앞가슴을 향해 빠른 주먹을 내질렀다.

"이게 무엇인지 알아보겠느냐?"

손풍은 또 얻어맞는구나 하고 반쯤 체념하고 있다가 갑자기 나타난 낙일방이 눈에 익숙한 초식으로 채석도의 공격을 막고 반격을 가하자 눈을 크게 치켜떴다.

"금강서벽…… 그리고 낙성연적!"

낙일방이 펼친 것은 손풍도 잘 알고 있는 장괘장권구식 중의 금강서벽과 낙성연적이었다. 손풍도 오늘 몇 번이나 이 두 초식을 펼친 적이 있었으나, 별반 효과를 보지 못했었다. 그런데 낙일방의 손에서 펼쳐지자 채석도의 날카로운 공격이 봉쇄당하며 오히려 매서운 반격을 가할 수 있게 된 것이다.

채석도는 눈앞의 상대가 강호의 명성이 자자한 옥면신권임을 알게 되자 더 이상 방심하지 못하고 몸을 옆으로 비틀어 주먹을 피한 다음 틀었던 허리를 되돌리며 팔꿈치를 휘둘렀다. 손풍과 싸울 때는 보여 주지 않던, 무섭도록 살벌한 공격이었다.

낙일방은 내뻗었던 주먹을 슬쩍 거두어들이며 손바닥을 활짝 폈다.

채석도의 무서운 팔꿈치 공격이 손바닥에 가로막히자 낙일방의 손이 가볍게 흔들렸다. 여섯 번의 미묘한 움직임이 이어지며 채석도가 뒤로 몇 걸음 격퇴되었다.

"조운육환……."

손풍이 넋이 나간 사람처럼 중얼거렸다.

조운육환에 저런 오묘한 변화가 있다는 것은 처음 알게 된 손풍이었다. 손풍이 멍하니 보고 있는 동안에 두 사람은 다시 맹렬하게 초식을 교환했다.

채석도는 조금 전과는 판이하게 무섭도록 빠르고 날카로운 공격을 펼쳤으나, 낙일방이 손을 움직일 때마다 쩔쩔매며 뒤로 몰리고 있었다. 낙일방이 사용하는 초식들은 모두 장괘장권구식상의 무공들이었는데, 그 단순했던 초식들이 그의 손에서 펼쳐지자 세상에 둘도 없는 절학으로 탈바꿈되었다.

지금도 채석도가 전력을 다해 펼친 흑살수의 절초인 투살망혼(透煞亡魂)을 낙일방은 삼환투일로 봉쇄하며 오히려 오강감계의 식으로 반격을 가해 채석도를 다시 두 걸음 물러서게 했다.

채석도는 사력을 다해 낙일방에 대항했으나 초식을 교환할 때마다 조금씩 후퇴하여 종내에는 배의 가장 구석진 곳까지 물러서게 되었다.

등 뒤로 몇 걸음만 물러서면 배에서 떨어지게 된다는 것을 깨달은 채석도의 얼굴에 순간적으로 갈등의 빛이 스치고 지나갔다. 자신의 실력으로는 옥면신권을 당해 내지 못한다는 것을 안 채석도가 이대로 배에서 뛰어내려 몸을 피할 것을 진지하게 고민하고 있는 것이다.

하나 그의 고민은 더 이상 이어지지 않았다. 왜냐하면 그때 낙일방의 초식이 갑자기 변화되어 빠르고 맹렬한 주먹으로 아랫배를 찔러 오고 있었던 것이다. 지금까지와는 비교도 할 수 없는 무섭도록 빠른 공격이었다.

그것이 오늘 몇 번이나 보았던 손풍의 천성탈두와 같은 초식임을 깨닫기도 전에, 채석도는 양손을 교차하여 자신의 아랫배에 갖다 대었다.

팡!

덕분에 간신히 아랫배를 가격당하는 참변은 면할 수 있었으나 주먹이 손등을 강타하는 충격에 그의 몸이 살짝 허공에 뜨고 말았다. 공중에 몸이 떠서 제대로 움직일 수 없는 상황에서 낙일방의 손이 기묘한 각도에서 휘어져 그의 앞가슴으로 다가왔다. 채석도로서는 그저 멍하니 그 손이 다가오는 광경을 지켜보고 있을 수밖에 없었다.

쾅!

"크악!"

정면으로 가슴 부위를 강타당한 채석도가 입으로 폭포수 같은 피를 흘리며 바닥에 나가떨어졌다.

"이것이 바로 장괘장권구식 중의 단봉조양이다."

낙일방의 조용한 음성이 채석도가 들은 마지막 말이었다.

손풍은 자신을 그토록 괴롭히던 채석도의 처참한 모습에 입을 반쯤 벌린 채 우두커니 서 있었다. 장괘장권구식을 몇 번이나 반복해서 펼쳤는데도 단 한 번도 제대로 된 공격을 격중시키지 못해 장괘장권구식에 대한 회의감에 사로잡혀 있던 손풍으로서는 눈앞에서 벌어진 광경에 커다란 놀라움과 함께 어떤 뿌듯함을 느끼게 되었다.

'내가 익힌 무공이 이런 것이었구나.'

퉁퉁 부어올라 제대로 보이지도 않는 눈으로 낙일방을 바라보던 손풍은 공손하게 머리를 조아렸다.

"정말 잘 보았습니다, 낙 사숙."

낙일방은 손풍을 물끄러미 쳐다보더니 이내 고개를 끄덕였다.

"열심히 노력하면 머지않아 너도 장괘장권구식의 묘용을 제대로 맛볼 수 있을 것이다."

"명심하겠습니다."

낙일방은 그의 어깨를 한 차례 두드려 준 후 몸을 돌렸다. 존경에 가득 찬 눈으로 그의 뒷모습을 보고 있던 손풍은 이내 채석도가 쓰러진 곳으로 다가갔다.

채석도는 가슴뼈가 움푹 꺼져 들어간 비참한 몰골로 차갑게 식어 가고 있었다. 손풍은 그를 내려다보더니 혼잣말처럼 나직하게 중얼거렸다.

"예전이었다면 네놈 시체에라도 분풀이를 했겠지만, 그건 나중에 좀 더 제대로 된 놈들에게 써먹도록 하겠다. 난 당당한 종남파의 제자이니 말이다."

손풍은 아무도 안 보는 틈에 자신을 그토록 두들겨 팼던 채석도의 오른손을 지그시 눌러 밟고는 이내 대범한 모습으로 몸을 돌렸다.

원래의 자리로 돌아온 낙일방은 동중산을 향해 물었다.

"사저의 모습이 안 보이군요."

동중산의 얼굴에는 평소의 그답지 않게 난처한 빛이 떠올라 있었다.

"사고께선 전 사숙을 도와주러 가셨습니다."

"전 사형을 도와주러 가다니? 어디로?"

묻던 낙일방이 묘한 표정으로 한쪽으로 고개를 돌렸다. 멀리 강물 위를 한 마리 제비처럼 표표히 질주하고 있는 한 명의 여인을 발견한 것이다.

수상비(水上飛)는 흔히 볼 수 없는 상승의 경공(輕功)이지만, 그렇다고 천하에 다시없는 개세 절학도 아니었다. 하나 지금 낙일방이 보고 있는 것처럼 물 위를 마음대로 달릴 수 있는 것은 수상비가 아니라 그보다 더한 무공이라도 절대로 불가능한 일이었다.

낙일방은 안력을 돋우어서야 그 여인이 신형을 날릴 때마다 강물 위에 둥근 원반 같은 물체를 던져서 그 물체를 밟고 지나간다는 것을 알 수 있었다. 그 물체는 기이하게도 밟고 지나간 다음에 다시 그 여인에게로 되돌아와서 몇 번이고 재차 사용할 수 있었다.

"사저가 사용하는 게 뭐죠?"

대답은 동중산이 아닌 다른 사람에게서 나왔다.

"연자귀소방(燕子歸巢方)이라는 것이오. 예전에 수전을 연구했을 때 심심풀이 삼아 만들어 본 것인데, 물 위를 달리기에는 제법 효용이 있는 것 같아서 임 소저께 전해 드렸소."

말을 한 사람은 이정문이었다.

낙일방은 그를 힐끔 쳐다보고는 다시 물 위를 질주하는 여인에게로 시선을 돌렸다.

"아주 신기한 걸 만드셨구려."

"별로 대단한 건 아니오. 물의 부력과 밟고 지나갈 때의 반동을 이용해서 다시 되돌아오게 만든 것인데, 보기에는 그럴듯해도 이론 자체는 단순한 것이오."

하나 그의 말과는 달리 낙일방은 연자귀소방이 그리 단순한 물건이 아님을 알 수 있었다. 그렇지 않았다면 강호상에서 아직도 그런 물건이 한 번도 등장하지 않았을 리가 없었다.

“과연 재주가 놀랍소. 그런데 사저께서 왜 갑자기 배 밖으로 나가실 생각을 하게 된 거요?”

“나도 정확히는 모르겠소. 다만 임 소저께서 한동안 강물을 물끄러미 쳐다보시더니 나에게 물 위를 움직일 수 있는 기물이 있느냐고 물으셨소.”

“그래서 사저께 그걸 드린 거요?”

“그렇소. 제법 쓰임새가 있을 것 같아 강을 건널 때면 늘 소지하고 있었소.”

“사저께서 어떻게 알고…….”

이정문의 메마른 얼굴에 한 줄기 웃음이 떠올랐다.

“아마 내가 제법 재주가 있는 놈이니 그 정도 대책은 가지고 있을 거라고 생각하신 게 아닌가 하오.”

낙일방의 얼굴에도 쓴웃음이 떠올랐다. 자신 같아도 그랬을 거라는 생각이 든 것이다.

그때 낙일방이 무엇을 보았는지 눈을 빛내며 나직한 신음성을 흘렸다.

“음……!”

중인들 또한 하나같이 눈을 크게 뜬 채 경호성을 터뜨렸다.

그들이 본 것은 옷자락을 펄럭이며 물 위를 그림처럼 질주하던 여인이 섬섬옥수를 들어 아래로 내려치는 광경이었다.

전흠은 심한 압박감을 느끼고 있었다.

그가 물속에 들어온 지도 상당한 시간이 경과되었다. 제아무리 수공의 달인이라고 해도 아주 숨을 안 쉬고 물속에만 머물러 있을 수는 없었다. 일정 시간이 지나면 물 위로 올라가서 숨을 가다듬어야 하는데, 지금의 그에게는 그럴 여유가 주어지지 않았다.

마지막 숨을 쉰 지가 언제인지 기억도 가물가물할 정도였다.

처음에는 상황이 예상한 대로 흘러갔었다. 예전 위수에서 흑갈방의 무리들과 싸웠을 때는 자기 혼자였고, 지금은 이정문의 수하 두 명이 함께하고 있다는 점 외에는 별다른 차이점이 없어 보였다.

이정문의 수하들은 자신에 별반 뒤지지 않는 수공의 고수들이어서 적지 않은 도움이 되었고, 은근히 염려했던 장강십팔채 무리들의 수공도 눈에 번쩍 뜨일 만큼 대단하지는 않아서 어렵지 않게 상대할 수 있었다.

그런데 언제부터인지 자신에 못지않은 수공을 지닌 자들이 하나둘씩 가세하더니 나중에는 제대로 숨 쉴 여유조차 없을 정도로 거센 공격이 몰아치고 있었다. 전흠은 몰랐지만 뒤늦게 합류한 자들은 혈염조의 일조(一組) 고수들로, 방산동이 직접 수공을 가르친 실력자들이었다. 아마 이정문의 수하들이 때맞춰 돕지 않았다면 전흠으로서도 상당히 힘든 상황이 되었을 것이다.

그들의 도움까지 받아 가며 그럭저럭 견뎌 내던 전흠이 감당하기 힘들다고 느낀 것은 웃통을 벗은 채 짧은 반바지만을 걸친 사내가 나타나면서부터였다. 그자의 수공은 어려서부터 물을 벗 삼아 살아온 전흠으로서도 처음 보는 뛰어난 것이었다.

'이자가 바로 방산동이구나!'

전흠은 직감적으로 그의 정체를 알아차렸다.

방산동이 아니고서야 물속에서 이처럼 자유자재로 움직일 수 있는 자가 존재할 리 없었다. 그의 움직임은 정말로 매끄럽고 유연해서 물 밖에서 행동하는 것과 거의 차이가 나지 않았다. 물속의 압력과 물의 저항을 어찌 그리 자연스럽게 헤치고 나아갈 수 있는지 보면서도 믿기지 않을 정도였다. 수중에 팔뚝만 한 길이의 칼 한 자루만을 지닌 그의 공세가 다른 어떤 고수들의 합공보다도 더욱 무섭게 느껴졌다.

그자는 비릿한 웃음을 지으며 전흠을 거의 농락하다시피 했는데, 전흠은 사력을 다해 그의 공세를 막으려 했으나 얼마 되지 않아 세 군데에나 상처를 입고 말았다. 뻔히 날아드는 칼날을 보면서도 제대로 피할 수 없었던 것이다.

해남에서도 수공에 관한 한 누구에게도 뒤지지 않는다고 자부했던 전흠으로서는 그야말로 치욕스러운 일이었으나, 그는 상대의 수공이 자신의 그것보다 훨씬 뛰어난 것임을 인정하지 않을 수 없었다.

상대의 도법은 비록 날카로웠으나 육지에서라면 충분히 싸워볼 만한 수준이었다. 하나 물속에서의 싸움은 무공의 고하(高下)보다는 수공의 우열로 판가름 나는 법이기에 전흠은 점점 수세에 몰릴 수밖에 없었다.

다시 한차례 칼날이 옆구리를 스치고 지나갔다. 전흠은 사력을 다해 몸을 비틀어 간신히 치명적인 일격은 벗어났으나 옆구리가 베어져 또다시 핏물을 흘리고 말았다. 그의 몸 주위는 상처에서 흘러나오는 핏물로 붉게 물들어 있었다.

칼날도 무서웠지만 더욱 무서운 것은 점점 숨이 차올라 숨 쉬기가 힘들어진다는 것이었다. 상대도 이를 알고 있는지 전흠이 위로 몸을 움직이려는 것을 교묘하게 막고 있어서 전흠은 도저히 물 밖으로 나갈 수가 없었다.

점점 숨이 가빠지자 몸은 느려질 수밖에 없었고, 그럴수록 상대의 공세를 막아 내기가 힘들어졌다. 그의 위기를 알아차린 이정문의 수하들이 도와주기 위해 무리해서 접근하려다 오히려 혈염조의 고수들에게 상처를 입고 쫓기고 있었다.

어디를 봐도 전흠이 살아날 곳은 보이지 않았다.

전흠의 얼굴에 순간적으로 암담한 절망감이 떠올랐다.

'아! 물을 좋아하는 자가 물에 빠져 죽고, 말을 잘 타는 자가 말에서 떨어진다(善水者溺, 善騎者墮)고 하더니 내가 바로 그 짝이군. 수공을 믿고 설치다가 물속에 빠져 죽게 될 줄이야…….'

차라리 마음껏 검을 휘두르다 상대에게 패해 쓰러진다면 억울하지도 않을 것이다. 방산동이 무림 최고의 수공 고수였던 수룡신군 황충의 제자라는 말은 들었지만, 자신의 수공이 그와 이 정도로 차이가 날 줄은 추호도 상상하지 못한 일이었다. 아무리 방산동이라도 수공이라면 한번 해 볼 만하다고 생각했고, 무공으로도 충분히 감당할 자신이 있어서 크게 걱정하지 않았는데 완전히 예상과 다른 상황이 벌어지고 있는 것이다.

방산동의 얼굴에 살기 어린 빛이 떠오르더니 그의 칼이 묘한 회전을 그리며 날아들었다. 물속에서 칼날이 저렇게 회전하면 물의 압력 때문에 느려질 수밖에 없는데, 어찌 된 일인지 방산동의 칼은 육지에서와 전혀 다름없는 속도로 움직이고 있었다.

그것을 본 전흠의 얼굴이 딱딱하게 굳어졌다. 지금의 자신으로서는 도저히 그 일도(一刀)를 감당할 수 없다는 걸 절감한 것이다.

'이대로 죽지는 않겠다!'

전흠은 상대의 팔을 한쪽이라도 잘라 낼 생각으로 수비를 도외시한 채 적의 왼팔을 향해 검을 휘둘렀다.

바로 그때였다.

소리는 들리지 않았다. 다만 무언가 거대한 압력이 위에서 아래로 내려와 물 전체를 무겁게 짓누르는 느낌만이 생생하게 전해졌다.

그 느낌이 어찌나 강력했던지 전흠은 물론이고 방산동 또한 내밀던 손을 거두어들이며 황급히 뒤로 물러나야만 했다.

콰아아아…….

그들 사이의 공간이 무섭게 회오리치는 소용돌이로 변해 버렸다. 그들의 움직임이 조금만 늦었어도 그 소용돌이 속에 갇혀 버렸을 것이다.

'대체 이게 무슨…….'

전흠이 놀란 눈을 부릅뜰 때, 방산동이 무언가를 느낀 듯 압력이 가해진 위쪽으로 몸을 움직였다.

물 밖으로 나온 방산동이 재빠르게 주위를 둘러보았다.

멀지 않은 곳에서 한 명의 여인이 옷자락을 펄럭이며 물 위를 달려가고 있었다. 그녀의 풍성하게 틀어 올린 머리 한쪽에 꽂혀 있는 봉황 문양의 비녀 하나가 양광을 받아 유난히 반짝거리고 있었다.

그것을 본 방산동의 눈에 괴이한 광망이 이글거렸다.

"흐흐, 나를 유인하겠다고? 그것도 좋지."

방산동은 전흠에게는 시선도 주지 않은 채 그녀가 달려가는 곳을 향해 몸을 움직였다.

뒤늦게 물 밖으로 올라온 전흠은 몇 차례나 가쁜 숨을 몰아쉬다가 이 광경을 보고 눈에 불을 켰다.

"저놈이 감히……."

그도 곧 방산동을 따라 헤엄을 치기 시작했다. 하나 물속에서의 움직임은 그가 도저히 방산동을 따라갈 수 없었다. 방산동의 속도는 물 위에서 신형을 날리는 임영옥과 비슷한 정도였다.

전흠이 채 반도 따라가기 전에 두 사람의 신형은 강변에 도착하더니 이내 차례로 숲 속으로 사라져 버렸다. 전흠은 이를 부드득 갈며 전력을 다해 그쪽으로 헤엄쳐 갔다.

강변에 도착했을 때는 천하의 전흠도 거친 숨을 몰아쉬며 헐떡거릴 수밖에 없었다.

"후읍…… 후읍!"

몇 차례 심호흡을 한 전흠은 입술을 질끈 깨물고 그들이 들어간 숲을 향해 몸을 날렸다.

숲은 의외로 깊어서 무작정 안으로 뛰어든 전흠은 곧 종적을 잃고 당황한 표정으로 주위를 두리번거렸다. 숲으로 뛰어들 때만 해도 쉽게 그들의 흔적을 찾을 수 있을 거라고 생각했는데, 어디에도 인기척은 보이지 않았고 울창한 수림만이 눈앞에 가득 펼쳐져 있을 뿐이었다.

전흠은 눈에 불을 켜고 풀잎이 누운 곳이나 나뭇가지가 부러진 곳이라도 있지 않을까 찾아보았으나, 우거진 수풀 속에서 그런 자취를 찾는다는 것은 전문적으로 추적술을 배운 고수 외에는 힘든 일이었다.

전흠의 얼굴에 걱정스런 빛이 가득 떠올랐다. 임영옥이 어떻게 자신의 위급함을 알아차리고 방산동을 유인해 갔는지는 모르지만, 그녀가 방산동의 추적을 쉽게 뿌리칠 수 있을 것 같지 않았다. 방산동의 수공도 무서웠지만, 물속에서 상대해 본 그의 도법 또한 결코 무시할 수 없는 것이었다.

전흠이 임영옥을 처음 본 것은 구궁보에서였다. 그동안 주위 사람들에게서 그녀에 대한 이야기를 많이 들었기에 전흠은 내심 기대하는 바가 적지 않았다. 예전에는 그녀가 장문인보다 더 뛰어난 고수였다는 말에 호기심과 기대감이 무럭무럭 피어올랐던 것이다.

하지만 직접 만나 본 그녀는 차분하고 조용한 미녀일 뿐이었다. 전흠이 막연하게 기대했던 뛰어난 여고수의 모습은 찾아보기 힘들었다. 어쩌면 종남파에서도 비로소 제대로 된 여고수를 볼 수 있게 되지 않을까 하는 실낱같은 희망이 깨어지자 전흠은 그녀에 대한 관심을 접어 버렸다.

그 뒤로 구궁보를 떠나 이곳까지 여행하는 동안 그녀는 전혀 변화된 모습을 보이지 않았다. 혹시나 그녀가 자신도 미처 알지 못할 정도로 뛰어난 실력을 숨기고 있는 게 아닐까 하는 작은 희망이 아예 없는 것은 아니었으나, 전흠은 시간이 흐를수록 그런 생각조차 거두어들이게 되었다.

다만 그녀로 인해 장문인의 마음이 안정되고 얼굴에 간혹 웃음기가 감돌게 된 것만으로 만족하기로 했다. 그녀의 존재 가치는 그것으로 충분하다고 생각했던 것이다.

그런데 오늘 전혀 예상치 못했던 상황에서 그녀의 도움으로 목숨을 부지하게 되었으니, 지금 전흠의 심정은 그 자신도 알지 못할 정도로 복잡하게 헝클어져 있었다. 물속에서 느꼈던 그 강력한 압력이 그녀의 솜씨라면 그녀는 실로 가공할 실력의 소유자임이 분명하리라.

그런 무공을 지니고 있으면서도 그녀는 왜 그동안 단 한 번도 무공을 펼치지 않았을까? 심지어 계마구에서 습격을 당했을 때도 그녀는 뒤에서 수수방관하다시피 하고 있지 않았는가? 그리고 구궁보에서 병을 치료하고 있다던 그녀는 어떻게 그런 뛰어난 무공을 익히게 된 것일까?

여러 가지 의문이 머리를 어지럽히는 와중에도 전흠은 그녀와 방산동의 행적을 찾아 숲 속을 미친 듯이 뒤지고 다녔다. 만에 하나라도 그녀가 방산동에게 변이라도 당한다면 자신이 무슨 얼굴로 장문인을 볼 수 있겠는가?

정신없이 숲을 헤치고 나아가던 전흠의 귀에 문득 나직한 폭음이 들렸다.

쿠웅!

폭음은 둔중했으며 그리 크지 않아서 전흠이 잔뜩 신경을 곤두세우고 있지 않았다면 그냥 스쳐 지나갔을지도 몰랐다. 전흠은 정신이 번쩍 들어 황급히 소리가 들려온 곳으로 몸을 날렸다.

유난히 우거진 두 개의 커다란 나무 사이를 지나자 시야가 탁 트이며 눈앞에 공터가 펼쳐졌다. 그 공터의 한쪽에 한 여인이 그림처럼 고운 자태로 조용히 서 있었다. 전흠은 그 여인을 보고는 전력을 다해 그쪽으로 달려갔다.

"임 사저!"

그의 입에서 자신도 모르게 반가움에 찬 음성이 흘러나왔다. 그동안 그녀 앞에서 사저 소리가 잘 나오지 않았는데, 멀쩡한 모습으로 있는 그녀를 보니 너무도 기쁜 마음에 절로 입 밖으로 사저라는 말이 튀어나온 것이다.

그녀는 고개를 숙인 채 무언가 상념에 잠겨 있다가 그가 나타난 것을 알고는 몸을 돌렸다.

"다친 곳은 없으십니까?"

전흠은 그녀의 몸부터 살폈다.

그녀는 입가에 알 듯 모를 듯한 묘한 미소를 지으며 고개를 끄덕였다.

"염려해 준 덕분에 무사해요."

"다행입니다. 방산동은……?"

"그는 두 번 다시 수적질을 할 수 없게 되었어요."

"예?"

임영옥은 슬쩍 한쪽을 쳐다보았다. 무심코 그녀가 바라본 곳으로 시선을 돌린 전흠의 두 눈이 찢어질 듯 부릅떠졌다.

오 장쯤 떨어진 바닥에 한 사람이 비참한 모습으로 쓰러져 있는 것이다. 힐끗 보는 것만으로도 전흠은 그자가 바로 방산동임을 알아볼 수 있었다. 얼마 전까지만 해도 자신을 죽음 직전까지 몰고 갔던 무시무시한 수공의 고수가 싸늘한 시신이 되어 누워 있는 광경은 눈으로 보고도 쉽게 믿어지지 않는 것이었다.

방산동은 웃통을 벗고 기름 바지를 입은 상태에서 한 손에는 여전히 기형도를 굳게 쥐고 있었다. 눈만 감지 않았다면 잠시 쉬고 있거나 잠을 자고 있다고 착각할지도 몰랐을 것이다.

하나 자세히 살펴보면 그의 전신에서는 단 한 줌의 온기도 느낄 수 없다는 것을 알 수 있을 것이다. 그의 가슴은 마치 불에 그슬린 것처럼 거무스름한 빛을 띠고 있어서 조금 괴이하게 느껴지기도 했다.

장강 일대에서 제왕처럼 군림하던 장강의 패자치고는 너무도 허무한 죽음이 아닐 수 없었다.

전흠은 몇 번이나 그의 시신을 확인하고도 도무지 믿어지지 않는지 눈을 치켜뜨며 임영옥을 돌아보았다.

"어떻게 사저께서 방산동을……."

"그는 너무 방심했어요."

"하지만……."

"피곤하군요. 그만 돌아가도록 하지요."

그녀가 교구(嬌軀)를 돌리자 전흠은 한동안 멀거니 그녀의 뒷

모습을 쳐다보고 서 있었다.

아무리 방심했다고는 하나 방산동 같은 고수가 그토록 짧은 순간에 이런 꼴로 쓰러질 수는 없었다. 하나 그렇다고 굳이 말하지 않으려는 그녀에게 꼬치꼬치 캐물을 수도 없지 않은가? 많은 의문이 떠올랐으나 전흠은 우아한 동작으로 몸을 날리는 그녀의 뒤를 따라가는 수밖에 없었다.

몇 번이나 방산동의 시신을 돌아보던 전흠이 그녀와 함께 사라지자 텅 빈 장내에는 차갑게 식은 한 구의 시신만이 남게 되었다.

휘잉!

한차례 서늘한 강바람이 불자 다시 장내에 두 사람이 나타났다.

두 사람 모두 여인이었는데, 한 명은 눈부신 백의를 입은 미녀였고, 다른 한 명은 노란 옷을 입은 깜찍한 용모의 젊은 여인이었다. 두 여인은 날렵한 동작으로 방산동의 시신이 있는 곳으로 날아왔다.

"아!"

방산동의 시신을 확인한 황의 미녀의 입에서 짤막한 탄성이 흘러나왔다.

백의 미녀는 그보다는 훨씬 침착한 모습으로 방산동의 시신을 가만히 살펴보고 있었다. 문득 그녀는 손을 내밀어 방산동의 검게 타들어 간 가슴 부위 피부를 만져 보았다. 유독 그 부분에서 유난히 차가운 기운이 손끝에 느껴지자 그녀는 가벼운 탄식을 토해 냈다.

"그녀는 결국 그 무공을 사용하고 말았구나."

황의 미녀가 황급히 물었다.

"정말이에요? 하긴 그렇지 않으면 방산동을 이런 꼴로 만들 수 없었겠지요. 하지만 그녀는 대체 무슨 생각으로 그런 선택을 한 것일까요?"

백의 미녀는 복잡한 표정으로 허공을 올려다보았다.

"언젠가는 이렇게 되리라는 걸 너도 알고 있지 않았느냐? 다만 그 시기가 너무 빠르구나. 그녀는 과연 감당할 자신이 있는 것일까?"

"이미 벌어진 일인데 어쩌겠어요? 그나저나 여섯째와 일곱째 언니는 어디서 만나기로 했어요?"

"왜? 옆에 있을 때는 그렇게 싸우더니 보고 싶은 거냐?"

황의 미녀는 입술을 삐죽거렸다.

"착한 여섯째 언니야 보고 싶지만, 그 성질머리 사나운 일곱째 언니는……. 흥! 그동안 무공 익힌다고 좁은 연공실에 틀어박혀 있었으니 필시 사나운 암호랑이같이 되어 있을 텐데 만나고 싶겠어요?"

백의 미녀의 고운 얼굴에 살짝 미소가 떠올랐다.

"그래도 근 일 년 만의 만남이니 나는 기대가 되는구나."

"사저야 그녀를 귀여워했으니 그렇지만 다들 그녀와의 재회를 꺼려할 거예요. 그나저나 여섯째 언니는 이번엔 틀림없이 그 멀쭹게 생긴 놈을 만나게 되겠지요?"

황의 미녀가 무언가 재미있는 일을 생각해 낸 것처럼 두 눈을 유난히 반짝거리며 입을 조잘거리자 백의 미녀는 그녀의 머리를 살짝 두드렸다.

"말 함부로 하지 마라. 그는 당금 무림에서 제일가는 신성(新

星)으로 인정받는 절정 고수다."

"피! 그래 봤자 예전에는 내 손에 두들겨 맞던 놈이었는데……."

"그 일을 그가 앙갚음하겠다고 나서면 감당할 자신이라도 있는 거냐?"

황의 미녀는 혀를 날름거렸다.

"그 허우대만 멀쩡한 녀석이 그럴 리도 없겠지만, 만약 그런 일이 벌어지면 여섯째 언니 뒤에 숨으면 제깟 놈이 어쩌겠어요?"

백의 미녀는 고개를 설레설레 흔들었다.

"심보를 그렇게 쓰다가는 언제고 한번 호되게 당할 날이 있을 것이다."

"내 몸은 내가 지킬 수 있다고요."

"어련하겠느냐? 그나저나 걱정이로구나."

백의 미녀의 얼굴에 수심이 깃들자 황의 미녀는 그녀를 빤히 쳐다보다 낮은 음성으로 속삭이듯 말했다.

"큰언니는 둘째 언니의 일을 염려하는 거죠? 하지만 진실은 반드시 밝혀져야 해요. 그게 어떤 결과를 초래하든."

백의 미녀는 입술을 질끈 깨물며 고개를 끄덕였다.

"그래, 네 말이 맞다. 그게 우리가 감당해야 할 몫이겠지."

그녀들은 한동안 이런저런 말을 나누다가 이내 몸을 날려 어딘가로 사라졌다.

두 여인이 떠난 후 얼마의 시간이 흐르자, 다시 한 사람이 장내에 나타났다.

이번에 나타난 사람은 이마에 하얀 두건을 쓰고 짙은 청삼을 입은 반백의 노인이었다. 주름살 가득한 노인의 두 눈에는 날카로운 빛이 번쩍거렸고, 두 팔이 유난히 길어서 허리 아래까지 늘어져 있었다.

청삼 노인은 유유자적한 모습으로 천천히 공터를 둘러보더니 이내 방산동의 시신을 발견하고는 그곳으로 다가갔다. 방산동의 싸늘하게 식은 얼굴을 묵묵히 내려다보던 청삼 노인은 가볍게 혀를 찼다.

"이놈은 늘 물속에서는 적수가 없다고 큰소리치더니 결국 이렇게 됐군. 자신이 물 밖에 끌려 나온 물고기 신세가 되어 죽게 되리란 걸 상상이나 했을까?"

그의 시선은 방산동의 얼굴에서 검게 그을린 가슴팍으로 향했다. 그 흔적을 본 청삼 노인의 시선이 유난히 강렬하게 반짝거렸다.

청삼 노인은 쭈그려 앉은 채 시신의 가슴 부위를 유심히 살피다가 이내 고개를 갸웃거렸다.

"정말 묘하군. 흔적을 보면 강력한 열양공(熱陽功) 같은데 오히려 음한지기에 심맥이 얼어붙은 것이 직접적인 사인(死因)이라니……. 이놈은 방심하고 있다가 제대로 칼도 휘둘러 보지 못하고 당한 것 같은데, 강호에 이토록 상반된 기운을 담을 수 있는 무공이 존재했던가?"

청삼 노인은 한동안 생각에 골몰해 있다가 느릿느릿 몸을 일으켰다.

"왠지 쉽지 않은 일이 될 것 같군. 어쩐지 이놈이 일을 맡겠다고 나설 때부터 내키지가 않더라니. 혹시나 하여 이쪽으로 와 본

게 그나마 다행이구나."

청삼 노인은 방산동의 시신을 한 손에 들고 천천히 걸음을 옮기기 시작했다. 거구인 방산동이지만 청삼 노인은 전혀 무게를 느끼지 못하는지 가벼운 몸놀림으로 숲 속을 벗어나 한수 강변으로 갔다.

청삼 노인은 방산동의 시신을 강물로 떠내려 보냈다.

"물을 좋아하는 놈이니 물고기 밥이 되어 물속으로 사라지는 것이 가장 어울리는 최후겠지. 지옥에서 네 사부를 만나면 전해라. 다음 생(生)에는 물 밖으로 나와서 사람답게 살라고 말이다."

청삼 노인은 강물을 따라 흘러가다 조금씩 물속으로 가라앉는 방산동의 시신을 지켜보다가 그의 몸이 완전히 보이지 않게 되자 천천히 몸을 돌렸다.

"그나저나 둘 중 어느 걸 먼저 해결해야 하나? 한쪽을 따라가다 보면 둘 다 자연히 만나게 되려나."

중얼거림이 채 끝나기도 전에 청삼 노인의 신형은 허공을 훌훌 날아 수풀 속으로 사라져 버렸다.

유난히 푸른 한수의 물살만이 아무 일도 없었다는 듯 도도하게 흘러가고 있을 뿐이었다.

제 288 장

불망만산(不忘萬山)

제288장 불망만산(不忘萬山)

사여명은 살짝 눈살을 찌푸렸다.

이곳은 그의 거처 중에서도 가장 깊숙한 내실이었다. 외인은 절대로 들어올 수 없을 뿐 아니라 강북녹림맹의 고수라도 허락을 받기 전에는 함부로 출입을 할 수가 없는 곳이었다. 그런데 그가 외출 준비를 마치고 차나 한잔 마시려고 들어왔더니 이미 한 사람이 방 안을 차지하고 있는 것이다.

그 사람은 무례하게도 방의 중앙에 있는 그의 전용 의자에 편한 자세로 앉은 채 시비가 가져다 놓은 차까지 따라 마시고 있었다.

사여명은 한동안 멀거니 그 사람을 쳐다보고 있다가 한숨을 푹 내쉬었다.

"당신은 언제 왔소?"

그 사람은 얄밉도록 맛있게 차 한 모금을 들이켜고는 빙그레 미소 지었다.

"조금 되었네. 자네가 나갔으면 어쩌나 하고 서둘렀더니 조금 일찍 오게 되었네."

"미리 알리지 그랬소."

"이 얼굴로 말인가? 내가 이른 아침부터 강북녹림맹의 총표파자를 찾아왔다는 게 알려지면 어떤 일이 벌어질 것 같은가?"

사여명은 그의 말에 일리가 있음을 인정하듯 입을 다물었으나 표정은 여전히 풀어지지 않았다.

그 사람은 다시 조용히 웃었다.

"방 주인의 허락도 없이 미리 들어와 있다고 언짢아하지 말게. 내가 자네를 찾아온 이유를 알게 되면 자네는 오히려 나에게 고맙다고 절이라도 하게 될 걸세."

"그 이유라는 게 뭔지 들어 봅시다."

"자네는 지금 신검무적을 만나러 나갈 계획이었지 않나?"

"그렇다고 해 둡시다."

"그럴 필요가 없네."

사여명의 눈에 처음으로 예리한 섬광이 번뜩였다가 사라졌다.

"자세히 말해 보시오. 내 허리는 워낙 단단해서 쉽게 구부러지지 않으니 말이오."

그 사람은 다시 차를 한 모금 마시고는 입맛을 다셨다.

"정말 좋은 차로군. 이런 차를 혼자서만 마시다니 자네는 욕심이 많은 사람일세."

"나갈 때 좀 싸 드리겠소."

"그러면 나야 고맙지."

"이제 찻값을 좀 받아야겠소. 내가 신검무적을 찾아갈 필요가 없다는 게 무슨 뜻이오?"

"찻값으로 절값을 대신하겠다고? 그건 내가 좀 손해 같지만 양보하기로 하지."

그 사람은 손안에 든 차를 모두 마신 후 찻잔을 내려놓았다. 그러고는 지나가는 말처럼 짤막한 한마디를 내뱉었다.

"천살령주가 왔네."

사여명의 눈빛이 조금 흔들렸다.

"그가 이 근처에 왔다는 말이오?"

"그러네."

"그는 자신의 거처에서 좀처럼 떠나지 않는다고 하지 않았소? 당신이 몇 차례 부탁을 해도 들어주지 않는다고 투덜거리는 말을 들은 적이 있던 것 같은데."

"그 말은 잊어버리게. 내가 부른다고 올 사람도 아니었는데, 일을 좀 편하게 할 욕심에 내가 무리를 했던 거지. 아무튼 그가 무거운 엉덩이를 털고 이쪽으로 움직였네."

"대체 무슨 바람이 불어 그런 것이오?"

"영주가 움직이는 경우는 단 두 가지뿐일세. 첫째는 당주(黨主)의 부탁이 있을 때이고……."

"다른 하나는 특별한 살인 청부를 받았을 때겠지. 그렇다면 그는 살인 청부를 수행하기 위해 이곳에 온 것이란 말이오?"

"두 가지 모두일세. 그러지 않았다면 그가 직접 움직일 리가 없었겠지."

"당주의 부탁이라면 그 물건에 대한 것이겠구려."

"당주는 방산동의 힘으로는 어려울지도 모르겠다고 생각한 모양일세. 상황을 보니 그의 예측이 정확히 들어맞은 셈이더군."

사여명은 냉소를 흘렸다.

"정말 그가 예측을 잘했다면 처음부터 방산동에게 그 일을 맡기지 않았을 거요."

"그거야 방산동이 고집을 부린 것이고. 그가 고집 피우면 그걸 꺾을 수 있는 사람은 황충이 유일한데, 황충이 없으니 아무리 당주라도 그저 지켜볼 수밖에 없지 않겠나?"

사여명은 잠시 생각에 잠겨 있다가 다시 입을 열었다.

"그렇다면 살인 청부의 대상이 누구냐는 것인데, 설마 그가 이곳으로 온 것이 신검무적을 상대하기 위함이란 말이오?"

"신검무적이 아니라면 특급 살수들을 보냈겠지."

"대체 누가 감히 신검무적을 대상으로 그런 청부를 한 거요?"

"자네가 예상하고 있는 그곳이라고 해 두세."

"내가 예상한 곳이 어디인 줄 알고……."

"그렇게만 알고 있게. 다른 사람의 일에 필요 이상의 관심을 두거나 관여하지 않는 게 우리 사이의 불문율 아닌가? 이 정도 말해 주는 것도 자네이기 때문일세. 생각해 보니 찻값을 너무 과하게 치른 것 같군."

"그가 먼저 내 일에 끼어든 건 아니고?"

"자네의 목적은 신검무적이 아니라 유중악 아니었나? 천살령주가 일을 마친 다음 자네가 그 건을 해결하면 아무 문제가 없을 걸세."

"천살령주가 신검무적을 감당할 수 있을 거라고 생각하는 모양이구려."

그 사람의 얼굴에 진한 미소가 떠올랐다.

"나만 그런 게 아니라 천살령주도 그렇게 믿고 있을 걸세. 그러니 기꺼이 청부를 맡은 것이지."

사여명은 그의 말에 갑자기 관심이 생긴 듯 눈을 빛내며 물었다.

"그러고 보니 당신은 일전에 신검무적을 상대한 적이 있다고 들었소. 신검무적이 정말 그렇게 대단한 고수요?"

그 사람의 얼굴에 처음으로 진지한 표정이 떠올랐다.

"단순히 대단하다는 말로는 그를 제대로 묘사할 수가 없네. 그는 이제껏 내가 본 중에서 최고의 검객일세. 솔직히 그때 내가 본 실력을 다 발휘했다 하더라도 그를 당해 내지는 못했을 걸세."

사여명은 눈앞의 이 사람이 얼마나 자존심이 강하고 자기의 실력에 자신감을 가지고 있는지 잘 알고 있기에 그의 이런 모습이 신기하게 생각되었다.

"당신의 입에서 그런 말을 듣는 건 처음이군. 그런데도 천살령주가 그를 상대로 이길 수 있다고 확신한단 말이오?"

"신검무적은 확실히 검으로는 최고의 경지에 오른 인물이지만, 반면에 몇 가지 치명적인 약점이 있네."

"그게 뭐요?"

"당시에 그는 신기에 가까운 검술로 양천해를 물리쳤네. 하지만 뒤이어 펼쳐진 소수마후의 선녀호접표에는 속수무책으로 당하고 말았지."

사여명은 알겠다는 듯 고개를 끄덕였다.

"암기 무공에 약점이 있군."

"뿐만 아니라 쾌검술에 대한 대응도 서툰 편이네. 일정 수준 이상의 쾌검을 지닌 고수가 상대한다면 신검무적은 뜻밖의 낭패를 당할지도 모르네."

"그리고 또 있소?"

"신검무적의 나이가 아직 그리 많은 편이 아니니 강력한 내공의 고수를 만나면 밀릴 가능성도 있네."

사여명은 그 사람을 빤히 쳐다보았다.

"당신의 내공도 심후하기로 정평이 나 있지 않소?"

그 사람은 씁쓸하게 웃었다.

"나 정도로는 안 되네. 이미 내가 신검무적에게 어떤 꼴을 당했는지 뻔히 알고 있으면서도 자꾸 아픈 곳을 들쑤실 텐가?"

"당신보다 심후한 내공의 소유자는 강호에도 몇 사람 없을 것 같아서 말이오."

"많지야 않지. 하지만 나는 내공만으로 신검무적을 능히 상대해 볼 만한 고수를 적어도 다섯 사람은 알고 있네."

"그중 몇 사람은 나도 알겠군. 하지만 한두 명은……."

"아무튼 중요한 건 그게 아니라 신검무적은 비록 검으로는 강호제일을 논(論)할 만하지만 아직은 약점이 제법 있어서 충분히 공략 가능한 존재라는 것일세."

"그리고 천살령주라면 능히 그 약점을 찌를 수 있을 테고 말이오."

"그렇지. 그중에서도 가장 확연하게 드러난 약점이지. 내가 겪어 본 바로는 신검무적은 절대로 천살령주를 당해 낼 수 없네. 그러니 자네는 공연히 신검무적을 상대하느라 심력을 소모할 필요가 없다는 말일세. 그걸 알려 주려고 꼭두새벽부터 자네를 찾아온 것일세. 이제 왜 자네가 내게 고마움을 느껴야 하는지 알겠나?"

"그 값은 차로 치르기로 하지 않았소?"

"왠지 조금 아쉬워서 말일세. 자네에게 큰소리를 칠 수 있는 거의 유일한 기회였는데, 내가 너무 헐값에 판 것 같은 기분이 든단 말이지."

"나중에 당신 일을 한 번 도와주겠소."

그 사람은 반색을 했다.

"그 정도면 충분하지. 조만간 자네에게 신세를 갚을 기회를 주겠네."

"무당산에서 말이오?"

그 사람은 빙긋 웃었다.

"자네가 짐작한 대로라고 해 두지."

이어 그는 천천히 자리에서 일어났다.

"아침부터 찾아왔는데 반겨 주어 고맙네. 차는 잘 마셨네."

사여명은 방의 한쪽에 있는 문갑을 열고 차 한 봉지를 꺼내어 그에게 내밀었다.

"여기 있소. 그나저나 그 얼굴로 나갈 생각이오?"

그 사람은 차를 품에 집어넣었다. 다시 꺼낸 손에는 복면 하나가 들려 있었다.

"구름 밖에서 잠깐 노닐었으니 다시 구름 속으로 들어가야지."

그 사람은 능숙한 솜씨로 복면을 머리에 뒤집어쓰고는 천천히 몸을 돌렸다. 건장한 체구의 그가 검은 복면을 쓰자 왠지 모를 위압감이 풍겨 나왔다.

"어떤가? 내 모습이?"

사여명은 그와 농담을 하고 싶은 생각이 별로 없는지 심드렁한 음성으로 말했다.

"구름 속의 신룡 같다고 해 둡시다."

"하하, 자네 말이니 믿도록 하지."

그 사람은 슬쩍 오른손을 흔들었다. 그러자 방 한쪽의 창문이 소리도 없이 열렸다. 한차례 바람이 실내를 휩쓸고 지나가는 순간, 그의 신형은 어느새 사라져 보이지 않았다.

사여명은 한 마리 신룡처럼 신묘한 몸놀림으로 사라진 복면인에게는 신경도 쓰지 않고 허공을 응시한 채 무언가 깊은 상념에 잠겨 있었다.

한동안 묵묵히 허공을 올려 보던 그는 이내 몸을 돌려 방을 벗어났다.

* * *

주루는 제법 깨끗했다.

아직 식사 시간이 되기에는 이른 시간이어서인지 손님은 몇 사람 되지 않았고, 점원들만이 탁자를 닦거나 한쪽에 모여 자기들끼리 두런두런 이야기를 하고 있었다.

여불회는 주루 앞에서 한차례 안을 둘러보고는 진산월을 돌아보았다.

"잠시 쉬어 가기에는 괜찮아 보이는데, 진 장문인 생각은 어떠시오?"

"그렇게 합시다."

진산월이 선뜻 고개를 끄덕이자 여불회는 기아향과 함께 자신들이 먼저 주루 안으로 들어섰다.

짧은 여정이었지만 그동안 여불회는 줄곧 진산월에게 많은 신경을 기울였다. 사소한 일에도 그의 의향을 묻고는 해서 어떤 때는 다소 성가실 정도였다. 여불회의 강호에서의 명성이나 그간의 행적을 생각해 보면 과하다 싶을 정도로 진산월에 대한 예우가 극진해서 진산월은 몇 번이나 편하게 대하라고 말했다.

그때마다 여불회는 '진 장문인은 우리 부부의 생명의 은인이니 이런 대우는 당연하다' 며 정색을 해서 진산월도 결국 포기하고 말았다.

자기보다 한참 연상의 선배 고수가 격식을 차리는 것도 불편했지만, 그가 선사의 친우인 곽자령과 친분이 있는 사이여서 더욱 마음이 편치 않았다. 하지만 여불회의 심정을 어느 정도는 짐작할 수 있을 것도 같았다.

아마 진산월이 일파의 존주가 아니었다면 여불회도 그를 친우의 아랫사람으로 대하며 편하게 행동했을 것이다. 하나 진산월은 당당한 한 문파의 우두머리이며, 지금 그들이 가는 곳은 무림의 큰 집회가 열리는 무당산이었다. 이곳에서 종남파는 이십여 년 전의 수치를 씻어야 하며, 구대문파로의 복귀를 매듭지어야 한다. 종남파로서는 실로 문파의 중흥을 결정짓는 중대한 무대라고 하지 않을 수 없었다.

이런 무대에서 자신부터 그를 존중해 주어야만 다른 사람들도 진산월을 존중한다는 생각에 여불회는 나름대로 최대한의 호의를 베풀고 있는 것이다.

그들의 일행은 단지 네 명뿐으로, 여불회 부부와 진산월, 그리고 유중악이었다. 인원은 많지 않았으나 그들의 정체가 알려지면 주위가 온통 소란스러워질 정도로 그들 개개인의 면면은 화려하기 그지없었다.

하나 지금 주루 한쪽에서 조용히 식사를 하고 있는 그들을 특별히 주목하는 사람은 없었다.

여불회는 이런 호젓한 분위기가 마음에 드는지 한결 밝아진 표정으로 웃었다.

"이 집의 국수가 그런대로 먹을 만하구려. 특히 국물이 마음에 드는데, 시간만 있었다면 마누라를 졸라서라도 만드는 방법을 배워 오라고 시키고 싶을 정도요."

기아향이 곱게 눈을 흘겼다.

"배우고 싶으면 당신이 배워요. 요새 누가 여자를 주방에 보내서 음식 배우게 해요?"

“왜? 내가 하라면 못할 것 같아? 나도 요리 잘해.”

“그럼 당신 혼자 남아서 국물 요리나 배우고 와요.”

여불회는 헛기침을 했다.

“나 혼자라면 당연히 그렇게 하겠지만, 당신 혼자 청천을 데려가라고 할 수는 없지. 진 장문인도 계시고…….”

그들의 대화를 듣고 있던 유중악이 조용한 음성으로 말했다.

“난 괜찮으니 배우고 싶으면 얼마든지 남아 있다가 천천히 따라오게. 자네가 만든 국물 요리를 맛볼 수 있다면 얼마쯤의 불편함은 충분히 참을 수 있네.”

“아니, 굳이 그럴 필요 없다니까. 난 그냥 마누라가 해 주는 음식이라면 뭐든 좋아.”

여불회가 질색을 하자 모두들 웃고 말았다.

유중악은 능자하가 억지로 먹인 영약 덕분인지 부쩍 상태가 좋아져서 혼자 거동을 할 수 있을 정도로 회복되어 있었다. 물론 아직 무공을 펼치거나 마음대로 운신하기는 힘들었으나, 반사(半死) 상태였던 예전에 비하면 기사회생한 것이나 마찬가지였다.

무엇보다 다른 누구의 부축을 받지 않고도 움직일 수 있다는 것을 유중악 자신이 가장 다행스럽게 생각했다.

그들이 식사를 마치고 이런저런 담소를 나누고 있을 때였다.

“실례하겠소.”

누군가가 그들이 있는 탁자로 다가왔다.

그는 이목구비가 제법 단정한 삼십 대 초반의 문사였다. 질 좋은 금의(錦衣)를 입고 머리에는 작은 관(冠)을 썼는데, 전체적으로 깔끔하고 옷 입는 모양새가 뛰어나서 호감이 가는 인상이었다.

손에 작은 부채를 들고 있는 금의 문사는 습관적으로 부채를 접었다 펴며 여불회를 향해 빙긋 웃어 보였다.

"여 대협 부부를 이곳에서 뵐 줄은 몰랐소. 두 분의 금슬은 여전히 좋아 보이는구려. 그동안 강녕하셨소?"

여불회는 그를 보더니 반색을 했다.

"아니, 이게 누군가? 혁리 공자 아닌가?"

기아향도 그를 알고 있는지 반가운 표정으로 인사를 했다.

"오랜만에 다시 뵙는군요. 반가워요, 혁리 공자."

"나는 두 분이 곽산으로 돌아가신 게 아닐까 생각했는데, 이곳에 오신 걸 보니 무당산의 집회에 참석하실 의향인 것 같구려."

여불회는 껄껄 소리를 내어 웃었다.

"하하, 이번 집회는 비록 사 년 전의 무림대집회보다 규모는 크지 않지만 그 중요도는 오히려 더할지 모르는데, 이런 좋은 구경 기회를 우리가 어찌 그냥 지나칠 수 있겠나? 자네도 그래서 온 것이 아닌가?"

"맞는 말씀이오."

금의 문사의 시선이 여불회 부부의 앞에 앉아 있는 유중악과 진산월을 차례로 향했다.

"앞에 계신 두 분은?"

여불회의 얼굴에 장난스런 표정이 떠올랐다.

"자네가 한번 맞춰 보게. 자네는 제법 눈썰미가 좋다고 자신의 입으로도 말한 적이 있지 않은가?"

"그거야 물건을 품평할 때나 그런 것이고, 여 대협의 친인 분들이시라면 강호의 명숙(名宿)들이실 텐데, 내가 그런 분들께 실례를 범할 수야 있겠소?"

"어차피 소소한 도락일 뿐일세. 사람 몰라본다고 큰 흠이 되는 것도 아니니 주저하지 말고 실력을 발휘해 보게."

"여 대협도 참 짓궂으시오. 그럼 염치 불고하고 잠시 두 분을 살펴보도록 하겠소. 양해해 주시오."

유중악은 조용히 웃으며 고개를 끄덕였다.

"보잘것없는 사람이지만 마음껏 보시오."

금의 문사는 유중악을 찬찬히 바라보더니 이윽고 정중하게 포권을 했다.

"강호제일의 호한을 이곳에서 뵙게 될 줄은 몰랐군요. '신창조화 의기천추'의 유 대협께 정식으로 인사드리겠습니다. 저는 소주 혁리가의 혁리의(赫里蟻)라 합니다."

금의 문사의 태도는 예의를 잃지 않으면서도 당당함이 어려 있어 은은한 격조마저 느낄 수 있었다. 유중악은 그의 그런 모습이 마음에 들었는지 자신도 그를 향해 인사를 했다.

"이제 보니 혁리가의 이름 높은 대공자이셨구려. 그리고 '신창조화 의기천추'라는 말은 거두어 주었으면 하오. 신창은 부러지고 의기는 더렵혀졌으니, 그 말은 더 이상 내게 어울리지 않는 것 같소."

말 못할 씁쓸함을 담고 있는 그의 음성에 금의 문사는 순간적으로 멈칫거렸으나 이내 차분하게 입을 열었다.

"부러진 창은 다시 이으면 되는 것이고, 진정한 의기는 순간적으로 더럽혀질 수는 있어도 언젠가는 본연의 빛을 발하게 될 것입니다. 저는 '신창조화 의기천추' 라는 말을 들었을 때부터 유 대협을 꼭 뵙고 싶었습니다. 이렇게 직접 뵙게 되니 아직도 유 대협에게는 그 말이 너무도 잘 어울린다고 생각되는군요."

부드러운 가운데 진정이 담겨 있는 그 음성을 듣자 유중악은 새삼스러운 눈으로 그를 응시했다.

"고마운 말씀이오. 혁리 공자가 열두 살의 어린 나이에 장강의 홍수로 수재(水災)에 휩쓸린 난민들을 위해 거금을 풀어 그들을 구했다는 말을 듣고 나도 늘 한 번 공자를 만나고 싶었소."

"모았던 용돈을 썼을 뿐입니다."

"그게 은자 삼천 냥에 달해서, 덕분에 천 명에 가까운 사람들이 목숨을 구했다고 들었소."

유중악이 거듭 칭송을 하자 금의 문사, 혁리의는 다소 계면쩍은 웃음을 흘렸다.

"어린 나이에 치기를 부렸을 뿐, 유 대협 같은 분께 칭찬을 들을 만한 일은 아니었습니다."

"그때 혁리 공자가 가진 돈은 모두 삼백 냥에 불과했는데, 부친인 혁리 가주와 내기를 하여 모자란 돈을 벌었다고 들었소. 그 뒤로 사람들이 공자를 천금공자(千金公子)라고 불렀다고 하니, 어린 아이의 치기치고는 실로 대단한 일이 아니오?"

"그 일로 아버님에게 찍혀서 한 달 가까이 바깥출입을 금지당한 일만 기억에 남는군요."

"겉으로 표현은 안 하셨어도 혁리 가주께서는 내심으로 흐뭇해 하셨을 것이오."

"아버님은 그렇게 마음이 넓은 분이 아니십니다."

"내가 혁리 가주가 흐뭇해 할 거라고 말한 건 혁리 공자가 남을 도와서가 아니라 자신을 이겼기 때문이오."

혁리의는 유중악을 빤히 쳐다보았다.

"아버님을 잘 알고 계시는군요."

"일전에 만난 적이 있었소. 그때 우연히 혁리가의 칠 남매에 대한 이야기가 나온 적이 있었는데, 혁리 가주는 단 한 말씀만을 하셨을 뿐이오."

"아버님께서 무슨 말씀을 하셨습니까?"

"첫째와 넷째 외에는 별 쓸모가 없다고 하셨소."

혁리의의 얼굴에는 아무런 표정의 변화가 없었으나, 중인들은 모두 그의 얼굴이 조금 전보다 밝아졌다는 느낌을 받았다.

혁리의는 혁리가의 대공자이고, 넷째 공자는 진산월이 일전에 만난 적이 있던 혁리공이었다. 강호에서 명성이 높은 용봉쌍이 중 반봉 혁리접은 둘째였고, 고룡 혁리당이 셋째였다. 그들 외에 세 사람은 아직 나이가 어려서 강호에 그 이름이 거의 알려지지 않았다.

여불회가 신기한 표정으로 혁리의를 바라보았다.

"그나저나 참 재주가 용하군. 자네는 분명 청천을 처음 보았을 텐데도 어떻게 단번에 그를 알아보았나?"

"유 대협이 여 대협과 비슷한 연배여서 당연히 두 분이 친구일 거라고 생각했소. 여 대협의 친구분들 중에서 저토록 고고한 기상을 풍기는 준수한 호남자는 언뜻 한 사람밖에는 생각나지 않더구려."

여불회는 짐짓 우거지상을 지어 보였다.

"내 친구들이 하나같이 못생겼단 말이지? 내 친구들에게 꼭 전해 주겠네."

"하하. 모두 개성이 강한 분들이시니 그만큼 쉽게 알아볼 수 있다는 뜻이었소."

"자, 이제 한 사람 남았네. 이분은 누구일 것 같은가?"

여불회가 진산월을 가리키자 혁리의의 표정도 한층 진지해졌다.

진산월은 그때까지 한마디도 입을 열지 않고 담담한 표정으로 앉아 있었는데, 그래서인지 혁리의는 그를 볼 때부터 왠지 모를 중압감 같은 것을 느끼고 있었다.

'나이를 보면 여 대협보다 한참 어림에도 불구하고 여 대협이 존칭을 한다? 전신에서 풍기는 기세나 여 대협의 행동을 보면 아무래도 일문(一門)의 존주이거나 일파의 우두머리일 가능성이 높다. 그렇다면 정말 그란 말인가?'

혁리의는 진산월의 왼쪽 뺨에 나 있는 칼자국과 그의 허리춤에 매어진 용영검을 슬쩍 쳐다보고는 마른침을 꿀꺽 삼켰다. 그의 정체를 예상하자 자신도 모르게 절로 긴장이 되었던 것이다.

혁리의는 신중한 표정으로 진산월을 향해 입을 열었다.

"혹시 종남파의 장문인이신 신검무적 진 대협이 아니십니까?"

진산월은 짤막하게 고개를 끄덕였다.

"혁리 공자의 안목이 놀랍구려. 내가 바로 진 모요."

"강호제일 검객을 뵐 수 있게 되니 정말 반갑습니다. 소주 혁리가의 혁리의입니다."

혁리의는 더할 나위 없이 정중하게 포권을 했다. 여불회가 그 모습을 보고 이를 드러내며 웃었다.

"하하, 나한테는 건성으로 인사를 하더니 지금은 아예 머리가 땅에 닿게 생겼군. 그렇게 사람 차별 대우 하는 게 아니라네."

혁리의는 진산월과 인사를 나누고는 빙긋 웃으며 비어 있는 자리에 앉았다. 그새 마음의 안정을 되찾았는지 그의 행동에는 여유가 넘쳐흐르고 있었다.

"차별 대우가 아니라 그 사람에 맞게 대우해 주는 것뿐이오. 여 대협과 나는 처음에 금전 관계로 만났으니 나도 거래처 사람을 상대하듯 편하게 대하는 것이고, 유 대협과 진 장문인은 여 대협의 소개로 알게 되었으니 좀 더 격식을 갖추었던 것이오."

"그러니까 나는 거래처 사람이고 청천과 진 장문인은 고객이란 말이지? 이게 좋은 거야, 나쁜 거야?"

여불회가 고개를 갸우뚱거리자 기아향이 그의 팔을 슬쩍 꼬집었다.

"그냥 우리가 좋으니까 편하게 대한다는데 뭘 자꾸 파고들어요? 공연히 다른 사람 무안하게."

"아얏! 이 마누라가 또 시작이네. 그만 좀 꼬집어. 그쪽 팔만 하도 꼬집혀서 옷 벗으면 그 부위만 시퍼렇다고."

두 부부가 티격태격하는 모습을 미소 띤 얼굴로 보고 있던 혁리의가 돌연 정색을 했다.

"여 대협께서는 혹시 얼마 전에 넷째를 만나지 않으셨소?"

"그러네. 우연히 자네 아우를 만났는데, 모산도의 산장으로 초대를 해서 대접 잘 받았지. 그곳에서 진 장문인도 만나게 된 것일세."

혁리의의 표정은 조금 전과는 달리 약간은 경직되어 있었다.

"넷째가 진 장문인도 초대를 했었단 말이오?"

"그러네. 나도 자네 아우의 재주가 참으로 용하다고 생각했지. 굉장한 분을 소개시켜 주겠다고 해서 기대를 하기는 했는데, 설마 진 장문인까지 모셔 올 줄이야 누가 알았겠나?"

혁리의의 시선이 진산월에게로 향했다.

"진 장문인께서는 넷째와 어떻게 알게 되셨습니까?"

진산월은 혁리의의 태도가 조금 이상했으나 순순히 대답해 주었다.

"본 파와 남궁세가가 비무를 했을 때 혁리 공자가 남궁세가 쪽의 참관인을 했었소. 비무가 끝난 후 혁리 공자가 나를 찾아와 정식으로 초대를 하기에 산장으로 찾아간 것이오."

"넷째가 먼저 진 장문인을 찾아갔다는 말씀입니까?"

"그렇소."

혁리의는 복잡한 표정이 담긴 얼굴로 허공을 응시하고 있었다.

여불회는 그동안 혁리의를 몇 번이나 만났지만 이런 심각한 모습은 본 적이 없기에 의아한 생각이 들었다.

"왜 그러나? 자네 아우에게 무슨 일이라도 생겼나?"

여불회는 몇 년 전에 친구의 빚보증을 서느라 혁리의를 처음 만났었다. 당시 친구가 빌린 금액이 적지 않았지만 혁리의는 여불회를 믿고 순순히 돈을 지불했으며, 그 뒤로도 두 사람은 몇 차례 얼굴을 마주치면서 친분을 쌓게 되었다.

여불회는 혁리가의 대공자답지 않게 솔직담백하고 돈을 너무 밝히지 않는 그가 마음에 들었고, 혁리의 또한 강호인치고는 소탈하면서도 잔정이 많은 그를 좋게 보았다. 여불회가 혁리공의 초대를 순순히 응한 것도 혁리공과 개인적인 친분이 있어서가 아니라, 그가 혁리의의 동생이었기 때문이었다.

혁리의는 한동안 상념에 잠겨 있더니 이윽고 가느다란 한숨을 내쉬었다.

"후우, 여러분께 못난 꼴을 보여 드려 죄송합니다. 이 일은 원래 말씀드리지 않으려 했는데, 이렇게 된 이상 어쩔 수가 없군요."

혁리의는 진산월을 향해 고개를 숙였다.

"먼저 진 장문인께 사과와 양해의 말씀을 드립니다. 앞으로 드릴 말씀에 너무 언짢아하지 않으셨으면 좋겠습니다."

"아직 한마디도 듣지 않은 상태에서 무어라 말할 수는 없지만, 혁리 공자 본인이 잘못한 것이 아니라면 굳이 사과할 필요는 없다고 생각하오."

"제 잘못이나 실수는 아니지만, 본 가에 얽힌 일이니 첫째인 저로서는 말씀드리지 않을 수가 없군요."

"말씀해 보시오."

"본 가의 가훈(家訓) 중에 '불망만산(不忘萬山)' 이라는 구절이 있습니다."

중인들은 혁리의가 갑자기 혁리가의 가훈을 이야기하자 어리둥절한 가운데 호기심이 일어났다.

혁리의는 '불망만산' 의 가훈에 얽힌 사연을 말해 주었다.

'불망만산' 의 '만산' 은 심만산(沈萬山)을 가리키는 말이었다.

심만산은 명나라 초기의 강남 제일 상인이었다. 그는 강서성 주장현(周莊縣)에 본거지를 두고 국내외에 무역업으로 거대한 부를 축적했다.

하나 심만산의 부는 그리 오래가지 못했다.

명 태조 주원장이 남경(南京)에 도읍을 정한 후 성벽을 쌓으려는 자금을 모집하게 되자, 사람들의 시선은 강남제일의 부자로 공인된 심만산에게 쏠렸다. 심만산은 통이 크게도 남경 전체 성벽의 삼분지 일을 쌓을 수 있는 홍무문(洪武門)에서 수서문(水西門)까지의 성벽 건조 비용을 부담하겠다고 했다. 그것은 그야말로 엄청난 거금이었다. 모든 사람들이 깜짝 놀란 것은 너무도 당연한 일이었다.

하나 다음에 벌어진 일은 사람들의 예상을 더욱 빗나간 것이었다. 홍무제 주원장은 심만산의 거금 기부에 기뻐하기는커녕 오히려 불같이 노해서 심만산을 머나먼 운남으로 귀양 보내 버렸던 것이다. 결국 심만산은 고향으로 돌아오지 못하고 변방의 유배지에서 객사하고 말았다.

죽을 때까지도 심만산은 자신이 왜 이런 벌을 받게 되었는지 이해하지 못했다.

대부분의 사람들도 이해하지 못했다. 하나 혁리가의 사람들은 그 이유를 알고 있었다. 주원장은 일개 상인이 돈의 힘으로 자신의 앞에서 위세를 떠는 모습을 참지 못했던 것이다. 이것이 결국 상인의 한계였다.

그 이후 혁리가에는 하나의 불문율이 생겨났다.

돈을 자랑 말며, 관과 일정한 거리를 유지하라.

혁리아는 종종 자식들에게 말하곤 했다.

"돈은 물과 같아서 너무 적으면 목이 말라 삶이 위태롭지만 반대로 너무 많으면 사람을 두렵게 한다. 또한 관은 불과 같아서 너무 멀면 추워서 얼어 죽지만, 너무 가까이 해도 결국은 그 불에 타 죽고 만다."

혁리가의 사람들은 이 말을 절대로 잊지 않았다. 그것이 '불망만산'의 교훈이었다.

혁리의가 말도 꺼내기 전에 진산월에게 사과부터 하는 모습에 잔뜩 촉각을 곤두세우고 있던 여불회는 의아함을 참지 못하고 불쑥 끼어들었다.

"자네의 말은 잘 들었네. 정말 인상 깊은 이야기로군. 그런데 그게 진 장문인과 무슨 관련이 있단 말인가?"

혁리의의 얼굴에 씁쓸한 빛이 떠올랐다.

"본 가에게는 종남파가 곧 '관(官)'과 같소."

"그게 무슨 말인가? 종남파가 관과 같다니?"

혁리의는 아직도 전혀 표정의 변화가 없이 묵묵히 앉아 있는 진산월을 힐끔 쳐다보더니 천천히 말을 이었다.

"말 그대로요. 종남파의 기세가 불과 같이 일어나고 있지만, 너무 가까이할 수도, 멀리할 수도 없는 존재라는 뜻이오."

"아니, 그게 무슨 말인가?"

혁리의가 말을 제대로 잇지 못하고 머뭇거리자 진산월이 모처럼 입을 열었다.

"본 파의 기세가 대단하긴 하지만, 그만큼 주위에 강적들이 많으니 섣불리 다가갔다가 그 여파에 휩쓸릴 것을 조심하라는 말 아니겠소?"

혁리의의 얼굴에 한 줄기 놀람의 빛이 떠올랐다. 진산월이 너무도 정확하게 그 의미를 꿰뚫어 본 것이다.

여불회는 그의 얼굴만 보아도 진산월의 말이 맞다는 것을 알아차리고 혀를 찼다.

"자신들에게 이익이 될지 아닐지를 판단하고 사람을 사귄단 말인가? 이래서 상인들이란……."

그의 얼굴에는 노여움의 빛이 가득했다.

"내가 자네를 잘못 본 모양일세. 나는 친구를 그런 식으로 사귀지 않네."

여불회가 당장이라도 축객령(逐客令)을 내릴 듯하자 혁리의는 쓴웃음을 지으며 말했다.

"그건 내 뜻이 아니라 본 가의 방침이었소. 그래서 내가 진 장문인께 미리 사과를 드린 것이고."

"아무리 그래도……."

"내가 이익의 유무로 사람을 사귀지 않는다는 건 여 대협도 잘 알고 있지 않소? 하지만 아무리 나라고 해도 아버님께서 직접 지시하신 본 가의 방침을 멋대로 어길 수는 없소."

그제야 여불회의 얼굴이 조금 풀리기는 했으나, 여전히 표정은 밝아지지 않았다.

진산월은 담담한 음성으로 물었다.

"그렇다면 혁리공은 혁리 가주의 말을 어기고 나를 초대한 셈이구려?"

"그렇습니다. 그래서 제가 거듭 진 장문인께 확인하려 했던 것입니다."

혁리세가에서 가주인 혁리아의 말은 절대적인 것이었다. 그 철칙을 혁리공이 깼으니 혁리의로서도 쉽게 믿지 못한 것은 당연한 일이었다.

"그가 왜 그런 일을 했다고 생각하시오?"

"넷째가 최근에 몇몇 강호인들과 너무 지나치게 가깝게 지내고 있어 걱정을 하고 있었습니다. 아마 그들 중 누군가의 사주를 받았을 겁니다. 아니라면……."

중인들의 시선이 모두 그의 입을 향했다.

혁리의는 잠시 침묵을 지키다가 무거운 표정으로 입을 열었다.

"그에게 무언가 다른 생각이 있었겠지요. 종남파나 진 장문인을 상대로 한……."

그 말에 담긴 의미를 생각하느라 주위에 잠시 정적이 흘렀다.

한참 후에야 혁리의는 고개를 들고 진산월을 정면으로 바라보았다.

“그래서 진 장문인께 한 가지 부탁드릴 것이 있습니다.”

제 289 장

천목파약(天木破約)

제 289 장 천목파약(天木破約)

언덕을 넘어가는 길은 제법 가파른 편이었다.

여불회는 유중악이 염려스러운지 길을 걷다가도 수시로 뒤를 돌아보았으나, 유중악은 의외로 잘 따라오고 있었다. 하나 자세히 살펴보면 그의 얼굴뿐 아니라 전신이 땀으로 흠뻑 젖어 있음을 어렵지 않게 알 수 있을 것이다. 그래도 유중악은 전혀 힘든 내색을 하지 않았고, 여불회 또한 그를 부축하거나 섣부른 격려의 말 같은 건 하지 않았다.

땀이 흘러내린다는 것은 몸이 정상적으로 회복되고 있다는 증거였다. 유중악의 몸 상태는 확실히 빠른 속도로 좋아지고 있으며, 그것은 유중악 자신이 누구보다도 잘 알고 있었다.

무당산으로 향하는 그들의 여정에는 일행이 하나 더 늘어나 있었다. 그 인물은 당연히 혁리의였다. 혁리의가 동생들인 용봉쌍이와 혁리공을 무당산 초입에서 만나기로 했기에 그곳까지 동행하기로 한 것이다.

이미 계절은 여름으로 접어들었는지라 오후의 햇살은 제법 따가웠으나, 산 위에서 불어오는 바람이 시원하여 그늘로 들어서면 더위를 느낄 수 없을 정도였다.

여불회가 손으로 앞에 보이는 높은 언덕 위를 가리켰다.

"저 고개만 넘으면 무당산이 지척일세. 저 고개 위에 작은 객점 하나가 있는데, 주변 경관이 뛰어난 데다 음식 솜씨도 괜찮아서 잠시 쉬어 갈 만하지."

혁리의가 어이없다는 듯 피식 웃었다.

"주루에서 식사를 한 지 얼마 되지도 않았는데, 또 먹을 타령을 하는 걸 보니 여 대협의 식성이 어떠한지 알겠구려."

"많이 먹어야 힘을 쓰지. 남자의 힘이란 모름지기 먹는 데서 나오는 법일세."

여불회는 오른손을 구부려 알통을 만들어 보이고는 진산월을 돌아보았다.

"진 장문인의 의향은 어떠시오?"

"그곳의 경관이 좋다니 잠시 쉬어 가는 것도 괜찮을 것 같소."

여불회는 진산월이 겉으로 표현은 안 했어도 그 속에는 아직 몸이 성치 않은 유중악에 대한 배려가 담겨 있음을 알아차렸는지 입가에 엷은 미소를 머금었다.

"그곳에서 간단한 요리를 곁들여 술 한 잔 마시며 무당산의 경치를 감상하는 것도 제법 훌륭한 도락이 될 거요."

하나 그들은 도락을 즐길 수 없었다. 언덕을 올라간 그들 눈앞에 펼쳐진 것은 부서진 객점의 파편들과 점점이 뿌려져 있는 핏방울뿐이었다.

"이게 어찌 된 일이지?"

여불회는 안색이 변해 폐허로 변한 객점의 잔해들을 이리저리 뒤집다가 두 구의 시신을 발견했다.

"객점의 주인과 주방장이네. 시신이 아직 채 식지 않은 걸 보니 이들이 변을 당한 건 아주 최근의 일 같네."

시신은 모두 머리통이 부서져 있었는데, 그 광경을 본 여불회가 이를 부드득 갈았다.

"무공도 모르는 일반인에게 이토록 악랄한 살수를 쓰다니. 흉수가 누구인지 모르지만 사갈 같은 심보를 지닌 놈이 틀림없구나."

주위를 두리번거리던 여불회는 십 장쯤 떨어진 풀숲에서 다시 한 구의 시신을 발견했다. 이번의 시신은 한눈에 보기에도 무공을 익힌 무림인임을 알 수 있었다. 나이는 삼십 대 중반쯤 되어 보였는데, 오른손에 날카로운 빛을 뿌리는 장검 하나를 굳게 움켜쥔 채 바닥에 꼬꾸라져 있는 모습이 일견 비장해 보이기까지 했다.

여불회는 그 시신을 똑바로 눕힌 후 사인을 조사하다가 이내 눈을 빛내며 진산월을 불렀다.

"진 장문인, 잠시 와 보시겠소?"

진산월은 다가가서 시신을 내려다보았다. 여불회는 말없이 시신의 한쪽 옷자락을 들쳐 보였다. 건장한 가슴 한쪽에 선명한 손자국 하나가 새겨져 있었다. 마치 피로 그린 듯한 붉은색 장인(掌印)!

"이건 아무리 봐도 혈수존자 오욕백의 혈라인 같소."

진산월은 고개를 끄덕였다.

"혈라인이 맞소. 하지만 오욕백 본인의 솜씨는 아니오."

"진 장문인은 혈라인을 본 적이 있는 모양이구려."

"그렇소. 오욕백이었다면 장인이 이렇게 피부에 새겨지는 정도가 아니라 몸 자체가 깊이 파였을 거요. 하지만 흉수가 누구인지는 대충 짐작이 가는구려."

여불회의 얼굴에 묘한 표정이 떠올랐다. 진산월의 말이 꼭 오욕백의 혈라인을 직접 상대해 본 적이 있다는 말처럼 들렸던 것이다.

"진 장문인이 보기에 흉수가 누구인 것 같소?"

진산월의 얼굴에 한 줄기 냉엄한 빛이 스치고 지나갔다.

"한 번쯤은 꼭 다시 만났으면 했던 자요."

"그가 누구요?"

진산월이 그 말에 답하기도 전에 멀지 않은 곳에서 처절한 비명 소리가 들려왔다.

"크악!"

중인들은 서로 얼굴을 마주 보다가 누가 먼저랄 것도 없이 소리가 들려온 곳으로 몸을 날렸다. 길에서 벗어난 숲 속을 이십 장쯤 헤치고 나아가니 조그만 공터가 나타났고, 공터 안에 한 사람이 쓰러져 있었다.

그는 아직 숨이 끊어지지 않았는지 미약한 신음을 흘리고 있었는데, 중인들을 보자 꺼져 가던 눈빛이 갑자기 밝아졌다. 그의 시선은 중인들 중 한 사람에게 못 박히듯 고정되어 있었다.

"시…… 신검무적!"

진산월은 그를 향해 다가갔다.

"나를 알고 있소?"

그 사람의 가슴팍은 무언가 날카로운 것에 난자당한 듯 풀어헤쳐져 있었고, 상반신이 멀쩡한 곳 없이 온통 피로 물들어 있어서 즉사하지 않은 것이 신통할 정도였다.

그는 진산월을 올려다보며 필사적으로 입을 열었다. 잘려진 내장 조각이 검붉은 핏물에 섞여 흘러나오고 있었다.

"하, 하남성 노군묘에서 진 장문인을 뵌 적이 있소……."

노군묘라는 말에 진산월은 문득 떠오르는 생각이 있었다.

"천봉궁의 인물이시오?"

"그렇소. 나는 공주님을 모시는 십이태세 중 일곱째요……."

그러고 보니 그때 노군묘의 입구를 지키던 몇 사람 중에 그를 본 것도 같았다. 아마 조금 전에 보았던 시신도 십이태세 중 한 명일 것이다.

"단봉공주가 이곳에 왔소?"

"고, 공주님의 지시로 선자 두 사람을 호위하던 중이었는데, 암습을 받았소……."

"암습한 자들은 누구요?"

그의 대답은 진산월의 예상과 어긋나지 않았다.

"시, 신목사자들……."

"선자들은 어디 있소?"

그는 떨리는 손으로 북쪽을 가리켰다.

"서, 석화가(石花街) 방면으로 가고 있소. 신목사자들이 그녀들의 뒤를 쫓고 있으니 그녀들을 도와……."

그는 채 말을 맺지도 못하고 눈을 부릅뜬 채 숨을 거두었다.

진산월은 천천히 손을 내밀어 그의 눈을 감겨 주었다. 여불회가 무거운 표정으로 입을 열었다.

"내가 알기로 천봉궁과 신목령은 서로 침범하지 않는다는 약조를 맺고 있다고 했는데, 아무래도 그 약조가 깨어진 모양이오. 진 장문인은 어쩌실 셈이오?"

진산월은 생각할 것도 없다는 듯 단호한 음성으로 말했다.

"그녀들에게 가야겠소."

여불회는 진산월이 이미 신목령과 적지 않은 원한 관계를 맺었다는 것을 모르고 있기에 약간은 걱정스러운 기색으로 그를 쳐다보았다.

"신목령의 인물들은 다소 편협한 구석이 있어서 자신들의 일에 외인이 끼어드는 걸 절대로 용납하지 않을 거요. 그래도 갈 생각이오?"

"그녀들 중 몇 사람은 본 파와 상당한 인연이 있소. 그러니 신목령이 아니라 그보다 더한 자들과 싸우는 한이 있더라도 그녀들을 구하지 않을 수 없소."

"그렇다면 진 장문인과 내가 먼저 움직입시다. 청천과 혁리 공자는 내 안사람이 잘 이끌고 올 거요."

진산월이 말릴 겨를도 없이 여불회가 먼저 앞으로 달려 나갔다. 그 성급한 행동에 진산월이 어이가 없어 기아향을 돌아보니 기아향이 상관하지 말고 어서 가 보라는 듯 웃으며 고개를 끄덕이고 있었다.

진산월도 마음이 급한 상태였기에 그녀에게 가볍게 목례를 하고는 여불회의 뒤를 따라 신형을 날렸다.

천봉팔선자 중에는 낙일방의 연인인 엄쌍쌍도 있었다. 만에 하나 지금 신목령의 고수들에게 쫓기고 있는 여인들 중 그녀가 있다면 진산월은 무슨 일이 있어도 그녀를 구해야 했다.

쏜살같이 숲 속을 치달려 가던 그들의 귀에 병장기 부딪치는 소리가 들려왔다. 두 사람의 신형은 비조처럼 그곳을 향해 날아갔다.

숲 속의 제법 큰 공터에서 치열한 싸움이 벌어지고 있었다.

두 명의 여인이 세 명의 남자들에게 둘러싸인 채 합공을 당하고 있었는데, 그중 한 여인은 부상이 심한 듯 몸을 제대로 가누지 못한 채 수비에 급급해 있었고, 다른 한 여인이 세 명의 공격을 도맡다시피 상대하고 있었다.

부상을 입은 여인은 짙은 남의를 입은 이십 대 초반의 아름다운 미녀였다. 그녀의 미간에 검은 기운이 어려 있는 것으로 보아 독에 당한 모양이었다.

세 명의 남자를 상대하는 여인은 불타는 듯한 홍의를 입고 있었는데, 다소 사나운 인상의 외모와 무척이나 잘 어울려 보였다. 그녀의 손에 들린 장검 또한 그녀의 옷처럼 은은한 붉은빛을 띠고 있었는데, 그 장검이 어찌나 빠르고 날카롭게 움직이는지 장내가 온통 홍영(紅影)에 가려지는 것 같았다.

그녀들과 싸우고 있는 세 명의 남자는 백의 미남자와 하늘색 유삼을 입은 청년, 그리고 머리에 복면을 뒤집어쓴 청의인이었다. 백의인과 청의 복면인은 맨손이었고, 하늘색 유삼의 청년만이 손에 섭선을 들고 있었다. 세 사람 중 주로 공격을 가하는 인물은 백의인과 하늘색 유삼의 청년이었고, 청의 복면인은 그녀의 공격을 막는 데 치중하고 있었다.

세 남자의 무공은 언뜻 보기에도 하나같이 강호의 절정 고수에 못지않은 놀라운 것이었으나, 홍의 여인의 검술이 워낙 날카롭고 매서운지라 좀처럼 그녀의 검을 뚫고 들어오지 못하고 있었다. 홍의 여인의 검술은 그야말로 눈으로 보고도 믿기지 않을 만큼 대단해서, 세 사람이 합공하지 않았다면 그들 중 누구도 그녀의 검을 당해 내지 못했을 게 분명해 보였다.

하나 시간이 흐를수록 그녀의 손길이 조금씩 느려지고 있었다. 그것은 그녀가 합공을 당하는 와중에도 부상을 입은 남의 여인을 보호하느라 지나치게 심력을 소모했기 때문이었다.

세 명의 남자 중 백의인이 가끔씩 남의 여인을 공격하고는 했는데, 그 시기가 절묘할 뿐 아니라 공격하는 부위가 하나같이 치명적인 곳이어서 홍의 여인은 번번이 그의 공세를 막느라 진땀을 흘려야 했다.

지금도 홍의 여인의 장검이 매서운 검광을 뿌리며 하늘색 유삼의 청년의 섭선이 뿌려 낸 공세를 파해 하고 들어가는 순간에 백의인은 그녀의 옆을 빙글 돌아 남의 여인의 가슴팍을 향해 일장을 내갈기고 있었다. 부상으로 제대로 서 있지도 못하는 여인의 가슴을 정면으로 노리는 그 수법은 악독하기 이를 데 없는 것이었다.

"조화심, 이 비겁한 놈! 네놈이 그러고도 신목령의 사자라고 떠들고 다니느냐?"

홍의 여인은 젊은 여자답지 않게 거친 욕설을 터뜨리며 내뻗었던 장검을 급히 회수하여 백의인을 향해 검을 휘둘러 갔다. 그러자 백의인은 얄밉게도 중간에 손을 거두며 뒤로 훌쩍 물러나 버렸다.

홍의 여인은 순식간에 벼락 같은 일검을 펼쳐 간신히 그의 공세를 물리쳤으나 대신에 숨결이 가빠지는 것을 어쩔 수 없었다.

백의인이 그것을 알아차리고 준수한 얼굴에 환한 미소를 머금었다.

"흐흐, 곡유유! 벌써부터 숨이 차면 어쩌려고 그러나? 나는 이제 슬슬 몸이 풀리려고 하는데 말이지."

하늘색 유삼의 청년이 빙글거리며 그의 말을 받았다.

"조 형도 그러시오? 나도 이제 조금씩 놀아 볼 마음이 생기려던 참이었소. 우리 오늘 한번 허리띠를 풀고 진탕 놀아 봅시다."

그가 허리띠를 벗는 동작을 취하자 홍의 여인은 더 이상 참지 못하고 그를 향해 장검을 위에서 아래로 세차게 그어 내렸다.

"공손도! 네놈의 추악한 입을 찢어 버리고야 말겠다!"

공손도는 겉으로는 방심한 척해도 그녀에 대한 경각심을 단단히 가지고 있었기에 즉시 몸을 옆으로 피했다.

짜악!

조금 전까지 그가 서 있던 자리에 어른의 손가락 굵기만 한 자국이 깊게 파여지며 자욱한 흙먼지가 피어올랐다. 그 가공할 검기에 공손도는 모골이 송연해졌다.

'이년이 검에 미쳐서 툭하면 몇 년씩 폐관을 한다고 하더니 무공 하나는 끝내주는구나. 오늘 우리가 함께 오지 않았다면 정말 의외의 봉변을 당할 뻔했다.'

하나 그는 이내 음산한 흉소를 터뜨리며 그녀를 향해 달려들었다.

"흐흐, 곡유유! 내가 허리띠를 푼다니까 너도 마음이 급해진 거냐? 그렇다면 옷가지는 내가 그 야들야들한 몸에서 직접 벗겨 주지."

홍의 여인은 그의 음심(淫心)이 가득한 말에 귀에서 연기가 날 정도로 화가 치밀어 올랐으나, 공손도의 무공은 그리 호락호락한 것이 아니었다. 그도 그럴 것이 그가 펼치는 섭선무공은 한때 강북 무림을 풍미했던 광풍서생 양척기의 광풍이십팔선으로, 능히 강호일절이라 할 만한 것이었다.

홍의 여인과 공손도는 순식간에 질풍 같은 십여 초를 주고받았다. 하나 결국 뒤로 물러서는 사람은 먼저 달려들었던 공손도였다.

공손도는 팔에 일검을 격중당했는지 피범벅이 된 왼팔을 감싸고 일 장 밖으로 물러난 채 이를 부드득 갈았다.

"정말 암호랑이 같은 년이구나! 내 오늘 기필코 네년을 내 배

아래에서 발버둥 치게 만들고야 말겠다."

백의인, 조화심이 옆에서 점잖게 웃으며 그를 말렸다.

"공손 아우, 서두르지 말게. 아직 해가 떨어지려면 한참 남았으니 암호랑이를 길들일 시간은 충분하네."

공손도는 순간적인 호승심에 그녀와 정면으로 부딪혔다가 낭패를 당하자 그녀에 대한 두려움이 더욱 커졌기에 조화심의 말에 못 이기는 척 뒤로 물러났다.

"아무튼 저년은 내 거요. 두 분은 그렇게 아시오."

"이를 말인가? 나는 사나운 호랑이보다는 야들야들한 암사슴이 더 좋다네."

조화심이 이를 드러내고 웃으며 남의 여인을 쳐다보자 남의 여인의 얼굴이 수치심과 분노로 붉게 상기되었다.

하나 그녀는 그 와중에도 걱정스러움과 불안한 표정을 감추지 못하고 있었다.

'칠매(七妹) 혼자라면 능히 이곳을 벗어날 수 있을 텐데 공연히 나 때문에 그녀까지 어려움에 처하게 되었구나. 아! 십이태세 두 분까지 나를 구하다 쓰러지셨는데, 내가 어찌 얼굴을 들고 살 수 있겠는가?'

그녀의 고운 얼굴에는 깊은 수심이 가득했다.

'객점에서 불의의 암습만 당하지 않았어도……. 이자들이 우리의 행적을 이토록 자세하게 파악하고 있는 것을 보니 아무래도 공주님의 말씀이 맞는 것 같구나.'

남의 여인은 천봉팔선자 중의 여섯째인 남봉 엄쌍쌍이었다.

원래 그녀는 혈봉 곡유유와 두 명의 태세들과 함께 무당산 방향으로 이동하고 있었다.

더위를 피해 차를 마시려 언덕 위의 객점에 들렀던 그녀는 이내 자신이 중독된 것을 깨달았다. 독의 위력이 어찌나 지독한지 단지 차를 한 모금 마셨을 뿐인데도 그녀는 제대로 운신조차 할 수가 없었다. 그나마 그녀가 재빨리 자신이 중독된 것을 알렸기에 다른 사람들은 무사할 수 있었으나, 그때 신목령의 암습이 시작되어 위기에 처할 수밖에 없었다.

중독으로 제대로 몸을 가누지 못하는 그녀를 보호하느라 십이태세 중 한 사람이 조화심의 혈라인에 목숨을 잃었고, 또 다른 한 사람도 그녀들의 탈주를 돕느라 희생되고 말았다.

그리고 이제 혈봉 곡유유마저 그녀 때문에 어려움에 처하게 되었으니, 엄쌍쌍의 심정은 말로 표현 못할 정도로 참담하기만 했다.

그녀의 눈에 한 줄기 결연한 빛이 떠올랐다.

'이렇게 짐만 될 수는 없다. 내가 없다면 칠매의 능력으로 능히 이 위기를 벗어날 수 있을 것이다.'

그녀가 막 비장한 표정으로 마지막 공력을 끌어올려 심맥을 끊으려 할 때였다.

휘익!

멀지 않은 곳에서 한 사람이 한 마리 신룡처럼 허공을 날아 장내로 떨어져 내렸다.

그 인물을 본 사람들의 표정은 각양각색으로 달랐다. 곡유유는 어리둥절했고, 조화심과 공손도는 사신을 보듯 놀랐으며, 청의 복면인은 눈살을 살짝 찌푸렸다. 그리고 엄쌍쌍은 맥이 풀려 하마터면 그 자리에 털썩 주저앉을 뻔했다.

진산월은 다른 사람에게는 시선도 주지 않은 채 엄쌍쌍에게 다가갔다.

"엄 소저, 그동안 잘 계셨소?"

엄쌍쌍은 대답도 제대로 하지 못하고 눈물이 그렁한 얼굴로 고개만 끄덕였다.

"예, 진 장문인께서도……."

하나 아무리 보아도 그녀의 얼굴은 그리 좋아 보이지 않았다. 이마의 검은 기운이 점점 번져서 눈 아래까지 거무스름한 빛을 띠고 있었다.

"몸은 견딜 만하오?"

그녀는 거의 기어 들어가는 듯한 목소리로 간신히 대답했다.

"공력을 끌어올려 독기가 퍼지는 걸 막고 있지만, 오래 버티지는 못할 것 같습니다."

"조금만 기다리시오. 일단 주변의 상황을 정리한 다음에 소저의 상태를 살펴봅시다."

곡유유는 새롭게 나타난 진산월과 그 뒤를 어슬렁거리며 따라오는 여불회를 잔뜩 경계 어린 눈으로 지켜보고 있다가 진산월이 엄쌍쌍과 인사를 나누는 것을 보고는 조금 긴장이 풀어졌는지 나직하게 속삭였다.

"언니, 누구야?"

엄쌍쌍은 곡유유의 성정이 과격해서 가끔 입 밖으로 여인답지 않은 험한 말을 내뱉는다는 걸 알고 있기에 그녀가 혹시라도 말실수를 할까 봐 황급히 입을 열었다.

"칠매, 이분은 종남파의 장문인이신 진 대협이시니 어서 인사드려."

진산월의 이름을 듣자 자존심이 강하고 세상에 무서운 것이 없는 곡유유도 눈을 크게 뜨고 그를 쳐다보았다.

"신검무적?"

단순한 네 글자의 이름이었으나, 그것이 주는 의미는 너무도 거대한 것이었다.

아직 그의 정체를 알지 못했던 청의 복면인은 특히 놀랐는지 짤막한 경호성을 내지르며 몸을 한차례 떨기까지 했다. 새로운 방해자의 등장으로 일이 자꾸 예상대로 진행되지 않자 마음이 불편해 있던 참에 그 방해자가 신검무적임을 알게 되었으니 그럴 만도 했다.

그는 놀라움과 당혹감에 가득 찬 눈으로 조화심을 돌아보았다.

"이게 어찌 된 일인가? 신검무적이 왜 이곳에 나타난 것인가?"

조화심의 표정도 그리 좋지는 않았다.

"나도 모르겠소. 저 두 계집만 해치우면 되는 일인 줄 알았는데, 일이 이상한 방향으로 꼬이는 것 같소."

청의 복면인은 이를 부드득 갈았다.

"아무래도 이번에는 우리가 이 공자(二公子)에게 호되게 당한 것 같군."

"설마 이 공자가 일부러 그랬겠소? 우리가 그를 만날 줄을 어떻게 알고?"

"신검무적의 행적은 당금 강호에서 최우선적으로 주목하고 있는 사안이니 그가 이쪽으로 움직이고 있다는 것을 이 공자가 모를 리 없네. 그런데도 우리에게 이번 일을 맡겼다는 것은 여차하면 우리를 희생양으로 삼아 새로운 일을 도모하겠다는 수작이 아니고 뭐겠는가?"

조화심은 고개를 갸웃거렸다.

"아무리 그래도 이 공자가 우리를 그리 대할 리 있소? 우리가 그를 위해 한 일이 얼마인데?"

"아직도 그의 성격을 모르는가? 그자는 자기가 원하는 것을 위해서라면 친혈육이라도 기꺼이 버릴 수 있는 자일세."

그 말에 조화심은 물론이고 공손도의 얼굴에도 불안한 표정이 떠올랐다. 자신들이 알고 있는 이 공자라면 능히 그러고도 남을 위인이었던 것이다.

공손도가 참지 못하고 재빨리 말을 꺼냈다.

"그럼 늦기 전에 어서 몸을 피합시다."

하나 그의 말은 너무 늦은 것이었다.

"네놈만큼은 오늘 반드시 내 손으로 도륙할 것이다."

날카로운 외침과 함께 곡유유가 매서운 검광을 뿌리며 공손도를 향해 달려들었다.

공손도는 질겁하고 황급히 뒤로 몸을 피했으나, 곡유유의 검은 집요하게 그를 따라왔다.

"이 미친년!"

공손도는 자신도 모르게 욕설을 내뱉었으나 이미 그의 몸은 그녀의 검세 속에 휩쓸려 있어 정면으로 붙지 않고는 도저히 몸을 빼낼 수 없는 상태였다. 별수 없이 그는 수중의 섭선을 질풍처럼 휘두르며 그녀의 검에 대항했다.

조화심과 청의 복면인은 공손도를 돕고 싶었으나 진산월의 존재가 마음에 걸려 뜻대로 움직일 수 없었다. 조화심이 힐끔 돌아보니 진산월은 한쪽에 태평한 자세로 서 있었다. 어찌 보면 그들이 어떻게 움직이든 신경 쓰지 않겠다는 모습 같기도 했고, 어찌 보면 그들 정도는 언제든지 쓰러뜨릴 수 있다는 자신감의 발로로도 보였다.

'제길, 그때의 그 덩치만 컸던 놈이 어떻게 이런 고수가 되었는지…….'

조화심은 자신이 처음 그를 만났을 때를 떠올려 보고는 내심 울화통이 치밀어 올랐으나, 감히 그와 직접 손을 섞고 싶은 생각은 추호도 없었다. 일전에 종남산에서 우연히 마주쳤을 때 잠깐 겪어 본 바로는 자신은 절대로 그의 검을 당해 낼 수가 없었다.

게다가 그 뒤로 들려온 폭풍 같은 소문으로 보아 진산월의 무공은 그때보다 더욱 높은 경지에 올라가 있는 것이 분명했다. 솔직히 옆의 청의 복면인과 합세한다고 해도 그를 상대할 자신이 없었다.

당당한 신목령의 십이사자 중 한 명으로 천하를 휩쓸고 다닐 때는 세상에 무서운 것이 없었는데, 지금은 한 사람이 두려워 눈도 제대로 마주치지 못하고 있으니 조화심 자신으로서도 어이가 없고 한숨이 흘러나올 지경이었다. 지금도 진산월이 당장에라도 자신을 향해 검을 휘둘러 올까 봐 조마조마한 심정이었다.

하나 진산월은 그에게는 시선조차 주지 않고 담담한 표정으로 곡유유와 공손도의 싸움을 지켜보고 있었다.

공손도는 그야말로 일방적으로 몰리고 있었다. 가뜩이나 곡유유에 비해 무공이 뒤떨어진 상태에서 진산월의 등장으로 마음이 잔뜩 위축되어 있으니 그나마 있던 실력도 제대로 발휘 못하고 방어에만 급급한 형편이었다.

곡유유의 검은 여인답지 않게 정말 사납고 날카로워서 금시라도 그의 몸을 갈가리 찢어 놓을 듯했다. 하나 결정적인 순간마다 아슬아슬하게 그의 몸을 스치고 지나가서 공손도는 몇 군데에 크고 작은 상처를 입기는 했으나 용케도 치명적인 부상은 입지 않고 있었다.

공손도는 처음에는 자신이 운이 좋다고 생각했으나, 이런 일이 반복되자 이내 사정을 알아차리고 이를 부드득 갈았다.

'이 망할 년이 나를 가지고 놀 생각이구나. 내 몸을 자근자근 썰어서 육포로 만들겠단 말이지?'

그의 눈에 한 줄기 악독한 빛이 떠올랐다.

어차피 다른 사람의 도움을 받을 수도 없고, 그렇다고 성질 사납기로 유명한 곡유유가 순순히 자신을 놓아줄 것 같지도 않자 공손도는 이판사판이란 생각에 방어를 도외시한 채 곡유유를 향해 덤벼들었다.

마침 곡유유의 검은 호선을 그리며 그의 옆구리를 향해 날아들고 있었다. 공손도는 피하지 않고 오히려 검이 날아드는 방향으로 몸을 움직였다.

푹!

곡유유의 검이 사정없이 그의 옆구리를 뚫고 들어왔다. 하나 그 바람에 곡유유와 그의 몸은 지척 간에 놓이게 되었다. 공손도는 두 눈을 부릅뜬 채 수중의 섭선으로 그녀의 머리를 후려쳐 갔다.

"머리통을 부숴 주마!"

곡유유는 언제나처럼 공손도의 옆구리를 살짝 갈라 놓고 물러나려 했는데 자신의 검이 그의 몸을 꿰뚫어 버리자 순간적으로 당혹감을 느낄 수밖에 없었다. 공손도가 설마 자신의 몸을 돌보지 않고 이토록 무식한 수법을 써 오리라고는 상상도 못했던 것이다.

대전 경험이 많은 고수였다면 검을 놓고서라도 일단은 몸을 뒤로 피했을 것이나, 그녀는 자신의 애검을 끔찍하게 아끼고 있었기 때문에 검을 놓고 물러난다는 생각은 아예 하지도 못하고 있었다. 그녀로서는 단지 검을 최대한 빨리 뽑아내고 몸을 뒤로 젖혀 공손도의 섭선을 피하는 방법밖에는 없었다.

하나 공손도가 검이 뚫고 들어간 부위를 자신의 진기로 꽁꽁 봉쇄했기 때문에 그녀의 생각처럼 검이 수월하게 뽑히지는 않았다. 그러니 검 때문에 몸을 제대로 움직일 수 없는 그녀로서는 섭선을 피하는 데 제약이 있을 수밖에 없었다.

팟!

섭선이 아슬아슬하게 그녀의 머리를 스치고 지나가며 뒤로 묶었던 그녀의 머리띠가 풀려 폭포수 같은 머리가 우수수 흘러내렸다.

간신히 머리통이 박살 나는 참변을 면한 곡유유의 얼굴이 이내 창백하게 굳어졌다. 그녀의 머리를 종이 한 장 차이로 스치고 지나가던 공손도의 섭선이 허공에서 기이하게 꺾이며 그대로 그녀의 새하얀 목덜미를 향해 떨어져 내렸던 것이다. 그것이야말로 광풍이십팔선 중에서도 가장 무서운 북풍탈백(北風奪魄)의 수법이었다. 곡유유로서는 도저히 그 살인적인 초식을 벗어날 수가 없었다.

절체절명의 순간, 한 줄기 검광이 대지를 가르며 공손도의 이마에 그대로 내리꽂혔다.

"큽!"

공손도는 괴이한 비명을 지르며 두 눈을 찢어질 듯 부릅뜨다가 그대로 숨이 끊어지고 말았다. 그의 미간에는 날카로운 빛을 뿌리는 장검 하나가 뒤통수까지 관통된 채로 깊숙이 박혀 있었다. 옆구리와 이마가 각기 검에 꿰뚫린 채로 죽어 있는 공손도의 모습은 처참하기 이를 데 없는 것이었다.

곡유유는 간신히 공손도의 옆구리에서 검을 뽑아 들고는 한차례 진저리를 쳤다. 조금 전에 그녀는 자칫 방심한 사이에, 너무도 짧은 순간에 목숨을 잃을 뻔했다. 자신의 몸을 돌보지 않고 상대를 죽이려는 공손도의 악독함은 절로 몸서리가 쳐지는 것이었다.

곡유유의 시선이 검이 날아온 곳으로 향했다. 그곳에는 진산월이 허허로운 모습으로 서 있었다. 조금 전의 위급한 순간에 진산월은 용영검으로 홍단서천의 비검술을 펼쳐 공손도를 죽이고 그녀를 위기에서 구출해 낸 것이다.

덕분에 그는 검이 없는 빈손이 되고 말았다.

이것을 본 조화심과 청의 복면인이 재빨리 시선을 교차하더니 누가 먼저라고 할 것도 없이 거의 동시에 진산월을 향해 달려들었다. 그들은 이번이 신검무적을 쓰러뜨리고 무사히 몸을 피할 수 있는 절호의 기회임을 직감적으로 알아차린 것이다.

조화심은 처음부터 자신이 가장 자신 있어 하는 월강수를 펼쳤고, 청의 복면인 또한 지금까지와는 달리 두 주먹으로 무시무시한 권법을 펼치며 진산월을 압박해 들어갔다.

진산월은 양손을 늘어뜨린 채 그 자리에 우뚝 서 있다가 그들의 공세가 지척으로 다가설 즈음에야 비로소 두 손을 천천히 들어 올렸다.

막 그들의 공세가 정면으로 충돌하려는 순간, 갑자기 무서운 기세로 달려들던 조화심이 허공에서 몸을 빙글 돌리며 반대쪽으로 날아가는 것이 아닌가? 그 바람에 청의 복면인은 진산월의 공세에 단신으로 맞부딪치는 형세가 되고 말았다.

"앗?"

청의 복면인은 놀란 외침을 토해 냈으나, 그때는 이미 진산월이 펼쳐 낸 장세와 그의 주먹이 정면으로 격돌하고 있었다.

쾅!

요란한 굉음과 함께 청의 복면인의 몸이 뒤로 주르르 밀려났다. 전력을 다한 공격으로도 대천장에 태진강기를 섞은 진산월의 장공을 감당하지 못한 것이다. 청의 복면인은 자신이 뒤로 물러난 것보다는 조화심이 혼자서 몸을 빼내 도망친 것이 더욱 놀라운지 뒤를 돌아보며 버럭 소리를 질렀다.

"조화심, 네놈이……!"

그의 말은 채 이어지지 않았다. 그때 진산월의 손이 어느 때보다 유연하게 허공을 가르며 그의 가슴으로 날아들었기 때문이다.

청의 복면인은 두 눈을 부릅뜨며 두 주먹을 풍차처럼 휘둘러 그 손을 막으려 했다. 하나 그 손은 너무도 부드럽게 그의 주먹 사이를 뚫고 그의 가슴에 와 닿았다. 살짝 닿기만 했는데도 그 순간 청의 복면인은 자신의 가슴이 거대한 철퇴에 가격당한 듯한 엄청난 충격을 느꼈다.

"크아악!"

절로 입이 벌어지며 폭포수 같은 선혈이 뿜어져 나왔다. 세찬 경련을 일으키던 그의 몸은 허물어지듯 그 자리에 쓰러지고 말았다. 자세히 보면 그의 가슴뼈가 움푹 꺼져 들어가고 양쪽 눈과 코에서도 검붉은 피가 흘러내리는 것을 알 수 있을 것이다. 청의 복면인은 자신의 죽음을 믿을 수 없는지 피가 흘러나오는 눈으로 진산월을 쳐다보다가 그대로 숨이 끊어져 버렸다.

실로 무시무시한 장력이라고 하지 않을 수 없었다. 이것이 바로 무영탈혼장이라고도 불리는 종남파의 절세 무공, 약류장의 진정한 위력이었다.

한편, 결정적인 순간에 동료를 두고 혼자 몸을 피하던 조화심은 청의 복면인의 비명 소리를 듣자 더욱 빠르게 신형을 날렸다.

그는 이미 예전에 진산월과 겨루어 보았기 때문에 진산월이 검법뿐만 아니라 장법을 비롯한 맨손 무공도 뛰어나다는 것을 알고 있었다. 그때도 월강수를 비롯한 자신의 절학들을 모두 사용하고도 불과 십여 초도 버티지 못하고 패하고 말았지 않았던가?

그래서 합공을 하는 척하여 동료조차 속이고는 혼자서만 몸을 빼낸 것이다. 그로서는 이것이 자신이 살 수 있는 유일한 기회라고 확신하고 있었다.

하나 그의 확신은 이내 깨어지고 말았다.

쉬익!

그가 나무와 나무 사이를 빠르게 날아가고 있을 때 어디선가 하나의 검은 그림자가 그의 옆구리를 향해 날아왔다. 그 그림자가 무엇인지 채 파악하기도 전에 조화심은 옆구리에 화끈한 통증을 느껴야 했다.

"크!"

그의 신형이 한차례 휘청거렸다. 그리고 그제야 비로소 그는 자신의 옆구리를 훑고 지나간 것이 하나의 길고 가느다란 채찍임을 알 수 있었다. 그 채찍은 특이하게도 옥색(玉色)을 띠고 있었는데, 다른 채찍에 비해 유난히 가늘어서 흡사 여인의 허리띠를 연상케 했다.

그것을 보자 조화심의 얼굴이 시커멓게 변해 버렸다. 그 채찍의 주인이 누구인지 깨달은 것이다.

그 순간, 어느새 옥빛 채찍이 그의 목덜미를 향해 날아들었다.

조화심은 사력을 다해 몸을 비틀었으나, 목덜미 살이 한 움큼이나 뜯겨져 나가는 것을 막을 수 없었다. 그만큼 채찍이 날아드는 속도가 빠르고 변화가 막심했던 것이다.

조화심은 지혈할 여유도 없이 다시 앞으로 달려 나가려 했다. 그때 누군가가 그의 머리 위로 떨어져 내리며 쌍장을 휘둘렀다.

"이제 끝이다, 이 빌어먹을 자식아!"

조화심은 눈을 부릅뜬 채 필사적으로 월강수와 혈라인을 동시에 끌어올리며 양손을 위로 쳐올렸다. 하나 채 반도 내뻗기 전에 두 개의 옥장(玉掌)이 그의 양손과 정면으로 마주쳤다.

파팡!

"헙!"

조화심은 짤막한 신음을 내지르며 신형을 한차례 휘청거렸다. 비록 양어깨가 박살 나는 것은 면했으나, 완전히 공력을 끌어올리기 전이었는지라 양 손목의 뼈가 부러지고 몸속 기혈이 송두리째 뒤흔들려 버린 것이다. 그는 입속으로 치밀어 오르는 피를 꿀꺽 삼키며 그대로 몸을 굴렸다.

파아아…….

조금 전까지 그가 서 있던 공간이 장력의 여파로 폐허가 되어 버렸다. 조화심은 정신을 차릴 겨를도 없이 몸을 일으키고는 주위를 둘러보며 피할 공간을 찾으려 했다.

하나 그 순간, 무언가 날카로운 것이 그의 목덜미를 그대로 뚫고 들어왔다.

"큭!"

조화심은 눈을 크게 뜨고 자신의 목덜미를 관통한 물체를 움켜잡았다. 한없이 매끄러운 듯한 그것은 바로 옥빛 채찍이었다.

"정소소……. 네년이……."

조화심은 옥빛 채찍의 주인을 무서운 눈으로 노려보았다. 얼굴이 온통 피로 물들어 있고 온몸에 유혈이 낭자한 그의 모습은 도저히 옥면절정으로 불렸던 절세의 미남자라고는 생각되지 않는 참혹한 것이었다.

옥빛 채찍의 주인, 정소소는 싸늘한 눈으로 그를 응시하더니 말없이 채찍을 거두었다.

조화심은 몇 번이나 피 묻은 손을 내뻗으며 그녀를 향해 무어라고 말을 하려다 그대로 바닥에 쓰러지고 말았다. 한때 동정호 일대를 두려움에 떨게 했던 일대 살성답지 않은 허무한 최후였다.

묵묵히 조화심의 시신을 내려다보고 있는 그녀의 옆으로 하나의 인영이 떨어져 내렸다.

"휴우, 조가 놈의 장력이 무섭긴 무섭네요. 일방적으로 유리한 상황에서 옥정수(玉鼎手)를 펼쳤는데도 그걸 막아 내다니……. 그래도 결국 이런 꼴이 되고 말았으니 나쁜 놈다운 최후로군요."

또랑또랑한 목소리로 재잘거리는 그녀는 천봉팔선자의 막내인 누산산이었다.

정소소는 냉엄한 눈으로 그녀를 바라보았다.

"죽은 자라고 해도 함부로 욕하는 것이 아니다."

누산산은 찔끔하더니 이내 뾰로통한 표정으로 입술을 삐죽거렸다.

"이놈 때문에 우리가 고생한 게 얼마나 많은데 그 정도 욕도 못 해요? 게다가 이놈들 손에 십이태세 중 두 분이나 돌아가셨잖아요."

"그래도 너무 늦지 않게 도착해서 다행이다. 진 장문인이 아니었으면 천추의 한을 남길 뻔했구나."

두 사람의 시선이 자연스레 한곳으로 향했다.

진산월은 공손도의 시신에 꽂혀 있는 용영검을 회수하고 있었다.

누산산은 물끄러미 그의 모습을 바라보고 있다가 조그만 음성으로 속삭이듯 중얼거렸다.

"그는 정말 이제는 쳐다보기도 힘든 인물이 되었군요. 가까이 가서 말을 붙이는 것도 어려울 정도로 말이에요."

정소소는 그 말에 아무런 대꾸도 없이 조용히 서 있었다. 얼핏 누산산이 그녀의 한숨 소리를 들은 것 같아서 고개를 돌렸을 때, 정소소는 어느새 진산월을 향해 저만치 앞으로 걸어가고 있었다.

진산월은 자신의 손에 쓰러진 청의 복면인의 시신을 묵묵히 내려다보고 있었다.

문득 그의 정체에 대해 의문이 들었던 것이다. 조화심과 공손도는 모두 본모습을 드러냈는데, 왜 그 혼자만 복면을 하고 있었던 것일까? 그가 신목령의 고수라면 굳이 그 상황에서 얼굴을 가릴 필요가 없었을 것이다. 그렇다고 신목령의 고수가 아니라고 하기에는 조화심이나 공손도가 그를 대하는 태도가 너무 친숙한 것이었다.

진산월이 잠시 그의 정체에 대해 이런저런 생각에 잠겨 있을 때, 은은한 여인의 향기가 느껴지며 누군가의 조용한 음성이 들려왔다.

"정체가 궁금하면 복면을 벗겨 보지 그러세요."

진산월이 돌아보니 정소소가 어느새 그의 옆에 다가와 서 있었다.

진산월과 시선이 마주치자 그녀는 다소곳하게 고개를 숙였다.

"진 장문인 덕분에 저의 자매들이 위험에서 벗어날 수 있게 되었군요. 도움에 감사드려요."

"당연한 일을 했을 뿐이오. 여기는 어떻게 알고 오셨소?"

"여섯째와 일곱째를 이 언덕 아래의 마을에서 만나기로 했었는데, 약속 시간이 되어도 오지 않기에 불안한 마음에서 그녀들이 온 길을 거슬러 오고 있었어요."

"그러다 흔적을 발견한 것이구려?"

"그래요. 십이태세 중 한 분의 시신을 발견하고 얼마나 놀랐는지 몰라요. 진 장문인이 안 계셨으면 어떤 일이 벌어졌을지 상상만으로도 소름이 끼치는군요."

"선자 중 한 분의 무공이 뛰어나니 내가 없었더라도 최악의 상황은 일어나지 않았을 거요."

진산월이 담담하게 대꾸하자 정소소는 가만히 그를 응시하고 있더니 특유의 조용한 음성으로 입을 열었다.

"그건 누구도 모르는 일이에요. 그나저나 진 장문인께서는 이 자의 정체에 호기심이 이는 모양이군요."

"혼자서만 얼굴을 가리고 있기에 의아한 생각이 들었을 뿐이오. 짐작이 가는 자라도 있소?"

처음으로 정소소의 고운 얼굴에 한 줄기 어두운 빛이 스치고 지나갔다.

"예상되는 인물이 있기는 하지만, 확인해 보기 전에는 감히 말씀드릴 수 없군요."

"그럼 확인해 봅시다."

진산월은 서슴없이 복면인의 머리에 씌어져 있는 복면을 벗겨냈다. 진산월로서는 처음 보는 낯선 청년의 얼굴이 드러났다. 청년의 부릅떠진 눈과 피를 가득 머금은 채 꽉 다물어진 입술은 그가 죽음 직전에 얼마나 큰 경악과 고통을 느꼈는지를 여실히 보여주고 있었다.

진산월은 한동안 그의 얼굴을 찬찬히 살피더니 정소소를 돌아보았다.

정소소의 얼굴은 무겁게 굳어져 있었다. 항상 부드럽고 침착함을 잃지 않던 그녀에게서는 좀처럼 보기 힘든 표정이었다.

"아는 자요?"

정소소는 살짝 고개를 끄덕였다.

"이자는 신목령의 십이사자 중 여섯째인 위중설이에요."

"그렇소? 그런데 왜 그런 표정을 짓고 있는 거요?"

정소소는 나직한 한숨을 내쉬었다.

"제가 가장 우려하던 일이 일어났기 때문이에요."

"그게 무슨 말이오?"

그때 어느새 다가왔는지 누산산이 그들 옆으로 와서 고개를 삐쭉 내밀고 시신을 바라보다 뾰쪽한 음성으로 소리쳤다.

“앗? 이자는 종남산에서 둘째 언니에게 죽었다던 위중설이 아니에요?”

정소소가 황급히 그녀의 입을 막으려 했지만 이미 그 음성은 주위에 퍼져 나간 후였다. 그녀는 질책하는 눈으로 누산산을 쏘아보았으나, 이미 일은 벌어진 후였다.

혈봉 곡유유는 물론이고 한쪽에서 힘겹게 서 있던 엄쌍쌍까지 가까이 다가와 시신을 확인하고는 놀란 표정을 숨기지 못했다.

정소소는 살짝 눈살을 찌푸리고 있다가 곡유유를 보고는 이내 얼굴을 풀며 미소 지었다.

“그동안 잘 지냈니? 싸우는 걸 보니 무공 실력은 제법 좋아졌는지 몰라도 덤벙대는 건 여전하더구나.”

곡유유는 다소 시무룩한 표정이었다. 아마도 자신의 무공에 절대적인 자신을 가지고 있다가 순간적인 방심으로 공손도에게 낭패를 당할 뻔했던 것이 못내 마음에 걸린 모양이었다.

“공손도, 그 자식이 그렇게 악독한 수법을 쓸 줄은 미처 몰랐어요.”

“그래서 강호에서는 단 한순간도 방심하거나 상대를 얕잡아 보아서는 안 된다고 몇 번이나 말하지 않았니? 그보다 다친 곳은 없니?”

큰언니다운 자상한 말에 곡유유는 모처럼 활짝 웃었다.

“나야 털끝 하나 다친 곳이 없지요. 참, 여섯째 언니가…….”

두 여인의 시선이 엄쌍쌍에게로 향했다. 엄쌍쌍은 서 있기도 힘든지 숨을 헐떡거리고 있었는데, 미간에만 머물러 있던 검은빛이 확연히 알 수 있을 정도로 얼굴의 절반 가까이 퍼져 가고 있었다.

정소소는 그녀에게 다가가 맥을 짚어 보고는 급히 그녀의 혈도 몇 군데를 눌러 독기가 빨리 퍼지지 못하게 했다.

"독기의 위력이 상당하구나. 아무래도 한시라도 빨리 노 신의에게 데려가야겠다."

곡유유가 반색을 했다.

"노 신의께서 근처에 계셔요?"

"그래. 우리가 만나기로 했던 객잔에 머물러 계시다. 이곳에서 그리 멀지 않으니 더 늦기 전에 그곳으로 가 보도록 하자."

곡유유는 손뼉을 탁 쳤다.

"그럼 소연도 그곳에 있겠군요."

"그러고 보니 너는 소연을 안 본 지도 오래되었겠구나. 나도 이번에 모처럼 그녀를 보게 되었다."

"그녀는 여전한가요?"

"그래. 여전히 착하고 부끄러움이 많지. 너와는 전혀 다르게 말이야."

정소소가 장난스럽게 말했으나 곡유유는 평소의 앙칼진 성격과는 달리 배시시 웃어 보였다.

"그래서 내가 그녀를 좋아하지요."

"너뿐만 아니라 모두들 그녀를 좋아하지. 그런데 너는 진 장문인에게 감사 인사를 드렸니?"

그 말에 곡유유의 얼굴에 떠올라 있던 미소가 어색하게 굳어졌다.

"예……."

정소소는 그녀의 대답이 시원치 않은 것을 알아차리고는 엄격한 눈으로 그녀를 보았다.

"제대로 인사를 드리지 못했다면 지금이라도 정식으로 인사를 드리도록 해라."

곡유유는 그녀가 귀신같이 자신이 한 행동을 꿰뚫어 본 것 같아 내심 찔끔하는 표정이 역력했다. 사실 그녀는 자신을 희롱한 공손도에게 복수할 욕심 때문에 진산월에게 인사다운 인사도 하지 못하고 공손도를 향해 달려들었던 것이다.

곡유유는 망설이는 표정으로 진산월을 향해 몸을 돌리더니 이내 마음을 결심한 듯 정중하게 인사를 했다.

"천봉궁의 혈봉 곡유유가 진 장문인의 도움에 감사를 드립니다. 조금 전에는 경황이 없어 제대로 사례를 드리지 못했으니 넓은 마음으로 이해해 주시기 바랍니다."

한쪽에서 이 광경을 보고 있던 누산산이 놀란 토끼처럼 눈을 동그랗게 떴다. 그녀는 이 성질 사납고 암호랑이 같은 곡유유가 남에게 이토록 공손하게 인사를 하는 모습은 처음으로 본 것이다. 더구나 외간 남자에게 이런 모습을 보이게 되리라고는 상상도 해 본 적이 없었다.

곡유유는 천봉궁의 팔선자 중에서도 정소소와 함께 가장 무공이 뛰어난 고수로 손꼽혔으며, 강호 전체를 통틀어도 그 나이대의 여자들 중에서는 단연 발군의 실력을 지니고 있었다. 그래서인지 그녀는 도도하고 오만했으며, 자신보다 무공이 약한 남자들을 경멸해 왔다. 누산산은 그녀보다 나이도 한 살 어렸지만 무공이 약하다고 늘 구박을 당해 왔던 터라 그녀의 이런 모습이 신기하면서도 한편으로는 이상한 통쾌함마저 느끼고 있었다.

하나 그 상대가 당금 강호의 제일 검객인 진산월이 아니었다면 곡유유가 과연 이토록 정중하게 인사를 했을지는 의문이 아닐 수 없었다.

진산월은 담담한 표정으로 그녀의 인사를 받았다.

"지나간 일이니 너무 신경 쓰지 마시오. 곡 소저의 실력을 보니 굳이 내가 나서지 않았더라도 약간의 위험은 있을지언정 결과는 변함이 없었을 거요."

하나 진산월의 말과는 달리 조금 전에 진산월이 도와주지 않았더라면 정말 의외의 낭패를 당했을 거라는 사실은 곡유유 자신이 누구보다도 잘 알고 있었다. 그래서인지 진산월을 쳐다보는 곡유유의 시선은 평상시 다른 남자들을 볼 때와는 달리 존경과 흠모의 빛이 담겨 있었다.

"아닙니다. 조금 전 진 장문인의 비검술은 저로서도 처음으로 보는 놀라운 것이었습니다. 그 비검술이 아니었다면 저 악적의 손에 제 피를 가득 묻히게 되었을 것입니다."

격식을 갖춘 그녀의 말은 일견 딱딱해 보이기도 했지만, 그만큼 진정도 느껴졌다.

진산월은 혈봉 곡유유가 천봉팔선자 중에서도 가장 성격이 과격하고 입심이 거칠다고 들었는데, 막상 만나 본 그녀는 의외로 솔직하고 자신의 감정에 충실한 여자였다. 강한 힘을 숭상하는 그녀였기에 진산월에 대한 태도가 더욱 공손한 것일 수도 있지만, 그런 모습조차 그다지 나쁘게 생각되지 않았다.

진산월은 그녀의 인사를 받으면서도 한편으로는 정소소에 대해 생각하고 있었다.

위중설의 정체를 밝혔을 때 그녀는 확실히 당혹감을 느낀 표정이었고, 그 사실이 밖으로 알려지는 것을 꺼리는 듯한 모습이 역력했다. 그녀는 솜씨 좋게 곡유유에게 말을 건네며 화제를 돌렸으나, 그렇다고 진산월에게 일부러 그 건에 대해 숨기려는 의도는 아닌 것 같았다.

다만 그녀는 이런 공개된 자리에서 그 이야기를 꺼내는 것이 껄끄러웠던 것이다.

진산월은 누산산이 말한 내용에 더욱 관심이 갔다.

누산산은 위중설이 종남산에서 둘째 언니의 손에 죽었다고 했는데, 죽은 사람이 어찌 생생하게 살아서 이곳에 나타날 수 있겠는가? 그렇다면 그녀의 말은 무엇을 의미하는 것일까?

진산월은 천봉팔선자의 둘째가 누구인지 잘 알고 있었다.

취봉 두청청. 서로 이야기를 나눈 적은 없었지만 이미 몇 번이나 얼굴을 보기도 했고, 예전에는 그녀의 도움으로 위기에서 벗어난 적도 있었다.

그녀가 얽힌 무언가 중대한 일이 벌어졌으며, 정소소는 그 때문에 그 일이 외부로 알려지는 것을 꺼려한 것이 아니었을까? 그리고 혹시 그 일은 낙일방이 엄쌍쌍의 정표를 받고 나갔다가 함정에 빠진 일과 연관된 것은 아닐까?

오늘 이 이름 모를 야산의 숲 속에서 마도의 하늘이라는 신목령의 십이사자 중 세 명이나 목숨을 잃어버렸다. 신목령의 사자들이 이토록 노골적으로 천봉궁의 인물들을 습격한 것도 놀라웠지만, 그들이 모두 한자리에서 비명횡사한 것은 더욱 충격적인 일이었다.

어찌 되었건 천목지약이 존속하는 상태에서 이런 일이 벌어지게 된 것이다. 그런데도 정소소는 그 점에 대해서는 전혀 걱정하는 기색이 아니었다.

그것에는 자신이 미처 모르는 또 다른 내막이 있는 것은 아닐까?

이런 여러 가지 생각이 머리를 어지럽힐 때, 정소소가 그에게 다가왔다.

"진 장문인 일행이 온 모양이군요. 육매의 독상(毒傷)도 치료해야 하니 노 신의께서 계신 곳으로 움직이도록 하지요. 자세한 사정은 그때 말씀드리도록 하겠습니다."

진산월이 돌아보니 여불회가 어느새 자신의 아내인 기아향과 유중악 등을 데리고 돌아오고 있었다.

진산월의 시선이 정소소와 잠시 마주쳤다.

그녀의 아름다운 봉목(鳳目)은 티 하나 없이 맑고 깨끗했으며, 눈빛은 부드럽고 따스했다. 흑백이 분명한 그 검은 눈동자에는 진산월의 영상이 가득 담겨 있었다. 그 눈동자에 비친 진산월은 한없이 강인한 듯하면서도 어딘지 모르게 약간은 쓸쓸해 보이기도 했다. 강호에서 퍼진 것처럼 무시무시한 모습으로는 여겨지지 않았다.

진산월은 한동안 그녀의 눈에 비친 자신의 모습을 가만히 응시하고 있다가 천천히 고개를 끄덕였다.

"그렇게 합시다."

제 290 장

강호여정(江湖女情)

제 290 장 강호여정(江湖女情)

노방과의 재회는 무척이나 인상적인 것이었다.

노방은 처음에 사 년 만에 만난 진산월을 보고 놀라움을 금치 못했다. 아마 왼쪽 뺨의 칼자국이 아니었다면 제대로 알아보지 못했을지도 몰랐다. 자신이 직접 손을 댄 왼쪽 뺨의 칼자국을 보고서야 노방은 눈앞의 이 고적한 분위기의 사나이가 사 년 전에 자신의 손으로 살려 냈던 종남파의 젊은 장문인임을 간신히 알아차렸던 것이다.

표정의 변화가 거의 없어서 '철면'이라고 불리고 있는 노방에게서는 좀처럼 볼 수 없는 모습이었다.

진산월은 노방을 향해 정중하게 포권을 했다.

"그동안 잘 계셨습니까?"

한 문파의 장문인이기 이전에 생명의 은인을 만난 사람으로서

예의를 다하지 않을 수 없었다.

노방은 한동안 아무 대답도 하지 못하고 우두커니 진산월을 응시하다가 겨우 답례를 했다.

"진 장문인이셨구려. 몰라볼 뻔했소."

"제 외모가 조금 달라졌습니다."

단순히 외모만 달라진 것이 아니었다. 몸에서 풍겨 나오는 기세나 분위기도 예전과는 판이하게 변해서 사람 자체가 달라진 것 같았다. 눈빛 또한 전보다 한층 더 깊게 가라앉아 있었다.

"일전에 제 사제가 노 신의께 큰 도움을 받았다고 들었습니다. 그 점에 대해서도 거듭 감사의 말씀을 드립니다."

"큰일은 아니었소. 낙 소협의 내공이 워낙 심후하여 내가 아니었더라도 회복되는 건 시기의 문제였을 것이오."

"그렇더라도 제 사제가 아무런 후유증 없이 회복될 수 있었던 것은 노 신의의 은덕 때문이었습니다."

노방은 진산월의 거듭된 사례에 다소 불편해 하는 모습이었다. 상대는 단순한 일개 강호인이 아니라 당금 무림에서 가장 강력한 기세로 일어나고 있는 명문 거파의 장문인이었고, 또한 무림인 누구나가 인정하는 강호제일의 검객이었다. 아무리 노방이라도 이런 사람의 인사를 마음 편히 받을 수는 없었다.

노방은 곧 자리를 털고 일어났다.

"잠시만 계시오. 우선은 청천의 상세를 살펴보아야겠소."

노방이 유중악의 몸을 돌보기 위해 자리를 뜨자 진산월은 그제야 비로소 주위를 돌아볼 여유가 생겼다.

이곳은 무당산 입구에서 반나절 거리에 있는 작은 객잔이었다. 동중산과 만나기로 한 청연각에서 그리 멀리 떨어져 있지 않은 곳이어서 진산월은 오후쯤에 그곳으로 움직일 생각이었다.

무심코 주위를 둘러보던 진산월의 시야에 문득 한 여인이 들어왔다. 그녀는 진산월을 빤히 쳐다보고 있다가 시선이 마주치자 화들짝 놀라며 황급히 고개를 돌리고 있었다. 홍조로 가득 뒤덮인 그녀의 얼굴은 목덜미까지 붉어져 있어 보는 사람이 무안함을 느낄 정도였다.

진산월은 그녀를 향해 성큼 다가갔다.

"노 소저, 오랜만에 뵙는 것 같소."

여인은 그의 음성을 듣고는 아예 절이라도 하는 사람처럼 고개를 한없이 아래로 떨구었다.

"지, 진 장문인을 뵙습니다……. 잘 계셨는지요."

그녀의 음성은 거의 기어들어 가는 듯해서 알아듣기 힘들었으나 진산월은 담담한 표정으로 고개를 끄덕였다.

"노 소저가 돌봐 준 덕분에 건강한 몸으로 일어설 수 있었소. 그래서인지 그 뒤로는 단 한 번도 앓거나 아파서 누운 적이 없었소."

여인은 노방의 딸인 노소연이었다.

과거 천애치수 단목초를 암습했을 때 치명적인 독상을 입었던 진산월은 그녀의 정성 어린 간호 덕에 예상보다 빠르게 몸을 회복할 수 있었다. 사 년의 세월은 어린 소녀였던 그녀를 성숙한 여인으로 변모시켰고, 자기 몸 하나 돌보지 못하고 폐인처럼 누워 있어야 했던 환자를 강호의 전설적인 존재로 바꾸어 놓았다.

노소연의 고개가 더욱 깊게 숙여졌다.

"그, 그건 제 덕분이 아니라 진 장문인께서 워낙 건강한 체질이셔서……."

그녀는 자기 자신도 무슨 말을 하는지 모를 정도로 낮게 웅얼거리다가 그마저 맺지 못하고 입을 다물고 말았다.

옆에서 보고 있던 누산산이 도저히 참지 못하겠는지 그녀의 손목을 잡아끌었다.

"답답해서 못 참겠네. 이리로 와서 지나온 얘기나 좀 해요. 일곱째 언니도 왔으니까 우리끼리 모처럼 수다나 떨자고요."

노소연은 누산산의 손에 이끌려 가면서도 숙여진 고개를 쳐들지 못하고 있었다. 진산월은 두 여인의 뒷모습을 보고 있다가 자신도 모르게 살짝 미소 짓고 말았다.

"노 소저의 부끄러움 많은 성격은 여전한 것 같군."

진산월은 혼자 슬며시 웃다가 누군가의 시선을 느끼고 고개를 돌렸다.

정소소가 의미를 알 수 없는 눈으로 그를 쳐다보고 있다가 시선이 마주치자 그에게로 다가왔다.

"진 장문인의 웃는 모습은 정말 모처럼 보는군요. 그녀가 마음에 들었나요?"

그러고 보니 진산월은 정소소와 만난 적은 여러 번 있었지만 그녀 앞에서 웃은 기억은 좀처럼 나지 않았다.

진산월은 고개를 갸웃거리다가 별생각 없이 대꾸했다.

"노 소저의 겉모습은 많이 성숙했는데, 성격은 예전과 달라진 것이 없어서 재미있다는 생각을 했을 뿐이오. 그동안의 시간이 짧은 세월은 아니었으니 말이오."

"그렇지요. 사 년은 정말 짧은 세월이 아니지요."

그녀의 말속에는 무언가 여러 가지 복잡한 의미가 깃들어 있는 것 같았다. 진산월은 그녀의 의중을 파악하려는 듯 한동안 가만히 그녀를 응시했으나, 그녀의 표정은 차분히 가라앉아 있어 속마음이 어떠한지를 전혀 알아차릴 수 없었다.

"그런데 조금 전 위중설이란 자가 종남산에서 죽은 인물이라는 건 무슨 뜻인지 말해 줄 수 있겠소?"

정소소는 그가 화제를 돌리자 알 듯 모를 듯 가는 한숨을 내쉬고는 천천히 입을 열었다.

"몇 달 전 서안에서 벌어진 취미사 혈겁 때, 그 일을 조사하던 우리는 조화심이 용의자가 아닐까 하는 생각에 그의 뒤를 추적한 적이 있었어요."

그녀는 조용한 음성으로 당시의 일에 대해 설명을 시작했다.

그때 천봉팔선자 중 금교교는 이존휘에게서 조화심의 행적을 듣고 그와 함께 서십왕촌으로 조화심을 찾으러 갔다가 그곳에서 조화심과 공손도, 그리고 위중설의 습격을 받게 되었다. 뒤늦게 소식을 듣고 달려온 정소소와 두청청이 적시에 나타나 준 덕분에 그들은 겨우 위기에서 벗어날 수 있었고, 오히려 습격한 세 명을 몰아붙이게 되었다. 그때 두청청의 비도에 위중설은 목숨을 잃었고, 조화심과 공손도는 용케도 도망쳐 목숨을 부지할 수 있었다.

그런데 그들이 공교롭게도 이번에는 무당산이 지척인 곳에서 다시 천봉선자들을 습격했다가 모두 싸늘한 시신이 되어 버린 것이다.

진산월은 묵묵히 그녀의 말을 듣고 있다가 의문이 일어나는 것을 물어보았다.

"당시에 위중설이 정말로 두 소저의 비도에 숨이 끊어진 것이 확실하오?"

"그때는 그렇게 믿고 있었어요. 하지만 잠시 후에 다시 서십왕촌에 가 보았을 때는 시신이 사라져서 그의 죽음을 완전히 확인할 수가 없었어요."

"그런데 멀쩡히 살아서 이곳에 나타난 것이구려."

"당시에 조금 이상하게 생각하긴 했지만, 설마 위중설이 살아있으리라고는 전혀 상상도 못한 일이었어요."

"조금 전에 보니 정 소저는 복면인의 정체가 그자일 거라고 예상하고 있는 것 같았소."

"그가 진 장문인에게 마지막으로 사용한 풍뢰질풍권(風雷疾風拳)은 경천신수 동방욱의 구대 절학 중 하나로, 위중설이 가장 즐겨 쓰던 무공이에요. 그래서 그의 정체를 짐작할 수 있었지요."

"단순히 그것뿐만은 아닌 것 같구려."

정소소의 얼굴에 한 줄기 씁쓸한 빛이 떠올랐다.

"사실은 낙 소협의 일 때문에 여섯째 동생과 서신을 주고받으며 한 가지 의혹을 품고 있었어요."

이제 비로소 낙일방이 엄쌍쌍의 정표를 받고 약속 장소에 나갔다가 함정에 빠진 사건에 대한 실마리가 풀리려 하고 있었다.

"엄 소저가 서신에 무어라고 했소?"

"여섯째는 낙 소협에게 정표를 받은 후 그 반지를 목걸이로 만들어 항상 목에 차고 있었어요. 그러다 우연히 둘째인 두청청이 그 목걸이를 보고 그녀에게 잠시 보여 달라고 부탁했다더군요. 여섯째는 별생각 없이 그녀에게 목걸이를 맡겼는데, 미처 돌려받기도 전에 일곱째를 데리러 가야 할 일이 생겨 급히 떠나게 되었어요. 공교롭게도 그때 둘째도 일이 있어 밖으로 나가는 바람에 어쩔 수 없이 여섯째는 목걸이를 돌려받지 못하고 길을 떠날 수밖에 없었다고 했어요."

"두 소저는 그에 대해 뭐라고 말했소?"

정소소는 무어라 형용하기 어려운 착잡한 표정이 되었다.

"둘째는 그 뒤로 모습을 나타내지 않았어요. 어디에서도 그녀를 찾을 수 없더군요."

그녀로서는 친자매처럼 가까이 지내던 두청청이 오래전부터 자신들을 속이고 여섯째의 정인마저 함정에 빠뜨리려 했다는 사실을 선뜻 용납하기 어려웠을 것이다.

두청청이 종남산에서 위중설을 죽인 것조차 꾸민 일이었다면 그녀의 배반은 이미 오래전부터 치밀하게 계획된 일이었을 것이다. 그녀가 언제부터 천봉궁을 배신하고 신목령의 배반자인 조화심 등과 어울리게 되었는지 정소소는 짐작조차 가지 않았다.

대체 그녀가 뭐가 아쉬워서 오랫동안 몸담았던 천봉궁을 배신한단 말인가? 그리고 그녀와 조화심 등이 각자 속해 있던 집단을 배신하게 된 이유는 무엇이란 말인가? 그들을 사주한 자는 과연 누구이며, 그자의 진정한 목적은 과연 무엇일까?

두청청의 배신을 짐작하게 되었을 때부터 이러한 의문들이 그녀의 머리를 계속 어지럽히고 있었다.

진산월은 복잡한 빛이 가득 담겨 있는 그녀의 얼굴을 묵묵히 보고 있다가 조용한 음성으로 물었다.

"두 소저는 어떤 여인이었소?"

"별로 말이 없고 남에게 좀처럼 정을 주지 않는 차가운 성격이었지만, 자신에게 주어진 일은 충실히 해내는 당찬 여자였죠."

"무공은 어느 분께 사사했소?"

"본 궁의 전대 장로 중 한 분이셨어요. 그분이 몇 년 전에 돌아가신 후로는 주로 비급을 보면서 혼자 수련하고는 했지요."

"다른 선자들과의 사이는 어땠소?"

"대체로 무난했어요. 무공에 대한 호승심이 강해서 가끔 일곱째와 신경전을 벌이는 것 외에는 큰 문제가 없었어요."

정소소는 별일 아닌 것처럼 말했으나, 진산월은 두청청의 문제가 무엇인지 단번에 파악할 수 있었다. 한마디로 두청청은 천봉궁 내에서 특별히 친하게 지내는 사람도 없었고, 오히려 자매들과 경쟁 관계에 있었던 것이다.

이런 상태라면 그녀를 포섭할 수 있는 방법은 수십 가지나 될 것이다.

일전에 천봉팔선자 중의 넷째인 소봉 매향향은 남자에게 빠져 천봉궁주의 신물인 영롱비를 빼돌리고 자살한 적이 있었다. 그렇다면 두청청 또한 그렇게 되지 말라는 법이 없었다.

진산월은 천봉궁의 여인들이 너무 폐쇄적으로 지내다 보니 외부의 유혹에 약한 것이 아닐까 하는 생각이 들었으나 그걸 겉으로 밝힐 수는 없었다.

아무튼 두청청은 천봉궁을 배신하고 조화심 등과 함께 손을 잡은 것이 분명했다. 그리고 그들을 배후에서 조종하는 자가 낙일방을 제거하기 위해 그녀를 이용한 것이다.

그때 낙일방을 습격한 자들이 서장의 고수들임을 떠올려 본다면 배후의 인물들은 서장의 세력일 가능성이 농후했다. 서장의 세력이 천봉궁과 신목령의 인물들을 다수 포섭했다는 것은 여러모로 시사하는 바가 적지 않았다.

서장 무림과의 격돌이 코앞으로 다가온 지금, 진산월로서는 그들의 손길이 어디에까지 퍼져 있는지 걱정스런 마음이 들지 않을 수 없었다.

진산월은 문득 낙일방이 서장의 습격을 당한 후 이정악을 만났을 때 그에게 들었던 말을 한 기억을 떠올려 보았다. 낙일방은 이정악이 자신에게 십이비성의 한자리를 제안했으나, 종남파의 일에 최선을 다할 생각이었던 낙일방은 그 자리에서 그 제안을 거절했다고 했다.

'그때 이정악은 혁리공이 야율척의 제자 중 하나인 이 공자라는 인물일 가능성이 있다고 했다. 그렇다면 혹시 이번에 조화심 등이 엄 소저를 습격한 것은 혁리공의 지시가 아니었을까?'

낙일방을 습격한 것이 혁리공의 지시였다면, 혁리공이 곧 두청청으로 하여금 정표를 훔치게 사주한 인물이라는 뜻이었다.

그러니 혁리공으로서는 그녀의 배신이 드러나는 상황을 막기 위해서라도 엄쌍쌍을 살인멸구할 당위성이 충분했다. 그래서 그것을 위해서 조화심과 공손도, 그리고 당사자인 위중설을 보낸 것이 아니었을까?

그렇다면 혁리공은 과연 그들이 진산월과 정소소의 손에 모두 허무하게 쓰러지리라는 것을 예측하지 못했을까?

'머리가 좋은 인물이라면 엄 소저가 정 소저와 만나기로 한 지척에서 일을 꾸몄을 리가 없다. 조화심은 정 소저와 나의 등장을 전혀 예상하지 못한 표정이었다. 그렇다면 과연 혁리공도 예측하지 못했을까?'

진산월은 그 점에 대해서는 반신반의하는 심정이었다.

만약 혁리공이 이러한 점을 조금이라도 예측했다면 그가 조화심 등을 이번 일에 투입한 것은 얼핏 말도 되지 않는 일이었다.

하나 그것조차 그의 계획 중 하나였다면?

혁리공이 무언가 또 다른 것을 노리고 이번 일을 계획한 것이었다면 그의 진정한 의중은 과연 무엇일까?

진산월은 한동안 생각을 굴려 보았으나 지금으로서는 아무것도 확인할 수가 없었다.

다만 한 가지 분명한 것은 조만간 혁리공이 자신을 향해 무언가 수를 써 오리라는 것이었다. 그리고 그때가 혁리공의 진정한 정체를 밝혀내고, 그에게 이번 일의 대가를 치르게 하는 순간이 될 것이다.

그날 오후, 진산월은 동중산과 만나기로 약속했던 청연각으로 가기 위해 머물러 있던 객잔을 벗어났다. 그가 종남파 고수들을 만나기 위해 나간다고 하자 몇몇 사람이 관심을 보이며 따라오려고 했으나 진산월은 정중하게 그들의 청을 거절했다.

"자리가 잡히면 연락을 하겠소. 그때 정식으로 만나는 게 좋을 것 같소."

그의 말에 누산산을 비롯한 몇 사람이 아쉬운 표정을 지었으나, 감히 그의 말을 거역하고 따라오려는 사람은 없었다. 그의 말 한마디, 행동 하나하나에는 범접하기 어려운 위엄이 있어서 누구도 쉽게 흘려듣거나 거스르려 하지 않았다.

멀어지는 진산월의 뒷모습을 멍하니 보고 있던 누산산이 그녀답지 않은 한숨을 내쉬었다.

"휴우!"

곡유유가 의아한 얼굴로 그녀를 돌아보았다.

"나이도 어린 게 웬 한숨이냐?"

"예전에는 그래도 이 정도까지는 아니었는데, 갈수록 상대하기 어려운 사람이 되는 것 같아서요."

"누가? 진 장문인이?"

누산산의 얼굴에는 씁쓸한 빛이 감돌고 있었다.

"처음 만났을 때는 사람이 너무 물러 보여서 저런 사람이 어떻게 한 문파를 이끌고 갈지 걱정이 될 정도였는데, 지금은 가까이 있어도 말 붙이기도 힘들 정도로 위엄 있고 냉정한 사람이 되었군요. 달라도 너무 달라져서 적응이 잘 안 되네요."

"진 장문인이 예전에는 너무 물러 보였다고? 전혀 그럴 것 같지 않던데?"

"그런 사람이었어요. 너무 무르고 성격 좋은 사람……. 그래서 볼 때마다 꼭 강가에 내놓은 어린아이처럼 불안했었는데……."

"말이 되는 소리를 해라. 진 장문인이 어린아이처럼 불안했었다니 그게 강호제일의 검객에게 어울리는 소리냐? 어지간한 고수라도 그와 눈빛만 마주쳐도 꼼짝도 못할 텐데."

곡유유가 쏘아붙였으나 누산산은 평소와는 달리 다소 시무룩한 표정으로 낮게 중얼거렸다.

"그런 시절이 있었어요. 다른 사람들은 믿지 못하겠지만……."

곡유유는 그녀의 그런 모습을 가만히 쳐다보다가 눈을 반짝 빛냈다.

"너 혹시……."

그녀가 무어라고 하기도 전에 누산산은 고개를 번쩍 쳐들고 손뼉을 쳤다.

"아, 여섯째 언니가 일어날 시간이 되었네. 지금쯤은 독상이 다 나았겠지?"

그녀가 휑하니 달려가 버리자 곡유유가 어이가 없다는 듯 멍하니 그녀의 뒷모습을 보고 있다가 고개를 갸웃거렸다.

"저 계집애는 할 말이 없거나 곤란에 빠지면 꼭 저런 식으로 내빼고는 했는데, 점점 더 수상해지네. 큰언니, 그렇게 생각하지 않아요?"

무심코 뒤를 돌아보던 곡유유는 정소소의 얼굴을 보고는 흠칫거렸다. 항상 차분하고 평정을 잃지 않았던 정소소의 고운 얼굴에 수심 어린 복잡한 빛이 가득 떠올라 있었던 것이다.

그 빛은 이내 사라졌으나, 곡유유는 그녀의 그런 표정을 처음 보았기에 의아함과 짙은 호기심을 동시에 느꼈다.

'그러고 보니 진 장문인을 대하는 큰 언니의 모습도 평소와는 조금 달랐지. 대체 그동안 그들 사이에 무슨 일이 있었던 것일까?'

그녀는 더 이상의 추측을 하지 못했다.

왜냐하면 그때 멀리서 하나의 화려한 향차가 다가오는 광경을 목격했기 때문이다. 네 마리의 백마가 이끄는 붉은색 향차는 봉황 문양으로 뒤덮여 있어 호화스럽기 그지없었다.

그 향차를 본 곡유유는 자신도 모르게 짧은 환성을 내질렀다.

"공주님께서 오셨어요!"

* * *

청연각은 무당산의 초입에 있는 상당히 규모가 큰 주루였다.

주루와 객잔을 겸하고 있어서 전면에는 삼 층의 주루가 우뚝 서 있었고, 그 뒤로 크고 작은 별실로 이루어진 객잔이 늘어서 있었다.

진산월이 청연각에 도착했을 때는 마침 저녁 시간이어서인지 주루가 온통 손님들로 가득 들어차 있어 빈자리를 찾아보기 어려웠다.

진산월이 청연각의 입구에 서서 주루로 올라가야 할지, 아니면 주루 뒤편의 객잔으로 가야 할지 잠시 망설이고 있을 때, 누군가가 뒤에서 말을 걸어왔다.

"들어가실 겁니까?"

진산월이 돌아보니 짙은 남색 건을 쓰고 남삼을 입은 청년이 그를 보고 서 있었다. 청년의 뒤에는 그와 일행인 듯 비슷한 복장을 한 서너 명의 인물들이 있었다.

진산월은 자신이 무심결에 입구를 막은 형상이 되었다는 것을 깨닫고 옆으로 물러났다.

"미안하오."

"괜찮습니다."

청년은 살짝 고개를 숙이고는 주루 안으로 들어서더니 이내 주위를 둘러보고는 눈살을 살짝 찌푸렸다. 그제야 진산월이 입구에서 머뭇거린 이유를 알아차린 것 같았다. 남삼 청년은 뒤에 서 있던 일행들 중 검은 수염의 중년인에게 다가갔다.

"빈자리가 없군요. 위로 올라가시겠습니까? 아니면 다른 곳을 알아볼까요?"

"지금은 어느 곳이나 마찬가지일 거다. 합석이라도 알아보려무나."

"알겠습니다, 사숙."

남삼 청년은 마침 근처를 지나는 점소이를 불렀다. 점소이는 잠시 기다리라고 하고는 주위를 둘러보더니 이내 한곳으로 그들을 안내했다.

그들의 기도가 하나같이 범상치 않고 태도가 단정한 것을 보면 명문 정파의 제자들임이 분명했다. 그중에서도 검은 수염의 중년인은 전신에서 풍기는 기세가 날카롭고 예리해서 잘 벼린 보검을 보는 것 같았다. 진산월은 그 중년인의 남삼이 도인(道人)들이 입는 도포(道袍)에 가까운 것을 보고는 그들의 정체를 대충이나마 유추해 보았다.

'남삼에 남건(藍巾)이라……. 혹시 청성파(青城派)의 고수들이 아닐까?'

청성파는 도문(道門)에 가까웠지만, 제자들 중에는 도가(道家)와 속가(俗家)가 섞여 있어서 복장만으로 그들의 신분을 파악하기는 쉽지 않았다. 다만 청성파의 제자들이 남색 의상을 즐겨 입는다는 소문이 있고, 그들의 전신에서 풍기는 기운이 도가 신공 특유의 청수하면서도 날카로운 기상을 담고 있어서 그렇게 짐작한 것이었다.

진산월은 청성파로 추측되는 고수들이 중앙의 커다란 원탁에 합석해서 앉는 것을 보고는 자신도 점소이를 불러 합석을 부탁했다.

"되도록이면 창가에 면한 자리를 잡아 주게."

"알겠습니다."

점소이는 이내 그를 창가에 가까운 탁자로 안내했다. 그 탁자에는 두 명의 남녀가 식사를 하고 있었는데, 점소이는 이미 그들에게 양해를 구했는지 진산월을 그들의 맞은편 자리에 앉게 했다.

진산월은 가벼운 요리와 술 한 병을 주문하고는 두 남녀를 향해 살짝 포권을 했다.

"합석을 허락해 주어서 고맙소."

두 남녀 중 남자가 인사를 받았다.

"오늘 같은 날은 서로 조금씩 양보하는 게 당연한 일 아니겠소?"

남자는 진산월과 비슷한 나이로 보였는데, 유난히 짙은 눈썹에 남자답게 생긴 용모를 하고 있었다. 여인은 이십 대 초반으로 보였는데, 유난히 하얀 피부에 눈초리가 가늘어서 선하게 웃는 인상이었다.

진산월은 다소 의아한 생각이 들었다.

"오늘 무슨 특별한 행사라도 있는 모양이오."

남자가 눈을 크게 뜨고 그를 보더니 이내 빙긋 미소 지었다.

"형장은 몰랐던 것 같구려. 주위를 둘러보시오. 오늘따라 유난히 사람이 많다고 생각지 않소?"

진산월은 저녁 시간이라 그런 모양이라고 편하게 생각하고 있었기에 무심코 고개를 끄덕였다.

"확실히 많기는 많은 것 같소."

"더구나 이들 대부분이 무림인이란 말이오."

그러고 보니 손님들 중 병장기를 휴대한 자들이 적지 않았다. 눈앞의 두 남녀도 각기 검 한 자루씩을 차고 있었다. 물론 진산월의 허리에도 검이 매달려 있었다.

처음에는 이들이 무당산의 집회에 참석하려는 자들이려니 생각했었는데, 남자의 표정을 보니 단순히 그것 때문만은 아닌 것 같았다.

"이 일대의 주루는 이곳뿐 아니라 대부분이 무림인들로 가득 차 있을 거요. 그 이유가 무언지 아시오?"

"모르겠소. 오늘 이곳에 도착해서 전혀 사정을 모르니 자세한 설명을 부탁드리오."

"그건 바로 종남파가 이곳에 오기 때문이오."

뜻밖의 말에 진산월은 어리둥절하지 않을 수 없었다.

"종남파?"

남자는 눈을 반짝이며 힘차게 고개를 끄덕였다.

"형장도 놀랐을 거요. 바로 그 종남파요. 신검무적이 장문인으로 있는……."

남자의 음성에는 묘한 열기가 느껴졌다.

"종남파의 고수들이 한수에서 장강십팔채의 수적들을 모두 도륙한 이야기는 형장도 들었을 거요. 그들이 이쪽으로 오고 있다고 하오. 아마 오늘쯤이면 그들이 이곳에 도착할 거요. 그래서 근처의 무림인들이 그들의 얼굴이라도 보기 위해 모두 모여든 거요."

남자는 상상만으로도 가슴이 뛰는지 얼굴이 붉게 상기되었다.

"생각해 보시오. 젊은 층의 고수들 중 최고의 고수일 뿐 아니라 천하제일 미남자라는 옥면신권과 남궁세가의 최고수를 꺾은 신비한 무영검군, 지략이 하늘에 닿아 있다는 비천호리…… 그리고 무엇보다도 강호 무림의 제일 검객인 신검무적을 직접 볼 수 있는 절호의 기회란 말이오. 그러니 사람들이 어찌 모여들지 않을 수 있겠소?"

"……."

"더욱 중요한 게 뭔지 아시오?"

남자는 갑자기 목소리를 낮추었다.

"이 청연각의 뒤쪽 객잔에 형산파의 고수들이 머무르고 있소.

그러니 만약 종남파에서 이쪽에 숙소를 잡는다면 참으로 볼 만한 광경이 벌어지지 않겠소? 그 때문에 구대문파의 고수들도 상당수가 이 근처에 와 있다고 하오."

진산월은 참으로 공교롭게 되었다고 생각했다.

종남파의 행적이 커다란 비밀은 아니지만 이토록 공개적으로 거론되어 많은 사람들의 이목을 집중시키게 될 줄은 상상도 못한 일이었다.

게다가 그들과 만나기로 한 청연각에 형산파가 머물러 있다는 것도 예상치 못한 일이었다.

형산파와는 무당산에서, 구대문파의 인물들이 모인 공개 석상에서 만나려 했던 것이 당초의 계획이었다. 중인 환시리에 정정당당하게 그들과 얽힌 숙원을 풀고 싶다는 것이 모든 종남파 문인들의 바람이었다.

그런데 그들과 같은 숙소에서 머무르게 된다면 어떠한 일이 벌어지게 될지 아무도 예측할 수 없을 것이다.

종남파 고수들이 한수에서 장강십팔채의 습격을 받고 오히려 그들을 물리치고 장강십팔채의 총채주인 방산동을 죽인 일은 이미 정소소에게 들어서 알고 있었다. 그녀에게 듣지 않아도 주위가 온통 그 일로 떠들썩해서 모르려야 모를 수 없었다.

사람들은 장강십팔채가 이번에 당한 충격이 너무 커서 그들이 예전의 성세를 회복하려면 최소한 십 년은 걸릴 거라고 떠들어 대고 있었다. 또한 악명이 자자했던 장강십팔채의 수적들이 몰살당한 것을 통쾌해 하면서도 그들이 왜 장강에서 벗어나 멀리 이곳까지 와서 종남파를 습격했는지 의아해 했다.

그에 비해 진산월과 복양수의 싸움은 전혀 소문이 나지 않았다.

워낙 비밀스럽고 갑작스럽게 이루어진 대결인 데다 지켜본 사람도 많지 않아서 소문이 퍼지지 않은 게 이상한 일은 아니었으나, 마치 모든 시선이 종남파 고수들에게만 집중된 것 같은 느낌에 진산월은 약간의 의혹을 가지고 있었다. 종남파 고수들의 행동 하나하나가 사람들 사이에 알려지고 그들의 행적이 고스란히 노출되는 지금의 상황이 단순한 우연이라고는 생각되지 않았던 것이다.

만일 이 안에 누군가의 의도가 들어 있는 것이라면 그자는 대체 누구이며, 그자의 진정한 목적이 무엇인지 궁금한 마음이 들지 않을 수 없었다.

진산월이 듣든, 말든 남자는 흥분된 목소리로 떠들어 댔다.

"더도 말고 덜도 말고 신검무적의 얼굴이라도 한 번 봤으면 여한이 없겠소. 신기에 달했다는 그의 검술을 보면 더욱 좋겠지만, 그건 기대도 하지 않고 먼발치에서라도 그를 보는 게 내 소원이오."

진산월로서는 묻지 않을 수 없었다.

"신검무적이 그렇게도 대단한 인물이오?"

남자는 무슨 소리냐는 듯 눈을 부릅떴다. 가뜩이나 부리부리한 눈이 더욱 커져서 말 그대로 호목(虎目)이 되었다.

"형장은 그럼 신검무적이 보고 싶지도 않단 말이오? 형장도 검을 차고 있는 걸 보니 검을 배운 사람인 모양인데, 당금 무림에서 검을 익힌 사람들 중 신검무적을 존경하고 그의 검술 한 자락이라도 보려고 하지 않는 자가 누가 있단 말이오?"

그의 목소리가 제법 컸기에 주위 사람들의 시선이 그들에게 향했다.

남자는 찔끔하여 다시 목소리를 낮추었다.

"아무튼 어디 가서 그런 생뚱맞은 소리는 하지 마시오. 다른 사람에게 맞아 죽기 싫으면 말이오."

진산월은 그의 격한 반응에 씁쓸한 웃음을 짓고 말았다.

"신검무적이 이토록 남의 존중을 받을 줄은 몰랐소."

"존중뿐이겠소? 그가 걸어온 행적과 종남파가 밟아 온 길을 보면 누구라도 흠모해 마지않을 거요. 심지어 신검무적의 뺨에 난 칼자국을 흉내 내어 얼굴에 일부러 칼자국을 새기고 다니는 자들도 있다고……."

주절거리던 남자의 시선이 무언가에 홀린 사람처럼 진산월의 왼쪽 뺨에 나 있는 칼자국을 향했다.

"어? 형장도……."

그때 누군가의 외침이 들려왔다.

"종남파다! 종남파의 고수들이 왔다!"

그 말에 주루에 있던 사람들의 시선이 모두 창밖으로 향했다.

멀리서 일단의 인물들이 주루 쪽으로 오고 있었다. 주루 안이 온통 그들을 보기 위해 소란스러워졌다. 강호 무림을 온통 뒤흔들고 있는 풍운의 종남파가 드디어 무당산에 그 모습을 드러낸 것이다.

제 291 장

일석이조(一石二鳥)

第291장 일석이조(一石二鳥)

이정문은 어렸을 때부터 주변에서 천재로 이름이 높았다. 하나 무공 방면으로는 영 소질이 없었다. 나중에야 이정문은 자신이 특이 체질을 지니고 있어서 내공을 제대로 모을 수 없는 몸이라는 것을 알게 되었다. 단전을 만들어도 진기가 잘 모이지 않을 뿐 아니라, 그나마 모았던 기운도 얼마 후면 맥없이 흩어져 버려 일정 수준 이상의 내공을 쌓을 수가 없었다.

그가 사람들에 대한 연구를 시작한 것은 무공에 대한 욕심을 깨끗이 털어 버린 직후였다. 힘이 전부인 강호에서 변변치 않은 무공을 지닌 자신의 존재감을 확실히 할 수 있는 길은 사람의 마음을 잘 알고 그것을 이용하는 방법뿐이라고 생각한 것이다.

그의 예상은 적중하여 그는 강호에 모습을 드러낸 이후 단 한 번도 남에게 무시를 당하거나 자신이 마음먹은 일을 이루지 못한 적이 없었다.

사람의 심리를 바탕으로 한 치밀한 계획을 짜서 그것을 완벽하게 이루어 냈을 때마다 이정문은 자신이 살아 있다는 생생한 느낌을 받고는 했다. 그것은 다른 무엇보다도 소중하고 짜릿한 기쁨을 주는 순간이었다.

그가 세운 계획 중 가장 공을 들이고 많은 심력을 소모한 것은 사 년 전의 천애치수 단목초 암살 건(件)이었다. 단목초는 서장 무림 제일의 지략가로, 서장이 중원을 침공하는 모든 작전을 통솔하는 가장 핵심적인 인물이었다. 당시 이정문은 오랜 추적 끝에 단목초가 가장 아끼는 제자인 상관욱을 제거하고 그의 시신을 이용해 단목초를 암살하는 데 성공했다.

그것은 누구도 부인하기 어려운 커다란 업적으로, 그로 인해 야율척은 중원에 대한 본격적인 침공을 몇 년이나 뒤로 미루어야만 했다.

그때 이정문이 세운 계획은 복잡하면서도 정교하기 이를 데 없었으며, 톱니바퀴처럼 단 한 곳도 어긋남 없이 완벽하게 실행되었다. 하나 그 계획은 한 사람의 희생을 전제로 한 것이었다.

이정문은 그 희생을 최소화하기 위해 나름대로 방법을 강구했으나, 간신히 희생자를 살려 냈을 뿐이었다. 희생자는 몸과 마음에 영구히 남을 치명적인 상처를 입고 말았다.

그리고 사 년이 지난 지금, 이정문은 당시 자신의 계획에 의해 어쩔 수 없이 희생되어야 했던 사람을 만나게 되었다.

누구보다 냉정하고 인간의 마음에 대해 훤히 알고 있다고 자부하는 이정문이었으나, 지금 이 순간만큼은 마음속에 이상한 떨림을 느끼고 있었다.

'나는 지금 두려운 건가, 아니면 설레는 건가?'

이정문은 속으로 반문해 보았다. 둘 모두일 수도 있고, 전혀 다른 무엇일 수도 있었다. 다만 한 가지 분명한 것은 지금의 이 두근거림이 그에게는 결코 익숙한 것이 아니라는 점이었다.

누군가를 만나는 것이 이토록 힘들고 어렵게 느껴진 적은 단 한 번도 없었다.

당시의 일에 대한 후회나 미련 따위는 전혀 없었다. 그는 당연히 해야 할 일을 한 것뿐이었으며, 최선의 노력을 기울여 불가능에 가까운 계획을 완벽하게 이루어 냈을 뿐이다. 그에 대한 성취감과 강렬한 쾌감은 사 년이 지난 지금까지도 생생하게 기억하고 있을 정도였다.

희생자에 대한 배려에도 최선의 공을 들였고, 실제로 그 때문에 그의 목숨을 살려 내기도 했다. 그런데도 왜 이토록 마음이 흔들리고 있는지 이정문은 자기 자신도 알 수가 없었다.

이곳은 청연각 뒤편의 별실에 있는 작은 방이었다.

늦은 오후에 청연각에 도착한 종남파의 고수들은 자신들을 보기 위해 모여든 사람들로 인해 한차례 홍역을 치르기는 했으나 별실 하나를 통째로 빌려 여장을 풀었다.

몰려든 사람들이 물러나고 주위가 조용해졌을 때, 진산월이 조용히 별실로 찾아왔다. 동중산으로부터 진산월이 도착했다는 말을 들은 이정문은 그와의 만남을 청했으며, 동중산은 이 방에 그를 남겨 놓고 진산월에게 말을 전하기 위해 나가 버렸다. 그리고 초조한 기다림의 시간이 시작된 것이다.

육난음이라도 불러 같이 올 것을 그랬다는 후회가 잠깐 들기도 했으나, 이정문은 이내 마음을 가다듬었다.

'어차피 한 번은 마주쳐야 할 일이다. 내가 뿌린 일이니 내가 거두어야 마땅하다.'

그가 속으로 중얼거리고 있을 때, 소리도 없이 문이 열렸다. 그리고 한 사람이 천천히 안으로 들어왔다.

이정문은 한차례 심호흡을 하고는 그 사람을 향해 시선을 돌렸다. 그는 뒤통수를 강타당한 듯한 충격을 받아야 했다.

진산월은 그의 앞에 있는 의자로 가서 앉았다. 그러고는 담담한 표정으로 그를 쳐다보았다.

"오랜만이오."

이정문은 그때까지도 마음속의 흔들림을 억제하지 못했는지 눈빛이 흐려져 있었다. 하나 이내 그는 평소의 모습을 회복했다.

이정문은 한동안 아무 말도 하지 않고 진산월의 얼굴을 유심히 살펴보았다. 그의 움푹 파인 왼쪽 뺨의 칼자국과 짧은 수염이 나 있는 홀쭉한 뺨, 그리고 도무지 속을 알 수 없는 깊게 가라앉은 눈을 묵묵히 바라보고 있더니 이윽고 알 듯 모를 듯한 무거운 한숨을 내쉬었다.

"후우, 소문은 들었지만 진 장문인이 이토록 많이 달라졌을 줄은 미처 몰랐소. 그동안 잘 지냈느냐고 묻는 것이 무의미해 보이는구려."

진산월은 무심한 눈으로 이정문을 바라보고 있다가 조용한 음성으로 입을 열었다.

"달라진 것은 없소. 당신이 예전과 그대로인 것처럼 나도 마찬가지요."

이정문은 뭐라고 말을 하려다 입을 다물었다. 짧은 말이었지만 그 속에 담긴 여러 가지 복잡한 의미가 느껴졌기 때문이다. 진산월의 말은 단순히 인간의 본성은 쉽게 변하지 않는다는 것을 뜻하는가? 아니면 그때 자신에게 가지고 있었을 서운함과 원망을 지금도 고스란히 가지고 있다는 말일까?

그것도 아니라면 그때처럼 지금도 자신을 이용하기 위해서 찾아온 것이 아니냐고 묻는 것일까?

어찌 되었건 사 년 만에 다시 만난 진산월은 여전히 상대하기 까다로운 사람이었고, 그에 더해 어떤 위압감과 진한 무게감을 여실히 느낄 수 있는 존재가 되어 있었다. 이정문은 그와 짧은 한마디를 주고받으면서 그런 점을 더욱 강하게 느낄 수 있었다.

사람을 상대하는 데는 누구보다도 자신 있는 이정문이었으나 한동안은 쉽게 말문을 열지 못했다. 진산월 또한 별다른 말이 없으니 장내에는 약간은 어색하고 약간은 경직된 침묵이 감돌았다.

그 침묵을 깬 사람은 의외로 진산월이었다.

"당신이 나를 찾아왔다는 말을 듣고 다소 의아하게 생각하고 있었소. 당신은 정말 필요한 용무가 아니면 누구를 먼저 찾아올 사람이 아니기 때문이오. 그러니 이제 말해 보시오. 나를 찾아온 이유가 뭐요?"

진산월이 노골적일 정도로 단도직입적으로 묻자 이정문은 오히려 대답하기가 편해졌다.

"진 장문인이 내 성격을 이토록 잘 파악하고 있을 줄은 몰랐소. 확실히 내가 진 장문인을 찾아온 것은 진 장문인에게 꼭 알려야 할 소식이 있기 때문이었소."

"그것이 뭐요?"

이정문은 마음의 평정을 완전히 되찾았는지 평상시처럼 기지가 번뜩이는 눈을 빛냈다.

"진 장문인은 혹시 쾌의당에 일곱 명의 용왕 말고 두 명의 영주가 있다는 사실을 알고 계시오?"

진산월은 예전에 손검당으로부터 그에 대해 들은 적이 있기에 고개를 끄덕였다.

"알고 있소."

"그럼 말하기 쉽겠구려. 그 두 명의 영주는 각기 천살령주(天殺令主)와 천기령주(天機令主)라고 하는데, 천살령주는 살인 청부를 담당하고 천기령주는 정보와 인력 관리를 맡고 있소."

두 명의 영주가 있다는 것만 알 뿐, 그 외의 것은 전혀 모르고 있었기에 이정문의 말이 새롭기는 했으나 그가 왜 자신을 찾아왔는지는 아직 알 수가 없었다. 이정문의 다음 말이 비로소 그 의문을 해소시켜 주었다.

"그들 중 천살령주가 이쪽으로 움직이고 있다는 소식이 있소."

단순히 천살령주가 이쪽으로 온다고 해서 이정문이 진산월을 찾아왔을 리는 없었다. 그렇다면 그 이유는 오직 한 가지뿐이었다.

"당신은 천살령주가 나를 노리고 있다고 생각하는 거요?"

이정문은 솔직하게 대답했다.

"여러 가지 정황을 종합해 볼 때 그럴 가능성이 농후하다고 보고 있소."

"여러 가지 정황이란 어떤 걸 말하는 거요?"

"진 장문인과 쾌의당과의 관계, 진 장문인과 종남파의 현실, 그리고 당금 강호의 정세와 앞으로의 판국에 대한 예상……. 그 외 몇 가지 상황들을 복합적으로 검토해 보고 내린 결론이오."

진산월은 잠시 생각에 잠겼다가 다시 물었다.

"천살령주가 내게 위협이 될 거라고 생각하는 거요?"

"진 장문인의 무공에 대해서는 나도 어느 정도 알고 있소. 순수한 무공만으로 진 장문인을 위태롭게 할 수 있는 자는 거의 없을 거요. 하지만 강호는 워낙 넓고 다채로워서, 무공만으로 모든 승부가 결정되는 것은 아니오."

이정문은 진산월이 천살령주를 가볍게 볼 것이 염려되었는지 말을 덧붙였다.

"그리고 진 장문인에 대해 누구보다도 상세하게 파악하고 있을 쾌의당에서 확신도 없이 천살령주를 보내지는 않았을 거요."

진산월도 자신이 절대 무적의 고수라고는 생각지 않았다. 무공에 관해서 아직도 갈 길이 멀다는 것은 그 자신이 누구보다도 잘 알고 있었다.

하나 그렇다고 무림구봉 중의 도봉을 꺾고 우내사마 중의 한 사람마저 물리친 자신을 상대할 만한 고수가 흔하다고도 생각할 수 없었다.

"천살령주는 어떤 인물이오?"

"나도 그의 정확한 신분이나 정체는 모르오. 아마 쾌의당에서도 몇몇 용왕들과 당주를 제외하고는 알지 못할 거요. 다만 한 가지 들은 말이 있는데……."

이정문의 음성이 평소의 그답지 않게 심각해졌다.

"천살령주는 마음먹기에 따라서는 누구라도 죽일 수 있는 능력을 지니고 있다고 하오. 설사 그 상대가 무공의 신(神)이라고 할지라도 말이오."

진산월의 마음도 그에 따라 무거워졌다.

이정문은 이런 일에 허언을 하거나 과장을 내뱉는 위인이 아니었다. 그는 누구보다도 치밀하고 섬세한 성격의 소유자이며, 일에 관한 한 비정할 정도로 철두철미한 인물이었다.

천살령주의 능력이 이정문이 말한 대로 절대적인 것이라면 진산월로서도 경계하지 않을 수 없었다. 누구라도 죽일 수 있는 능력이란 과연 어떤 것이란 말인가?

"천살령주가 그토록 무서운 인물이라면 왜 쾌의당에서 진작 그를 보내지 않았소?"

"굳이 그가 나오지 않아도 충분히 사태를 해결할 수 있다고 믿었을 거요. 그리고 천살령주는 살인 청부를 받아야만 움직일 수 있다고 들었소."

"그 말은 누군가가 나에 대한 살인 청부를 했다는 뜻이오?"

"나는 그렇게 보고 있소. 진 장문인에 대한 살인 청부가 있고,

그걸 완수하기 위해서 천살령주가 움직인 것이라고. 그래서 진 장문인에게 오지 않을 수 없었소."

자신에 대한 살인 청부가 있다는 말은 그다지 충격적이거나 당혹스럽지 않았다. 무림에서 그의 죽음을 원하는 자는 적지 않을 것이며, 그들 중 어느 쪽에서든 살인 청부를 했다고 해서 놀랄 일도 아니었다.

"당신이 나를 그토록 생각하는 줄은 몰랐소."

"진 장문인은 당금 강호에서 가장 큰 영향력을 지니고 있을 뿐 아니라 앞으로 서장 무림과의 대결에서도 가장 중요한 위치를 차지하게 될 사람이오. 그러니 나로서는 신경을 쓰지 않을 수 없소."

"서장 무림이라. 당신은 내가 그들과의 대결에 나설 것이라고 생각하오?"

이정문은 진지한 표정으로 진산월을 바라보았다.

"그건 생각이 아니라 확신이오. 진 장문인은 그들과의 대결에서 중추적인 역할을 맡게 될 거요. 진 장문인이 원하든 원하지 않든 말이오."

진산월은 굳이 그의 말을 부인하지 않았다. 이미 그들과는 여러 차례 크고 작은 싸움을 벌였으며, 둘 중 한쪽이 완전히 무너질 때까지는 그 싸움이 끝나지 않을 거라는 것도 알고 있었다.

"쾌의당과 서장 무림의 관계는 어떻게 되는 거요?"

"사안에 따라 서로 협력하기도 하고 때로는 경쟁하거나 반목하는 경우도 있는 것 같소. 하나 진 장문인에 관한 일이라면 그들이 서로 손을 맞잡고 있다고 보는 게 좋을 거요."

진산월은 한동안 깊은 상념에 잠겨 있었다.

이번 무당산의 회합은 종남파의 명예 회복을 위한 실로 중대한 자리였다. 이미 무대도 갖추어지고 분위기도 무르익고 있었다. 만에 하나 이번 기회를 놓친다면 그야말로 천추의 한(恨)이 될 것이다.

진산월로서는 그것을 위협하는 어떠한 변수도 원하지 않았다. 그런데 상황은 그의 기대대로 흘러가고 있지 않은 것 같았다.

산 넘어 산이라고 종남파의 앞에는 왜 이토록 험난한 일만 펼쳐지는지 한숨이 흘러나오지 않을 수 없었다. 하나 진산월은 이내 마음을 가다듬었다.

'어차피 가야 할 길은 분명하게 정해져 있다. 그러니 그 앞에 어떠한 함정과 어려움이 놓여 있을지라도 뚫고 지나가는 수밖에 없지 않겠는가?'

진산월은 번뜩이는 눈으로 허공을 응시한 후 이내 이정문에게로 시선을 돌렸다.

"당신은 돌 하나로 두 마리 새를 사냥하는 걸 좋아하지. 천살령주가 나를 위협한다는 건 비록 중요한 안건이기는 하지만 그걸 알려 주기 위해 당신이 직접 나를 찾아올 필요는 없었소. 이제 당신이 왜 나를 찾아왔는지 그 진짜 목적을 밝히는 게 어떻소?"

이정문은 한 방 먹은 사람처럼 입을 살짝 벌리고 있더니 이내 쓴웃음을 지어 보였다.

"정말 진 장문인은 상대하기 힘든 사람이구려. 내 속을 이미 훤히 꿰뚫어 보고 있으니 진 장문인과 이야기하다 보면 가끔씩 섬뜩해질 때가 있소."

"당신이 내 입장이 되어도 마찬가지일 거요."

이정문은 고개를 흔들었다.

"후우, 일이 이렇게 되었으니 무엇을 숨기겠소? 진 장문인에게 한 가지 도움을 청할 일이 있소."

"또 누군가를 살해하는 일이라면 사양하겠소."

"그게 아니오. 이 일은 진 장문인에게도 큰 도움이 될 거요. 서장의 야율척에게 세 명의 제자가 있다는 건 알고 있을 거요. 그중 둘째 제자가 이 근처에 와 있소. 그를 잡는 걸 도와주시오."

진산월이 이정문과 헤어진 것은 제법 어둠이 깊어진 늦은 밤이었다.

이정문과의 대화는 여러모로 신경을 쓸 일이 많았고, 때문에 진산월은 적지 않은 피곤함을 느끼고 있었다. 그의 의중을 파악하기 위해 신경을 곤두세우다 보니 정신적인 피로감이 상당했던 것이다.

방을 나온 진산월이 문득 밤하늘을 올려다보니 한쪽 구석에 일점편월(一點片月)이 박혀 있었다. 그래서인지 주위는 더욱 어두워 보였고, 흐릿한 달빛 아래 내비치는 세상은 왠지 음울하고 쓸쓸하게 느껴졌다.

진산월은 한동안 그 자리에 우뚝 선 채 조각달을 올려다보았다. 훅 불면 꺼져 버릴 듯한 조각달은 한없이 위태로운 것 같으면서도 한편으로는 자유스러워 보이기도 했다. 이대로 사라져 어딘가로 훌훌 날아가 버릴 것만 같았다.

진산월이 말 못할 감상에 빠져 멍하니 어두운 밤하늘을 올려다보고 있을 때였다. 그윽한 향기와 함께 누군가의 인기척이 느껴졌다. 돌아보지 않아도 진산월은 다가온 사람이 누구인지 알 수 있었다.

이렇게 사람의 마음을 편안하게 해 주는 사라옥정향의 향기는 오직 한 사람에게서만 맡을 수 있으니까.

"피곤해 보여요."

그녀의 음성은 향기만큼이나 은은하고 부드러웠다. 진산월은 말없이 그녀를 돌아보았다. 희미한 월광 아래 드러난 그녀의 얼굴은 짙은 음영(陰影)이 드리워져 있어 마치 현실이 아닌 환상 속의 여인을 보는 것 같았다. 손으로 잡으려고 만지면 금시라도 사라져 버릴 것만 같은 기분에 진산월은 그녀를 향해 내밀었던 손을 자신도 모르게 거두어들였다.

"왜 아직까지 자지 않고?"

"사형이 오지 않았는데 어떻게 잠이 들 수 있겠어요?"

"나를 기다리고 있었던 거야?"

임영옥은 말없이 고개를 끄덕였다.

진산월은 그녀를 보며 조용히 웃었다.

"그래도 나를 신경 써 주는 사람은 사매밖에 없는 것 같군."

임영옥은 진산월의 옆에 와서 그가 보고 있던 밤하늘을 올려다보았다. 진산월도 그녀를 따라 고개를 움직였다. 한동안 두 남녀는 나란히 선 채 작은 편월과 검은 하늘, 그리고 그 사이로 흘러가는 흐릿한 구름을 바라보았다.

조용한 밤이었고, 공기는 따스했으며, 분위기는 더할 나위 없이 부드러웠다.

진산월은 하늘을 올려다본 채 혼잣말처럼 나직한 음성으로 중얼거리듯 말했다.

"동중산에게 들으니 사매가 방산동을 물리치고 전흠을 구했다고 하더군. 몸 상태는 괜찮은 거야?"

"괜찮아요."

진산월은 오른손을 내밀어 그녀의 손을 잡으려 했다. 그녀는 멈칫거리며 무심결에 손을 뒤로 빼려 했다. 진산월은 담담한 눈으로 그녀를 쳐다보았다.

"손을 줘, 사매."

그녀는 여전히 손을 뺀 자세로 있었다. 진산월은 아무 말도 하지 않고 그녀의 두 눈을 가만히 응시했다. 그의 눈에 비친 그녀는 여전히 아름다웠고, 표현하기 힘든 우아함과 고적함을 담고 있었다. 그녀의 긴 속눈썹이 가늘게 떨리며 자신을 바라보았을 때, 진산월은 그녀의 눈동자에서 말로 표현 못할 진한 슬픔 같은 것을 느낄 수 있었다.

한순간 진산월은 이상한 격동에 사로잡혀 이대로 몸을 돌려 어딘가로 떠나고 싶었다. 그녀의 입에서 나오게 될 말을 전혀 들을 수 없는 아주 먼 곳으로 가고 싶었다.

갈증과도 같은 순간이 지나자 진산월은 다시 손을 내밀었고, 이번에는 그녀도 피하지 않았다.

그녀의 고운 손을 움켜잡은 진산월의 눈빛이 한층 더 침침하게 가라앉았다.

"손이 너무 차군. 이래서 전에도 내 손을 피했던 건가?"

그녀는 아무 대답도 하지 않았다. 진산월의 표정은 왠지 음울해 보였다.

"체내에 음기가 가득해서 살아 있는 사람 같지가 않아. 일전에 정 소저에게 듣기로는 사매가 구궁보의 천양신공을 익혀서 괜찮아졌다고 했는데, 그녀가 내게 거짓말을 했던 건가?"

임영옥은 고개를 저었다.

"제 몸은 괜찮아요. 무공만 사용하지 않는다면……."

그녀의 마지막 말은 너무 나직해서 진산월도 간신히 알아들을 수 있을 정도였다.

"그래서 조금 전부터 사매의 몸에서 음기가 느껴진 거로군. 이번에 전흠을 구하면서 무리를 한 건가?"

"무리하지 않았어요."

"그럼 무공을 사용하기만 하면 이런 몸이 된단 말이야?"

임영옥의 고개가 거의 알아차리기 힘들 만큼 살짝 끄덕여졌다.

진산월은 터져 나오려는 한숨을 억지로 눌러 삼키며 무거운 음성으로 물었다.

"왜 이렇게 된 거지? 천양신공으로도 구음향의 음기를 없애지 못한 건가?"

"그건 아니에요. 구음향의 음기는 완전하게 치료가 되었어요."

"그런데 왜?"

"다만 제가 태음신맥이기 때문에 문제가 생긴 거예요."

"천양신공이 오히려 태음신맥의 음맥을 자극한 건가?"

"비슷해요. 처음 천양신공을 배울 때는 괜찮았는데, 천양신공이 일정 수준에 이르자 체내의 구대음맥(九大陰脈)이 요동을 치기 시작했어요. 그러다 이내 전신이 모두 음기로 가득 차게 되었어요."

진산월은 묵묵히 그녀의 말을 듣고 있었다. 하나 그녀의 손을 움켜잡은 그의 오른손은 자신도 모르게 가늘게 떨리고 있었다.

"천양신공의 운행을 중지해 보았지만 일단 발동된 음기는 없어지지 않았어요. 오히려 음기가 점점 강해져서 천양신공을 계속 익히지 않을 수 없게 되었어요. 천양신공의 양강진기만이 그나마 몸속에 솟구치는 음기를 억제할 수 있기 때문이죠."

천양신공 때문에 격발된 음기를 다스리기 위해 다시 천양신공을 익히고, 그 경지가 높아질수록 음기 또한 그에 맞서 강해지고, 그 음기를 억제하기 위해 다시 또 천양신공을 익혀야 하는 악순환이 반복되는 것이다.

"대체 왜 이런 일이 생긴 거지? 내가 알기로는 천양신공을 익히면 태음신맥의 음기를 다스려 음맥과 양맥을 서로 통하게 할 수 있다고 했는데……."

"모용 공자도 태음신맥의 음기가 발동되기 전이었다면 천양신공으로 충분히 태음신맥의 음기를 제어할 수 있었을 거라고 하더군요. 하지만 일단 태음신맥의 음기가 제멋대로 날뛰고 있는 상태에서 천양신공을 익히게 되니 태음신맥의 음기가 천양신공의 양기를 자신을 침입한 적으로 인식해서 끝없이 공격하기 때문이라고 했어요."

"그는 그 정도도 예상하지 못했단 말인가?"

"구궁보에서도 태음신맥을 타고난 사람이 없어서 일이 이렇게까지 될 줄은 모용 공자는 물론이고 구궁보의 누구도 예상하지 못했어요. 그들도 나름대로 최선을 다했지만, 지금은 천양신공과 태음신맥이 서로 상대를 끊임없이 자극하고 있는 상황이라 도저히 어느 한쪽을 멈출 수가 없다고 하더군요."

진산월은 묻지 않을 수 없었다.

"만일 멈추게 되면 어떻게 되는 거지?"

"천양신공이 강해지면 치미는 양기 때문에 심맥이 말라 버리게 되고, 반대로 태음신맥이 강해지면 음기로 맥이 모두 굳어지게 된다고 했어요."

어떤 식으로든 자신의 앞에 비참한 결말이 기다리고 있다는 말을 하는 그녀의 표정은 너무도 담담해서 마치 다른 사람의 이야기를 하고 있는 것 같았다. 오히려 듣고 있는 진산월의 얼굴이 참담하게 일그러졌다.

진산월은 무언가에 억눌린 사람처럼 힘겨운 음성으로 물었다.

"다른 방법은……?"

"만일 천양신공이 절정에 이르면 태음신맥을 완벽하게 제어하는 게 가능할지도 몰라요. 아니면 태음신맥의 음기를 다스릴 음한기공을 같이 익히는 것도 방법이 될 수 있겠지요."

천양신공은 검성 모용단죽조차도 중년에 이르도록 대성에 이르지 못했다고 알려진 천하무쌍의 절학이었다. 임영옥이 아무리 무공의 천재라고 해도 그런 일이 쉽게 이루어질 것 같지 않았다.

더구나 천양신공 같은 양강무공을 익히고 있는 상태에서 또 다른 음한무공을 익히는 게 가능할지도 의심스러웠다. 게다가 태음신맥 정도의 음기를 다스릴 수 있는 음한기공을 대체 어디에서 구한단 말인가?

그래도 한 가닥 가능성이 있다는 말에 진산월의 표정이 조금 풀어졌다. 아무리 오랜 시일이 걸려도 이룰 수만 있다면 희망은 존재하는 것이다.

평상시의 진산월이었다면 '가능할지도 모른다'는 그녀의 막연한 말이 단지 그녀의 바람일 뿐이라는 것을 알아차렸을지도 몰랐다. 하나 그녀의 말이 준 충격에서 허우적거리고 있던 그로서는 평소의 냉정함을 유지하기 어려웠다.

아니면, 그렇게라도 그녀의 회생에 대한 희망을 이어 가고 싶었던 것일까?

두 남녀 사이에 무거운 침묵이 깔렸다. 어찌 된 일인지 날은 더욱 어두워진 것 같았고, 조금 전의 따스함도 느껴지지 않았다.

무언지 모를 스산함에 그녀의 몸이 가늘게 떨릴 때, 하나의 손이 다가와 그녀를 꼬옥 끌어안았다. 그녀는 말없이 그의 품에 얼굴을 묻었다.

그녀의 몸은 얼음장처럼 차가웠으나, 진산월은 그녀를 품에 안은 채 삼단 같은 머릿결을 쓰다듬었다.

"무언가 길이 있을 거야. 우리 함께 그 길을 찾아보자."

그녀는 아무 말이 없었으나, 진산월은 가슴의 떨림으로 그녀가 조용히 고개를 끄덕이고 있다는 걸 알 수 있었다.

"한 가지만 약속해 줘."

그녀는 살짝 고개를 쳐들었다.

진산월은 자신을 올려다보는 그녀의 고운 얼굴을 바라보며 나직하게 소곤거렸다.

"앞으로는 무슨 일이 생기면 나에게 가장 먼저 말해 줘. 사매에 대한 이야기를 다른 사람을 통해서 듣고 싶지 않아."

그녀의 짙은 음영이 드리워진 속눈썹에 미묘한 떨림이 일어났다. 그녀는 창백한 입술을 살짝 열어 뜨거운 숨을 내쉬었다.

"그렇게 할게요."

"태음신맥을 다스릴 만한 음한기공은 내가 꼭 찾아 줄게."

그렇게 말하는 진산월의 뇌리에는 남해 청조각이 떠오르고 있었다. 자신을 치료하고 성락중의 현청건곤강기를 완성시킨 남해 청조각의 신공이라면 그녀의 태음신맥을 다스릴 수 있을지도 몰랐다.

임영옥은 믿음직한 눈으로 진산월을 쳐다보았다.

"알았어요."

"무공만 사용하지 않으면 움직이는 데는 지장이 없는 건가?"

"얼마 전에 천양신공이 오성(五成)의 경지를 지난 후에는 전력을 기울이지만 않으면 무공을 펼쳐도 크게 문제는 없어요."

진산월은 짐짓 눈을 크게 떴다.

"벌써 오성이야? 그렇다면 절정에 이르는 것도 몇 년 걸리지 않겠군."

오성에 이르는 것과 대성에 도달하는 것이 전혀 차원이 다른 문제임을 누구보다도 잘 알고 있을 진산월이 이렇게 말하자 임영옥은 살짝 미소 지었다.

"거짓말쟁이. 하지만 사형을 너무 오래 기다리게 하지 않도록 할게요."

그녀의 속삭이는 모습이 너무도 아름다워서 진산월은 절로 가슴이 뜨거워졌다.

"사매……."

진산월의 얼굴이 천천히 다가오자 그녀는 얼굴을 붉히며 사르르 눈을 감았다. 주위는 여전히 어두웠으나 두 남녀는 더 이상 스산함을 느끼지 않았다.

막 그녀의 창백한 입술을 향하던 진산월의 입술이 멈추어지며, 그녀를 안은 상태로 몸이 빠르게 회전했다.

소리도 없었다. 무언가 희끗한 것이 조금 전 그가 그녀를 안고 서 있던 자리에 날아와 틀어박혔다.

진산월은 바닥에 거의 반쯤 박혀 있는 그 물건이 하나의 평범한 나뭇가지임을 알아보고 표정이 무겁게 굳어졌다.

볼품없는 나뭇가지를 자신도 알아차리기 힘들 정도로 빠르게 던진다는 것은 놀랍기 그지없는 일이었다. 더구나 그 나뭇가지가 바닥을 뚫고 깊이 박힐 정도의 막강한 기세를 담고 있는데도 전혀 소리가 들리지 않았다는 것은 놀라움을 넘어 믿어지지 않을 정도였다.

대체 누가 이와 같은 가공할 암기술을 발휘할 수 있단 말인가?

어느새 떨어진 진산월과 임영옥이 한쪽으로 고개를 돌렸다.

별실의 마당 한쪽에 있는 나무 그늘 속에서 한 사람이 천천히 모습을 드러냈다.

이마에 백건을 쓰고 짙은 청삼을 입은 노인이었다.

(군림천하 29권에서 계속)